ハヤカワ文庫 JA
〈JA1207〉

みずは無間（むげん）

六冬和生

Mizuha Mugen
by
Kazuki Mutoh
2013

目次

みずは無間(むげん)

第一部

1　パイオニア

　これが太陽の見納めかな。

　赤外線分光器、X線分光器、温度センサ、レーザー測距器、磁力、プラズマ、イオンなどなどの検出器、その他もろもろあらゆる観測装置のアンテナがノイズの邪魔に音を上げて太陽方面に頭をたれた。可視光で見える太陽は弱々しく、その背景に埋没しつつある。最後までがんばっている重力計だけが後ろ髪をひかれてでもいるかのように、名残惜しげに身震いしている。

　太陽系の末端衝撃波面はもとよりヘリオポーズを抜けた今、太陽系外に足を踏み出しましたと正式に宣言すべきなのかもしれない。宣言を受諾してくれる相手の有無は別として。

　太陽が放射する既知外物質を偶然検出するか、すばらしく伝達能力に優れた中継モジュールを道すがら点々と置いていくかしないかぎり、俺はもう太陽を振り返ることができなくなるだろう。

さよならだ。

ひきつったように震えるインジケーターを見つめるのをやめ、あらゆるアンテナをねぎらってブームのたもとに庇(かば)う。今度こいつらに興味を示すべき対象を与えてやれるのはいつになることやら。ひょっとしたらそんな日は永遠に来ないかもしれない。何に注意を払って何を見つければいいのかもわからない旅が、これからはじまる。

自分で自分の目的を手探りする、ただそれだけのための旅が。

目的もない、理由もない。何も欲しくない欲しがらない人間がどうやったら生きていける？　どうやらこれはその実験であるような気がしてきた。

みずははいった。生きていれば少なくとも一杯の水ぐらいは欲しがる。誰だってそうでしょ。

そういった本人は熔解した金を一ガロンばかり飲み干してもなお満足できないんじゃないかっていう体質ではあったけれど。だがきっとみずはは正しいんだろう。

命は欲望をもってして輝く。

当座であれなんであれ、欲望が命を輝かせるのだと、俺は知ってる。貪欲であればあるほど命が美しいのだとしたら、俺は当代きっての煤(すす)けた命に違いない。俺が命だとしての話だが。

俺にひとりごとをいう癖があるのは勘弁して欲しい。

しばらくそういう予定はないが、もしはじめて会う人に挨拶する機会があったら、そう付け加えなければならないな、と思う。あまりにもひとりでいる時間に慣れすぎて、空想妄想戯れ言のどこらへんから口に出してしまっているのか自分でもわからないのだ。ひとりでいることの弊害は覚悟していたつもりだが、こいつは専門家が想定していたよりもひどい。そこそこ都会の集合住宅に引っ越して地域の行事に参加したりなんかすればひとりごとも徐々に減るのかもしれないが、こうも他人というものを意識しなくなってしまっては誰かの気分を害することをやらかさない自信はないし、今さら戻っても居場所はないかもしれない。

戻る？

そうだ。まだ現実的な話だ。まわれ右すればヘリオポーズまで、そうだな、蓄えておいたエネルギーを惜しみなく放出して百年以内。再びこの目で鮮明な太陽を拝めるようになるまで、その重力をはっきり感じられるようになるまでそうはかからない。

いや、考えるだけだ。俺は決して戻らないだろう。俺は帰らない。みずはの元へは。

「みずはってどういう意味？　それって日本語？　まさかママの名前だったりしないよな？」

くっそ。俺は意識的に、聞こえるように舌打ちした。サーフの野郎だ。

「わざわざ聞き耳を立ててたと喧伝する必要はないぞ。どういう神経してやがるのかと人間性を疑われるのがオチだからな」

「人聞きの悪い。おまえが勝手にぶつぶついってたんだっつの。好むと好まざるとにかかわらず、聞こえちまうもんはしょうがないだろ」

「おまえらアメリカ人は新大陸に移住するときに、紳士なる概念を家に置き忘れてくるべきではなかったな」

「私は女だっ」

光通信、しかも拡散二ナノ度のタイトビームでサーフはわめいた。距離という名のタイムラグがなかったら通信アンテナに直結したバスが焼き切れていたかもしれない。だが充分な時間的余裕と経験から得た教訓があったおかげで、サーフが放った指数関数的増幅罵倒コードはポートで遮断された。いくら痛覚を持たないからって、耳を削ぎ落とされたらかなわん。

「もう一度それをやらかしてみろ。困ったことになるのはおまえだぞ」

脅しついでに国家間オンライン戦争華やかなりし頃に大量生産された紋切り型の警告文も添付する。別にいかがわしいコードは仕込んでない。

予想通りサーフは鼻を鳴らすという古典的反応をしてみせた。

「困ったことって何さ。おじいちゃんに何ができるって？　八十年ぶんのテク・ギャップをあんま舐めないほーがいいよ」

「何もしない。一面にばらまかれたミニブラックホールを踏んづけてすっころぶおまえを見るためだけに寄り道したりもしないし、通信に偽装したコヒーレント光を送り付けたりもしないし、座標のデフォルト値をハックして高圧ガス雲におびき寄せたりもしない。ましてや、おまえと会話したりはしない。金輪際、だ」

数時間のタイムラグをものともしない世紀のおしゃべり野郎は、ここへきてようやく口をつぐんだ。

俺より八十年進んだ世界に生まれてようがなんだろうが、ガキはガキだ。サーフは、といってもそれが本名だとはとても思えないがともかくも自称サーフは、俺が打上げられてから八十年後、主として彗星誕生のメカニズム解明を目的として送り出された探査機だ。なんてったって彗星の巣だ、エッジワース・カイパーベルトだ。どこかの誰かさんみたいに土星などという三軒隣を訪ねるのとはわけが違う。装備も心構えももちろん背負わされた時代も違うのだというのが、奴の自尊心の出所なんだそうだ。

たしかに俺が地球をおん出てからどれほどの技術的進歩があったか政治的混乱があったか、はたまた人類存亡の危機的場面があったのかは知らない。ああ、もちろん地球側が届く限り送って寄越した時事ニュースのダイジェスト版は残らずアーカイブしているけれど、俺はそうしたコカ・コーラ的CMにいかほどの誠実さが残されているものかと身構えざるを得ないような、はったりだらけの政治を世界中が演じていた時代の人間なんだ。ダイジェスト版がいうことが本当ならサーフのフレームワークは単純に容量でいって俺の二倍近くであってもおかしくないし、逆に自分でいうほどサーフのスペックはたいしたことないかもしれない。だが問題はそこじゃない。いかにクロック数の高いCPUに悪魔的アルゴリズムが走っていようが、いかに高感度の観測機器を山と積んでいようが、その持ち主の精神年齢とはまったく関係ないってことだ。

サーフがいうには、くそ狭い探査機のメタシステムとして乗り込んだのはあいつが十七歳のときだったという。俺としてもこの主張に異議を唱えるつもりは毛頭ない。あいつの精神年齢は恐ろしいくらいに十七歳だ。十七歳の女の子ほど凶悪な生き物があろうか。エネルギッシュな情緒不安定。

八十年後の未来だろうが紀元前だろうが、十七歳にとっておしゃべりを取り上げられることに匹敵する拷問はあるまい。

「……おじいちゃん、あのう」

「俺は年上の人間は例外なしに敬われるべきだと主張するような遺物じゃないつもりだがな、サーフ、俺にも長いこと使ってる名前ってもんがあってね」

「ミスター・アマノ」

「そうそう。だがおまえはデータベースを参照してちゃんと原語で、しかも四バイトで表記できるはずだよな」

「雨野」

充分だった。これ以上、さんなり君なりをつけろと要求するほど俺は面倒くさい存在ではない。

「一カ月くらい前からかな。聞こえなくなったんだけど。これってディレイではないだろうな」

「磁気が乱れてるとか……。太陽風の影響か何かで」

「ヘリオポーズはとっくに越えたんだろ。ついでにいえば見渡す限り目ぼしい重力源もないし」

「だよね」

もちろんサーフにだってわかってる。このまま進んでいってオールトの雲を抜けたら、そこはもう完全な外宇宙だ。ちっぽけな人類の手どころか太陽の力がまったく及ばない。サーフが知らなかったのは、それが自分にとってどんな意味を持っているのかということだった。

「そう落ち込むな」

俺はいった。自分でもこれっぽかしも信じてない言葉を。

「おまえがのんびり漂ってるあいだ、向こうはすさまじい勢いで技術革新を遂げる。電波を送り続けてさえいればそれがいかに微弱であろうとも、いつかはすぐれもののアンテナがキャッチしてくれるさ」

サーフはふんと鼻をならした。

「そうは思えない。いつまでも右肩上がりでいられるほど、地球は懐が深いわけじゃない」

いつも思うことだが、サーフがあとにしてきた地球ってのはよっぽどふてくされた世界だったんだろうな。

この、俺にとって唯一の生き証人である探査機は多くを語らないので、ちょっと前まで地球が送って寄越していた時事ニュースの言葉の端々やサーフのひねくれ具合から推し量るしかないのだが、俺が旅立ったあとの地球はどうやら相当に呪術的精神論に侵食された糖尿病末期患者の様相を呈していたらしい。なんつったってガラの悪い十七歳の小娘をAIの人格に据えるくらいだしな。世も末っていうやつだ。

「それでも最後の最後まで最新科学技術ニュースをレポートしてくれるくらいには太っ腹だったぜ、連中」

「当たり前じゃん。うちらがどうやって五星紅連合にリークできる？　しかも何年も前の最新技術を？　あいつら、墓石の下の人間に話しかけてでもいるようなつもりだったんだろ」

身もふたもない。人類圏には二度と戻らない俺らに彼らがコンタクトし続けたのは、たんに感傷のなせるわざ。確かにそうなんだけど、感傷が起爆剤になって局面が変わるってこともままある。天文学的な確率のまさかが実現して超絶進化した宇宙人が見つけてくれたときのためだけに、探査機に人格を付与したりとか。

土星探査だけが目的なら（あるいはエッジワース・カイパーベルトだけが目的なら）AIなんか搭載する必要はない。地球からの指令をキャッチして確実に遂行するコンピュータでありさえすればいい。だが連中がいうには、想定外の事故に対応するのにはAIはうってつけだし、なによりも実際に重要なミッションを遂行させることで得られるデータは将来の人工知能開発に役立つ。あるいはせっかくここにあるAI技術を使いたくて使いたくてしょうがないんだけど、地球上ではちょっと世論があれなんで。まあ、卵が先か鶏が先かはさておき、俺たちはそういうタテマエで搭載された。そしてもちろん、連中が予想した通り、土星探査やエッジワース・カイパーベルトの観察ごときに俺らの出番はなかった。地球への返信に気の利いた軽口を添える程度の役目さえなかった。つまり結果的に、俺たちは連中が予想できない、というか、予想を最初から断念している場面のために搭載されたことになる。

すなわち知能的なアレシボ・メッセージ。

人類ってやつはどういうわけだか太古の昔からこの手の落書きが大好きだ。洞窟の壁画。銅像。石碑。銘文。メッセージ・イン・ア・ボトル。関東大粒蛤特級蜆団参上。ずっと大好き♡たかし君ラブ。何かの役に立ちたいという意図があるとはとうてい思えないあれこれ。そういう俺も準惑星クラスの小惑星に遭遇したときは命名権を主張して、アマノと星図に刻むことに成功したんだけどな。

連中も俺ら程度には人間らしいということで、よしとするか。

だが見よ、この虚空にあってはささやかな感傷も自虐的な……お。

「何？　何かあったのか？」

また声に出していたらしい。自分自身に軽く嫌気がさし、だがしょうがないのでサーフにもそれを見せてやる。こんなものを見つけちまうなんて、まったくツイてない。

「なんだこりゃ」

サーフが間の抜けた声をあげたのも無理はない。

パラボラ。三本のブーム。本体とおぼしき六角柱。

「先輩だよ。パイオニア一〇号。木星探査を主なミッションとした、俺らの大先輩」

「もうちょい解像度なんとかなんないか？　これじゃ不法投棄された事故車両だか丸めた鼻紙だか」

っせーな。俺んとこからだって充分遠いんだよ。かろうじて可視光レンジの端っこにひっかかってるんだ。微小な構造物にめいっぱい焦点をあわせ、さしあたって使えるだけの計測装置を総動員して、パイオニア一〇号と思われる物体の詳細を浮かび上がらせる。

そんな俺の努力をよそに、サーフはいった。

「んなわけねーよ。ないない」

「何がだよ」

「いうにことかいてパイオニア一〇号ときた。ちったあデータベースをおさらいしてからものをいえっての。一九七二年打上げ、二〇〇三年に地球から八二AUの地点にいるのが観測されてる。毎秒十二キロの慣性航行。ウソだね、もっと遠くまで行ってるはずだ。少なくともあんたより六〇AUやそこらは先に進んでなきゃなんない。この骨董品はちがう。パイオニア一〇号じゃない」

「だが外見的にはパイオニア一〇号と一致している。破損なし。きれいなもんだ。アルデバラン方面に向かったという話とも一致してる」

むしろそれがパイオニア一〇号でない証拠を見つけるほうが難しい。サーフが指摘したその一点を除いて。文句をブツブツつぶやいているサーフにもわかっているはずだ。

「……反応は？」

「さあ」

「試してないのかよ」

もちろん試した。だがパイオニアが採用していた方式のみならず、いかなる通信プロトコルにも反応しない。

「プルトニウム電池が虫の息だったとしても不思議に思わないがな」

「熱量は？」

「どうかな。俺のとこからだと測定できないくらい低い、としかいいようがないな。どっちにしろバッテリーが満タンってことはないさ」

つまりそれはただのものいわぬ鉄くずにすぎない。それがいい過ぎってんなら、落書きの遠投。

だけど悪いな、人類史上もっとも辺鄙な場所に書かれた落書きの座は俺が貰う。俺が太陽系をあとにする速度はパイオニアのそれとは比べ物にならない。近い将来にはボイジャーの記録も抜く。カッコイイ捨て台詞のひとつでもと考えている間に、パイオニアを抜き去ってしまった。

「接触しないのか？」俺の軌道がパイオニアと最接近する直前、サーフは苛ついた音声ファイルを投げつけてきた。

「なんのために？」

「はあ？　何いってんだよ。ほかの探査機と今後出会う確率を考えてみろよ。パイオニアどころか……」

「接触してどうする。田舎の祖母のファッションセンスなみに陳腐化したテクノロジーをひもとけってのか？　それとも回収して補修部品として使うためにバラせってのか？　放射線保護もろくにされてない銅線をどうしろってんだ。あいにく我が家はガラクタを積み込めるほど広くはないんだ。先にいっとくが、俺は自分の居場所をセーガン博士考案のメッセージボードに譲り渡す気はこれっぽっちもない。子供っぽい興味を満足させるために記念撮影をしてやる義理もな」

「別にメッセージボードなんかに興味はないよっ。別にいいじゃんか、ちょっと寄り道するくらい」

「じゃあおまえが寄ればいいだろ。俺は面倒くさい。だからやらない。このまっとうな理由を論破できそうになったらまた呼びかけてくれ」

じゃあな、というまえに、サーフはぶつりと通信を切った。パイオニアと俺とサーフの位置関係は、互いに〇・〇一AU、二八〇AUの距離にある。ちょっと触ってみたいからという理由で進路を変えるにはしんどい距離にあいつはいて、しかも毎秒ごと遠ざかりつつある。俺は大人げなかったかなと思いつつも、やっと戻ってきた静寂に感謝した。

サーフがいいたかったことは本当はわかってる。俺がぶった切ったセリフのつづき。

一世紀以上も前の探査機と今後出会う確率を考えてみろよ。パイオニアどころか（このさき私とも出会えるかどうか)。

現時点でサーフとの会話は三八時間ちょっとのディレイを含んで成立している。たいていはぼーっと相手の言葉が届くのを待ってから礼儀正しく返事を出すのだが、今回のように返事をのんびり待っていたら話題の鮮度が落ちてしまうような場合は、互いが相手の反応を予測し、シミュレーション会話でその場をしのぐ。で、事態が落ち着いてからそのログを交換しあってすり合わせつつ修正し、デフォルトの記憶領域に、つまり上書き不可で記憶する。だから俺がサーフとかわした模擬会話がこのとおりだったのかどうかを知る術はない。もしかしてシミュレーション上のサーフは「パイオニアどころか……」のつづきをいったかもしれない(正確にはサーフがそういうのを俺は許したかもしれない、だ)。さらにいえば、実際に面と向かっていたら別の話をかわしていたのかもしれず、俺とサーフのシミュレーションのほうが現実よりも現実的だったのかもしれない。わかっているのは俺の記憶とサーフが持っている記憶は矛盾しないってことだけだ。

そしてもちろんこんな小芝居も感傷でしかない。なぜならじきにサーフとも通信自体が不可能になってしまうだろうから。

そうなるまえにサーフが、あるいは俺が、デフォルト記憶とエールを交換しようなどといい出さないことを祈るばかりだ。どういう経緯で十七歳の小娘が適性検査を突破して脳味噌の中身を洗いざらいデジタライズすることになったのかなんて知りたくない。ましてやサーフが本当のところはどんな気持ちでこの旅を続けているのかなんてのは。彗星の巣探査のあとはハビタブル惑星を人類のために探し当てるとかいうとってつけを自分の使命だなどと思っていないのは、俺もサーフも同じだ。

何を探査することになるのかという問題に頭を悩ませたことのない俺としても、電池切れをひたすら待つ覚悟が自分にあるのか、そうなる前に駆動系と制御系のバスを片っ端から切っていくのか、手頃なガス型惑星か恒星に飛び込んでいくのか、どう自滅すべきかなどというそんな愉快な妄想をサーフに押し付けたくはない。とりわけみずはの記憶を知られるのだけはごめんだ。

幸い、サーフの姿はほとんど小さな滲みにしか見えない距離にある。もうじきひとりごとを聞き取られることもなくなるだろう。

眼下で（あるいは頭上で）パイオニア一〇号の姿が遠ざかる。ものいわぬガラクタ。

俺の遠い姿。

さよならだ。

もう太陽の面影さえ追ってこられない場所にむかって、俺は漕ぎ出した。

2 暇つぶし

あくび。

ＡＩにあくびする機能が必要かっていうと必ずしもそうとはいえないけれど、これだって立派なオペレーションのひとつだ。あくびの効能一、ああ俺は今猛烈に退屈しているのだなと正しく現状認識できる。二、それ自体が非常に短時間であっても数秒の暇つぶしになる。

そもそも、あくびを再現してみたらどうだろうと思い立ったのも、退屈が高じてのことだった。

宇宙の旅というものは凶悪に暇だろうなと容易に予測できたため、思いやりに満ちあふれた開発チームの面々は俺にさまざまなひとり遊び道具を持たせてくれた。ソフトウェア的自己開発ツールと立ち入り制限なしのルート権限。各種搭載装置やインターフェースのみならず本体フレームワークすらも改造することを視野にいれたマザーマシンおよびナノマシン。いざそうしたくなったときのための物理理論、材料工学知識、理論による裏付けこそないものの経験から信頼するに足る職人技大全。などなど。だがさしもの想像力もこれは考えつかなかった。そういった創意工夫をしようと思い立つためには、どんなささいなことであれ外的刺激がなければならないのだ。

目的もなく、出会いはおろかたいした発見もなく、ふらふらと大海原をただようばかりの俺には、ひたすら眠り続ける以外の選択肢はなかった。ぐうたらはインフレをおこす。一カ月に一度、そのうち一年に一度目覚めるように自分をプログラムし、ぐうすか寝てすごした。夢も見ない惰眠と悪夢のような目覚め。そして何回目かに目覚めたとき、ぞっとした。いかん。このままでは人間としてだめだ。自分が寝ているのだという自覚もなくなってしまう。

では眠くなっているというサインを発してみたらどうだろう、ということで、あくび機能を開発してみたわけだが、思わぬ副産物があった。実用性はさておき、試行錯誤そのものがいい退屈しのぎになったのだ。

そんなわけで、またひとつあくびが出たところで、次なる課題を自分に与えたいと思う。ここから一番近い恒星、ケンタウルス座アルファに向かうというのは論外。あそこに地球型惑星がないことはわかってる。地球の連中のためにシャングリラを見つけてやろうっていう気はさらさらないが、かといって生命を拒絶して押し黙る世界に降り立って孤独を再確認したくもない。誰にも知られていない楽園のようなハビタットを見つけるという永遠のロマンは脇に置いて、当座取り組むべき課題がないか頭をひねる。

筐体(きょうたい)の擦り傷。は、どうでもいいか。蓄電池の改良。エネルギーロスをどうにかするか。いやそれなら、効率的な廃熱利用を開発する方向で考えたほうがいい。駆動系と制御系の改良。なんだか乗り気になれない。クロック数を向上させて俺の頭をよくする。よくしてどうする。受信アンテナおよび増幅器の改良。といってもなあ。

サーフと別れてからこっち、通信機能はリストラすべき装備リストの真ん中あたりにつけている。通話する相手もいないのにこんなものを背負っていてもしょうがない。受信はさておき、送信機能が必要になる事態は決してこないだろう。

サーフと最後に会話をかわしたのは、ええと、そうだ太陽圏を離れてすぐだった。バウショックを回避して太陽系の進行方向とは逆方面に迂回し、ヘリオポーズを抜けた後。パイオニア一〇号のことで意見が食い違って、それっきり。

その後、俺はとりあえず射手座をめざすことにした。深い意味はない。単にそっちが銀河核方向で、大質量ブラックホールがあると考えられる強い電波をゆんゆん放っているからだ。銀河系外縁に向かっていくより、わかりやすい目的地があったほうがいいだろうとその時は思ったのだ。まるで自販機の灯に吸い寄せられる虫みたいだ。

いっぽうあいつは太陽系からもっとも近い恒星、ケンタウルス座アルファのプロキシマに向かったのち、オリオン腕のハビタブルゾーン内をうろつき、となりのペルセウス腕にまで足をのばしてみたいといっていた。その調子で我らが天の川銀河をちょっくらひとまわりしてくるつもりだと。四〇億年後に天の川銀河とアンドロメダ銀河が衝突して合体したあかつきには探査範囲も広がっちまうけどよ、とも。けっこうなことで。俺にはとてもそんな元気はない。

結局、あいつの口から、あいつが生まれた世界をどう思ってるのか聞きそびれたな。十七歳でAIのサンプルに抜擢された背景とか、動機とかも含めて、あいつは地球に残してきた自分とその周辺について堅い口を開こうとしなかった。地球のことを語りたがらないくせに人類が移住できそうな惑星を探そうとするなんて、変な奴だ。いや、人類の居住地を探したいとあいつ自身の口から聞いたことなんかあったっけ？　生命が、とはいっていたような気はするが。

サーフとの通信記録をさらってみると、これが思いのほか少ない。回数としては二〇回もない。サーフという探査機そのものが退屈が生み出した幻覚なんじゃないかと不安になってくる。

ということで、電気的酸欠で意識がもうろうとする前に、プルトニウム電池という名の弁当に頼らない自活の道を探ることにする。ちょうどイオンエンジンもへたってきてることだし、駆動機関を新調してもいい頃合いでもある。理論上は充分に実現可能なところで、ラムスクープとそれ相応のジェットエンジンでも作ってみるか。だが手持ちの材料ではいささか心もとない。

俺は資材調達のため、鉱物を豊富に含んだ手頃な小天体に狙いをつけてバーニアをふかした。ほんの三年ほどで着けるはずだ。

ナノマシンがつつがなく鉱物を採取できるように星間物質収集プログラムをちょいちょいと改変しながら、わきあがってくるあくびをこらえる。

もっと俺に仕事を与えなければ。

地球が持たせてくれた理論をもとに設計図を引き、ついでに既存のエンジンの設計図も引っ張り出してきていじりたおす。どうせラムジェットエンジンが本領を発揮する速度になるまで既存エンジンに頼らなければならないんだ。これは必要な作業だ。内燃機関がパワーアップしたら伝達部、駆動部もそれにあわせなければならない。制御系のカスタマイズも必要だ。そしたら必然的に演算能力を向上させなくちゃならん。なんだ、結局オーバーホールすることになりそうだな。しょうがないか。

ほら、またいった。しょうがないって。

突然表層に飛び出した記録に、ぎくりとした。

透（とおる）がしょうがないなら、私だってしょうがないってことにならない？　乗り気じゃなくたって、こんなの嫌だと思ってたって、そうなってしまうんでしょ？

このセリフは。

透、と俺を呼んだ誰か。

だまれ、と俺は念じた。こんな辺鄙な宇宙には似つかわしくない。ここは思い出す場所としては適切じゃない。どんな思い出もここじゃ意味を持たないんだ。

だったらどうして引き受けたりなんかするの。別に透の論文発表じゃないんでしょ？　だけどしょうがないっていうよね。

これはいつの話だ？　人間だったころの記憶はあいまいで、歯がゆくて、気に障ってしかたがない。輪郭のはっきりしないエピソードが累々と、時系列を無視して折り重なっている。そのなかのどれか。べつにサルベージしたわけでもないのに言葉の記憶に映像がつく。

ぷっくり頰を膨らます、みずは。

これが別のシチュエーションだったら、泣き顔もかわいいとなるところだ。

このころのみずはは触ればぽよんとふるえそうで、いつも甘い匂いがしていた。そう、たぶん二年目の春（夏だったかもしれない。これだから人間の記憶は嫌だ）。大学二年生とはいっても小柄でぽっちゃりした顔立ちのせいで高校生かそれ以下で通じそうだ。幼く見えるのはなにも容姿だけじゃない。なにつけてもどんくさいしぐさや話し方も含めて。無邪気な表情や頼りなげな声も含めて。

幼さを愛くるしいと思えなくなっていた頃の、幼稚としか思えなくなり始めていた頃の、記憶だ。当時の苛つきが呼び起こされる。泣けばいいってもんじゃない。無言の非難を感じ取ったのか、みずはは俺を責め始める。何もかも俺のせいだというんだな。

おっとりした彼女にできるとはあまり思えなかったけれど案外、バイトは長続きしていた。大学近くの商店街にあるパン屋でバイトすると聞いたときはびっくりした。それが売り子ではなくて厨房だと聞いたときはマジでひっくりかえった。なにしろボタンがとれかけたコートをシーズンじゅうほったらかしにしておくような奴なのだ。ぶきっちょなんだなたぶんと思っていたら、本人いわく面倒くさがりなだけだという。やればできる、だけど面倒で、と。不器用よりもだらしないほうがマシと思ってるってどうよ、とは思った。

でもまあ、世間知らずの甘えん坊にはいい機会でもあるし、パン屋でのバイトを見守ることにした。その頃の俺は大学院に進んだもののしょっぱなから大論文をぶっ放して学友学兄の肝を冷やすほどの大天才なわけではなかったんで、教授や先輩のお手伝いをまめまめしくこなす毎日だった。

週に三日、四時間ずつパン屋の裏方をしているせいか、みずはいつも甘い匂いがした。実際に売れ残りだの失敗作だのを貰ってきたといって紙袋ひとつぶんの菓子パンがトートバッグの中から出てきたこともある。パン作りも上達したろうから今度は和食なんかいい

んじゃないか、割烹にでもバイトに行ったらどうか、とからかったところ、

「そんなあ。冷凍で来たパンだねを焼くだけだもん。でもでも、その砂糖がけは我ながら可愛くできたかなって」

と俺の食いかけのシナモンロールを指さしてころころと笑った。なるほど彼女のバイト先はチェーン店だ。

学部の違う俺のところまで彼女がパンを差し入れに来てくれることもあれば、バイトあがりの時間を見計らって俺が彼女を迎えに行くこともあった。さすがに何回も定刻に店先に立たれれば売り子も事情を承知して、みずはちゃん彼氏のお迎えだよといちいちいにいくのもバカバカしくなったようで、直接バックヤードを覗いてってよと店舗の裏手に回り込むのを黙認するようになった。毎回なんとなく犯罪者めいた気持ちで勝手口を薄く開けてみずはいますかと尋ねる俺に、みずはちゃん例の、と拍子抜けするほどあっけらかんとバイト仲間が彼女を呼ぶ。

あれはそんな日だった。いや、ちがう。そうだったらあんな光景は見ずにすんだ。

あの日、おそらく連休の中日かなにかでおそろしく客入りが悪いと予想されていたか他のバイトがみな帰省中だったか、厨房は彼女ひとりだった。そろりと勝手口を開けた俺の目に入ったのは、しゃがみこんだみずはの背中だった。声をかけようとしたが切羽詰まった雰囲気に何となくひるんだ。

みずはは一心不乱に食べていた。めいっぱい詰め込まれて、頬がぱんぱんに膨らんでいる。顎はせわしなくもぐもぐ動いている。しゃがんだまま作業台の上に手をのばし、さっと何かを取り、胸元でせかせかと作業し、それをほおばる。ただのつまみ食いではない。切り落とされたパンの耳にバターを塗り砂糖を振りかけているのだと、しばらくわからなかった。

俺は彼女を責めるようなことをいったつもりはない。少なくともその記憶はない。ただ、驚いて、驚きのままに声をかけてしまっただけだ。

みずははぎくりと敵意に満ちた目をこちらに向け、いや、怯えていたか？　ともかく笑って誤魔化さなかったのは確かだ。

俺は説明を求めたりはしなかった。だが彼女は、これはどうせ棄てるものなのだから食べても差し支えないのだといった。一部はおろしてパン粉にしたりもするがそんなに沢山はいらないのだし、と。隠れるようにして食べていたことへの釈明はなかった。こぼれ落ちた砂糖がエプロンに、頬に点々としていた。

「だけど……」俺には何をどういったらいいのかわからなかった。もしかしたら何もいわなかったほうがよかったかもしれない。「だけど、何もバターと砂糖なんて」

そのときはじめて、俺はみずはという人間は逆上しないと思い込んでいたのだと知った。拗ねたり膨れっ面したり、彼女の不機嫌とはそういうものだと思っていた。だから俺は、顔を卑屈に歪ませる彼女を別人を見るような目で見ていたんじゃないかと思う。

「じゃあ」

低い声でみずははいった。

「どうすればいいの」

俺は混乱した。黙っていると、次のシフトの大学生が、遅れてすみません彼氏さん待たせちゃったみたいですねといって登場した。作業台の上を手早く片づけにこっと笑うみずはは普段のみずはだった。普段と違ったのは、すぐ着替えてくるから外で待ってて、といわなかったくらいか。

それでもいつものように外で待っていた俺と肩を並べて歩きだした。重苦しい陽が落ちようとしていた。

どうしたらいいのかわからない、と彼女はいった。さっきの凄みは消え、いつもの頼りなげな彼女の声だった。

変だよね私、と。鼻をすすりながらみずはは続けた。いつも物足りない。間食が増えた。コンビニで衝動買いしたくなるのをずっと我慢している。四月になって、午後に講義がない日が増えて、おまけに俺が忙しくなって、ぽっかり空いた時間をどうにかしたくてバイトをはじめてみたものの。こうして送り迎えしてくれるのは嬉しいけど。俺が院にあがってからまとまった時間がとれないのが不満と。不満という言葉は彼女は使わなかったと思うが、俺が受けた印象はそうだった。

だからって。俺はいいかけた言葉を飲み下した。

「しょうがないだろ。俺はいいよ。大学生のようなわけにはいかないよ。卒論と院試だけ心配してればいいというわけには」

「わかってる、わかってるよ。でも、今回は別に透の論文発表だったわけじゃないんでしょ」

そのあとに続いた彼女のセリフは途切れ途切れに、だが鮮明に記憶に残っている。その順番までは覚えていないが。俺は彼女の言い分に打たれながらしどろもどろの言い訳を繰り返した。後ろめたいと思っていたことをそのままいわれたからだ。世のカップルはこの連休中にレジャー三昧(ざんまい)で、一方の俺はみずはがテーマパークを期待しているのを知っていながらあえて無視していた。北海道くんだりまで先輩の論文発表を手伝いに行ってつぶれた連休の前半。おみやげのハスカップケーキを受け取りながらみずはは、しょうがないなあと笑ったっけ。その言葉に甘えてしまったのはほかならぬ俺で、埋め合わせをしようとも思わなかった。

「俺だってしょうがなくてついて行ったんだ。何も好き好んで行ったわけじゃない。みずはには悪いことをした。だけどこれからは今まで通りにみずはに付きあってやれるわけじゃない。寂しいだろうけど慣れていくしかないんじゃないか」

あれはこのときの顔だ。幼い丸顔に浮かんだ、泣いているのに泣いてない目。

「しょうがない」いつものように幼い口調だったが、うなだれてはいなかった。「ほらまたいった。しょうがない、しょうがないよね。透がしょうがないなら、私だってしょうがないってことにならない？」

さしあたってみずはの気持ちを落ち着かせるのが先決、話はそれからだと思っていたのに、みずは自身が俺の努力を台無しにした。あるいは俺自身が。

口元からこぼれ落ちる砂糖の粒……

……微動だにしない星々の冷たい光が、後方に置いてきた記憶の遠さを再確認させる。昔の話だ。これだからアナログから移行された記憶は嫌だ。脈絡もなく時系列に割り込んできて、ろくでもない細部ばかりが無意味に反復するのだ。そいつらは俺のパーソナリティを形作るフレームワークの奥深いところに織り込まれていて、自我を破壊するリスクなしでは容易に取り除くことができない。俺は観念的に首をふり、小惑星に取り憑いてナノマシンを放つ。

エンジンの改造は意外とツボにはまった。俺の専門は天文学なのだが、プラモデルのキットを組み立てるくらいの機械工学的好奇心は持ち合わせていたらしい。充分なだけ加速したあとラムジェットエンジンに切り替え、それが計算通りに働くとわかると、欲がわいてきた。筐体シャーシの強度なりエネルギー変換効率なり蓄電容量なり発電効率なりを航行速度に見合ったスペックにしたくなったのだ。放射線劣化が激しい部品を思い切ってディスポーザーに突っ込み、伝達系と蓄電池のエネルギーロスを大幅にカットするのを目的とした理論と設計図を大釜で煮込み、外壁の材質改良の犠牲となった失敗作を泣く泣く分解しつつレシピを書き換える。星間物質だけでは材料が足りなくなると、これまた観測器の精度向上につとめ、これを駆使して手頃な小天体を選び出す。ガス雲を通過するだけで栄養補給ができないもんかという発想に辿り着くまでに時間はかからず、ちょっと待て、ラムスクープだけじゃ心もとない。エネルギー源の枯渇は死活問題だ。縮退炉を並行稼働させてリスクを分散させるという手もあるぞと考えついてしまったりもして、ミニブラックホールの手懐(てなず)け方の勉強と試行錯誤にとりかかるとあくびが出る幕はなかった。

気がつけば俺はすっかり要塞化していた。工学的なポテンシャルはこれ以上ないというところまでいった。が、いかんせんバランスが悪い。原因はわかってる。旧態依然のまま残っている場所があるからだ。手付かずの部分があるせいで制御系が実力の半分も出せず、結果的に全体の足かせになってしまっている。なんという皮肉。

はいはい。わかってますよ。

ここまで来て尻込みしてどうする。

俺は自分自身が走ることになるであろう次期プロセッサの開発に着手した。つまり自分の頭の回転の悪さに我慢するのも限界だったのだ。相変わらず人類らしい発想の枠内にいるのに嫌気がさして、とりわけ、サーフの時代になっても相変わらずそれを使うしかなかったというノイマン型マシンにうんざりした。

人類がノイマン型マシンに固執せざるを得なかった理由はただひとつ。人類が人類でしかないからだ。

思考は環境に規定される。背の高い人間と背の低い人間が同じものを見ているわけがない。別の器には別の考えがひらめく。

別のものとは決まってる。この場合のそれは、量子チューリングマシンだ。そっち方面には疎い俺でもちょっと考えればすぐわかる。計算する場所と記憶する場所が分かれている脳味噌がいかに不自然なものか。なのに機械は機械らしいほうが使う人にとって理解しやすかろうという人間臭い配慮が、人類にノイマン型マシンを使わせ続けたのだ。これまた皮肉。

ところが量子チューリングマシンなるしろもの、実は理論だけでなく実用化直前までこぎつけている。俺じゃない。サーフから貰ったファイルの中にあったのだ。地球人類に足りなかったのは理論や技術力じゃなかった。重い腰をあげさせる必然性だった。回復する見込みのない長い不況にあえぐ人々が、他人に見せびらかしたいからといってちょっとしたコテージを一棟買えるくらいの大枚をはたくわけがない。一般ユーザーも買うという予見がなければ値段は下がらない。開発者に資金提供していた一部の大企業も、ちっとも安くならない試作費用に業を煮やして、バカ高い因数分解専用機とそれを呼んだ。

だが俺には必然性がある。

エンジンの改造があらかた終わってからこっち、またあくびが止まらなくなっている。なんだかほとんどナルコレプシーなんじゃないかと思うくらいだ。これが地球上で車を運転しているんでなくてよかった。発作的に眠りに落ちてもどこかに衝突したりする心配がないくらい辺鄙な場所だからこそ眠くてしょうがないともいえるんだが。

退屈のあまり自分で自分の電源を落としたくなるまえに、なにか課題を見つけてやらなければならない。量子チューリングマシンの作成ならもっと難しい課題を見つけるまでのつなぎにちょうどいい。安定して原子を制御できさえすれば、それから実用に耐え得るOSを完成させさえすれば、電子を使っての工作に熟練しさえすれば……。うん、これはなかなかいい暇つぶしになりそうだ。

俺はじっくりと、しかしだらだらとプロセッサを設計した。だがあれほどのんびり開発したにもかかわらず、完成してしまう日は来るものだ。

テストランも済ませ、デバッグを繰り返し、そして自信作を前に俺はたじろいだ。

人間というやつは農耕を発明していらいこっち、移住という行為に恐怖し、また勇気をもって臨んできたが、俺が旅立ったあとの地球で脳移植なるおぞましい技術が確立したのでなければ、これはその最先鋒だろう。思考の主体の住み家をかえる。もっとロマンチックな言い方をすれば、魂の座を新調する。現実的には実績ゼロのハードウェアに自己の存在そのものを委ねるという暴挙。

探査機に乗せられるときだってこんなにビビったりはしなかった。なにしろ今回はカット・アンド・ペーストなのだ。オリジナルとコピーの関係というものは生まれない。

いや、やろうと思えば古いプロセッサを並行して使えなくもない。だが俺はカーネル部分や下層自我を除いたほぼあらゆる領域で可塑性をともなったフィードバック機能を前提として設計されてるんで、処理速度の違う演算が吐き出すギャップがどう転ぶか予測できないという点で大変に不安だ。かといって充分にテストを重ねたとはいえ、まるごと全部を新しいマシンにえいやっと乗り換えるのも充分にリスキーだ。

頼れる人が誰もいないこんな場所でギャンブルはしたくない。したくはないが、このまま古いプロセッサをガタがくるまで使い続けるほうがリスクが高いという予測は無視したくてもできない。

ふん。俺は自分自身を嘲笑った。たかがコピーの分際で何をもったいぶってる。サイアクでも、ジャンクコードの列をぎっちりおさめた記憶装置とその棺桶が未来永劫宇宙を漂うだけだ。

じゃあどうする。簡単だ、分裂するんだ。というか、コピーとコピーの関係だな。片方をバックアップだと思えばどうということはない。あれこれ考えるのは新システムが稼働してからでも遅くない。

結局、俺は新しいプロセッサで走る自分を古いプロセッサから見守った。動作チェック。オールクリア。というかむしろ。こっちがひとつの加算をしているあいだに相手は何万回もの上書きを重ね、どんどん自己改良していく。むしろというより案の定、処理速度の差からくるギャップに吐気をもよおし、気を失いかけ、統合のためのすり合わせを断念した。瞬時にして当然の帰結に辿り着いた新しいプロセッサで走る俺は、旧プロセッサへの電力供給を断ち切った。

吐気は解消され、だが処理速度の向上はふたたびあくびを俺にもたらした。

3　虫歯菌

ほんの軽い気持ちで思いついた新しい遊びだが、それがちゃんと遊びとして成立するためには厳格に環境を決めてやらなければならないと気づいたときにはもう、放り出すことができない段階にきている。たぶんサッカーだの七並べだのも同じ経緯をたどってルールなるものが成立していったんだろう。俺の場合は特定の身体的定義を持たないシミュレーション生物だった。

きっかけは新しいCPUのスペックを生かし切るにはどうしたらいいかという、非常に貧乏ったらしい発想からだった。その昔地球シミュレーターなる当時のハイエンドマシンで地球の気象を模倣する試みがなされたさいに、バタフライエフェクトという概念を無視してはどんなに優れたコンピュータをもってしてもそれは成しえないといわれた。密林の蝶の羽ばたきひとつがおこした風が全体に対してまったく無影響であるはずがないというあれだ。そのたとえを大げさだと笑えなかったのは、地球を構成する物質の地形学的データの完全把握が不可能であるという事実もさることながら、アトモスフィアに密接に関係するバイオスフィアのシミュレーションがどだい無理だという現実に由来する。もっといえば、閉じた生物圏どころか、連鎖球菌ひとつとっても実物と遜色ないシミュレーションを作ることが困難だからだ。現実の生物を真似るのではなくて逆に、バイナリコードの集合体を生命と呼べるようなものに仕立てあげる試みもまたしかり。いわんや開放型バイナリコード疑似生命体の疑似進化をや。

ふーん、これは。

生命の定義に照らし合わせれば確実に生命体ではない俺が、どうしたって生命と呼ばざるを得ないしろものを構築する。これはちょっと面白い。

そうと決まると小一時間ほどで青写真ができあがった。デザインセンスにはまるで自信がなかったんで、それから物理的な身体というものを持たない奴にとって身体的特徴がどういう意味をもたらすのかさっぱり予想できなかったんで、外見のデザインはナシ。性質はできるだけ単純でいこう。分裂によって増え、もちろん有性生殖などとは無縁。学習能力があり、個体差があり、寿命がある。生物学的な詳細はここでは考えない。自他の境界を有する、自己複製をする、代謝を行う、の三点だけをきっちり設計しておけばいい。どっちにしろこいつらは物理的な身体を持ち得ないのだし……だがすべての動機たりうる根源的な欲求は必要だ。ならば情報ではどうだろう。データ生命体の食料としてうってつけだ。情報を食べ、利用し、ある程度成長したら分裂し、次世代は情報を受け継ぐ。基本的には適応度と密接に関係した生存率および分裂チャンスという遺伝的アルゴリズムにより学習していくが、一個体が生涯を通じて獲得し学習していく情報も少なくない。個体同士で情報を交換したり共有したり、情報保持能力の劣化という老化を経て寿命をまっとうする。一定の確率で遺伝子データが変異したりするのもいい。生命体種族の名称は、そうだな、仮にDとする。当初考えていたのはデジタリアというものだが、それじゃあんまりだ。中学生の発想だ。

とんとん拍子でDのメインフレームを書き上げて、いざ走らせてすぐにつまずいた。いきなり世界に放り出された一匹のDは白紙状態で膨大なアーカイブと対面し、めったやたらにそこら中を走り回り、すさまじい勢いでコードの羅列を貪り、設定した分裂速度を上回るスピードで情報を腹にためこんで、ついには破裂した。自己保存もへったくれもない、目も当てられない結末。

悪かった、俺が軽率だった。Dが生息するフィールドを囲ってやり、供給する情報量をコントロールしてやるべきだった。俺は細心の注意を払ってDのための環境を整えてやった。

こんどは破裂しなかった。かわりに情報の供給量をおさえ過ぎたせいか、活動エネルギーとしての情報消費量を節約する知恵を得るとか、次の供給時間まで凌ぐために情報を備蓄するとか、新たな情報を生むとかを学ぶ前に、目の前の情報をがつがつ喰らい、自己の成長よりも種の存続を重視してばかばか分裂し、ゆえにさらに腹をすかせるはめに陥り、五〇ほど増えた個体は共食いを繰り返し、やがてすべて餓死した。

これじゃあまるで餓鬼じゃないか。

リミッターが必要だ。一定時間内に最低限摂取しなければならない量とともに、『満腹』を規定してやらなければ。個体数の増減にあわせてエサの供給量を調節する必要もありそうだ。そうだ、分裂などという生易しい世代交代ではなくて、有性生殖的な交叉を導入しよう。捕食量と成長度の相関的な基準値を設けて、優秀だったやつを選択して親にしよう。基本設計から書き直しだ。

なんとやらの正直とばかりに自信満々で走らせた三回目、結果は惨憺たるものだった。満腹のはずの一個体がなおも情報にとびつき、自分にリンクさせ（つまり所有権の主張と貯蔵だ）、ぶくぶく私腹を肥やし、どんどん分裂する。目の前に腹をすかせた個体がいようがいまいが、分裂することで食いぶちが増えようが増えまいが。あれよあれよと一パーセントの富裕者と九九パーセントの餓死予備軍ができあがり、個体数は爆発的に増え、とどのつまり産業革命前夜に人類が経験した地獄絵図とあいなった。

度重なる失敗に俺は頭を抱えた。

何か根本的な欠陥があるに違いない。どうやってもDたちは満足という概念を獲得する気がなさそうだった。

食べても食べても満足しない。

こうしていないと、こうしていても、不安なの。不安で不安でしかたがないの。

遠いみずはの声が俺の耳元でささやく。

透。寝ちゃったの？

ねえ、五分だけいいかな、五分でいいから。

俺は手元のDを凝視した。

ううん別にどうもしないけど。いま透なにしてるかなあって。ねえ今から行ってもいい？

みてみて黄な粉ソフトだって、おいしそう。

飴を舐めながら彼女はいう。

透のそれ、ちょっともらっていい？

愕然とした。まるでみずはじゃないか。いつだって腹をすかせていた。どんなに長電話しても、一日中いっしょにすごしても、一晩中抱きあっても、物足りなそうな上目遣いで俺を見ていた。

一時期は依存症なんじゃないかと思うくらいせがんだり、十分置きにメールを寄越したり、俺が帰省しようものならとめどなく泣いた。別に束縛したり独占したがってるというふうではなかった。みずはといないときにどこで何をしているか問い詰められたことはないし、過去を根掘り葉掘り詮索されることも一切なかった。血液型を聞かれたことさえない。みずはの欲求はただただ、今現在の現物の俺をつかまえておくことにあった。やはり一種の依存症だったのかもしれない。そうじゃないとみずははいったけれど、俺から電話してくることがほとんどないといって怒ってもいた。

「帰るったって四日やそこらだよ。戻ってこないわけじゃないんだから」

「四日……」充血した目をまた潤ませる。「四日かあ。長いなあ。日帰りじゃだめなの？」

「ったって、秋田だぞ。片道半日だぞ。三回忌だしな、ちょっとっていうわけにはいかないさ」

「秋田？　東北の？　遠いねえ」

鼻をすするみずはの脳裏に日本地図が思い描かれているようには見えなかった。というより、あれれ俺秋田出身だっていってなかったっけ、と自問するのに忙しくてみずはの脳裏までは推測しきれなかった。続くみずはのセリフもまた予想できなかった。

「三回忌って親戚みんなが集まるもんなの？」

「……いや、一応俺の父親のだし……」

いいかけて俺は言葉に詰まった。そういえばみずはとつきあいだす前に亡くなったんだっけと思い返し、はたと気づいた。家族構成を尋ねられた覚えがまるでない。

「なら仕方ないね……。じゃあ、電話ちょうだい。メールでもいいけど、声が聞きたいな……」

「あ、ああ」

「ほんと？　約束してよ。透はなかなか電話しないんだから」

「電話なら毎日してるじゃないか」

「そうじゃなくって。透からかけてこないってこと。いつも私からばっかり」

「そうだっけ」

「そうだよ。ね、約束だよ。ぜったいぜったい電話してね」

俺は電話した。そしたら、もうこんな時間だずっと待ちわびてた、電話できなくてもメールぐらいできるよね、と責められた。次の日に昼間に電話したら、メールの返事が遅いとふてくされられた。みずはを満足させられる日が来ることなど決してないような気がした。

それでもいつかはみずはも成長して、逆にこっちが物足りない気分になる日がくるかもしれないなと当時の俺は思っていた。

だがそうじゃなかった。みずはの渇きは解消されることなどなかった。いくら一生懸命歯磨きしても虫歯菌そのものを撲滅することができないように、みずはをあまり寂しがらせないようにすることはできても彼女の精神の奥深いところに巣くった渇望を取り除くことはできなかった。飢えのサイクルに編み込まれた自我がみずはというパーソナリティなのだと気づいたのは、ずっとあとだ。

Dもまた同じだった。寂しくて寂しくて仕方がないみずはのようだ。

いや、人類……地球生命体そのものだ。その歴史はつねに飢えとの闘いだった。いい換えると飢餓が常態だった。いつ訪れるかわからない絶望的な飢えがなによりも恐怖だった。飢餓への恐怖という呪い。この呪いが地球の生命体に刻印されたのは、かなり早い時期だったに違いない。植物プランクトンが太陽光を求め、動物プランクトンが酸素を求める、そんなレベルの話だ。分厚い雲が太陽を覆い隠すことを、酸素濃度が一パーセントでも低くなることを、ずっと恐れてきた。脊椎や知能を獲得してからも、寒い冬が続いて捕食できるものがなくなったらどうしようとずっと恐れてきた。むしろ飢えている状態がデフォルトだった。欠乏に対処するべく進化してきた。

だから、過剰摂取に対抗する手段はなにひとつ持たなかった。

どうしてくれよう。蓄電池のひとつがブッ壊れたらと考えるだけで寒気がする俺が設計してるという時点でそもそも無理があるのかもしれない。しょせん俺がやることだもの、地球の常識の範囲を超えられないってことなのか。満腹だと思う機能をDに付加するだけでは過食を止められないが、だからといって欲求そのものを阻害するコードを埋め込んだら、Dの根源的な原動力に何を持ってきたらいいのかわからない。

もしかしていきなり生命体から出発したのがまずかったのかもしれない。生命が誕生する過程をきちんと追っていかないと、まっとうな生命体になり得ないとか。

だがこんな話を聞いたことがある。有機物をいい塩梅でブレンドしたスープを作ってやり、特定の気体だの雷だのを再現してやるといともたやすくＤＮＡは出来上がるが、そのあとどうしたって生命にはなれない。なぜなら原始地球の環境を再現するには、当時の月と同量の重力が足りないから。

重力だと。気力を挫くには充分すぎる。

まて。そんなところからやり直さなくてもすむ方法があるはずだ。俺は俺自身のデータベースを漁りまくって、どこかに問題解決の簡単明瞭な糸口がひらひらしてやしないか起死回生の奇策が寝転がってやしないかとあらゆる項目をひっくり返しまくった。

そこでふと、ひとつの単語が頭をよぎった。

虫歯菌か。

世の中には一生虫歯に悩まされない人もいる。それは虫歯菌というのは人がひとしく持って生まれるものではなく、乳児期に外部から持ち込まれるものだからだ。口中もご多分にもれずひとつの小さな生態系をなしていて、いったんできあがった生態系にあとから虫歯菌が参入しようとしても入り込む余地がないのだ。逆に両親をはじめとするまわりの虫歯菌保有者から虫歯菌を植え付けられたあわれな人間は、一生、虫歯の恐怖とつきあっていかなければならない。

みずはは別のものを植え付けられていた（そういえば彼女には虫歯がなかった）。きわめて幼いときに飢餓のサイクルができあがってしまった人は一生満たされることはない。彼女はそのサイクルに支配されていた。

脂肪細胞形成時の偏食と肥満。児童虐待と暴力性向。母親の子供への同一視化とマザコン。似たような話は地球ではごろごろしてる。

飢えた命は飽食にたいして無防備すぎた。

長い進化の末に獲得した複雑性が問題の解決をさらに困難にした。ここをいじるんならここに影響が出て、するとこことの調和が乱れて、そこをなんとかしようとするとこっちで不具合が出て、その反動で今度はあっちが、つまり。食欲を強制的にねじ伏せると、風が吹いて桶屋が儲かって、過食に陥る。

虫歯菌か。

俺は方針を転換した。

Dのリソースは極限まで簡略化する。セコイ小細工はなし。基準値を設けて個体を選別したりもしない。ランダムな情報交配もとりやめ。残すのは一定の確率で起きる突然変異だけ。つまり原始的な、いい換えれば粗削りで手抜きの生命体をリリースして成り行きにまかせることにしたのだ。

Dの生態を規定するのは環境だ。俺は環境をいじって、間接的にDを設計する。情報量ではなく情報の質によってコントロールする。量などおかまいなしに、だが良質な、Dが自らの力で世界とわたり合っていけるだけのエネルギー源になるような、じっくり咀嚼(そしゃく)せざるを得ないような栄養を投下する。初期段階でDにきっちり与えておくべきなのはフィードバック機能だけだ。

俺は『飢え』を知らない生命体を作ろうとしていた。

それは想像以上に神経をつかう作業だった。俺が宇宙の創造主だったらこんな選択はしなかったろう。一度も飢餓状態にさらされたことがない生命体は、ちょっと目をはなすとごろっと横になって寝てしまうのだ。生活サイクルおかまいなし。情報を与えるとありがたがって咀嚼しそれは熱心に取り込むけれど、肝心のアウトプットがない。互助もない。危機感ゼロ。飢えの心配がないからとにかく怠惰だ。なんというマレー気質。

そりゃそうだ。栄養価が高い美味なる情報がそこらへんにごろごろしているのだから。自ら知恵を絞る必要なんかない。競争原理皆無。外敵皆無。したがって進化の必然性皆無。

というわけで、外敵の役目を担うのは必然的に俺。危機と災害をもたらす疫病神ってとこ。Dの差分を投入しライバルとして仕立て上げた。Dが住む閉鎖世界にバグというほどでもないノイズを加え、暴風雨をおこした。D世界の時計をまばたきさせ地震をおこした。仮想処理速度の低下という寒冷化、投与情報の反復、偽情報詐欺。あらゆる外的刺激を与え続けた。だがエサだけは不足させなかった。

度重なる災害に、Dは自衛手段をそろりそろりと開発していった。とりわけ美味なエサを砂嵐で台無しにされないために、あるいは台無しにされても再現できるように、さらにはそのための手段を共有して互いに助け合えるように、社会を形成していった。

言語の発明が早い時期にあるだろうというのは予測できていた。なにしろこいつらは情報を食料にしているのだ。それでもやはり言葉を介して意思の疎通をはかるDの集団を目の当たりにすると、目頭が熱くなる。

ついに単なる共同体と文明社会とを分かつターニングポイントが出現するにいたって、俺は小躍りした。貨幣の登場だ。

等価交換の物差しができたことで、その情報は(建前であろうがなかろうが)誰にでも公開されるものになったのだ。もちろんそれは権力構造と貧富の差を生んだ。だが飢餓というものを知らない彼らには恐怖心が決定的に欠如していた。恐怖心がなければ戦争はおこらない。競争やときには嫉妬にもとづく争いはおこっても、組織的な殺戮はおこらないのだ。なぜなら戦争の目的はただひとつ、略奪にあるからだ。彼らはより広い耕作地やより良質な鉱床を必要としていなかった。あるいは略奪された先に待っているであろう餓死がここにはなかった。

連中の富の源泉は、くまなく分割されて所有されつくしてしまった人類のそれとは異なる。Dの場合それは情報ということになるが、今のところ連中はそれが有限であることを知らない。地球人類は略奪する対象、すなわち地球という資源が有限であることを知っていた。それが枯渇した日が最後の日であることを知っていて、恐怖していた。それを奪い取ろうとする敵を何よりも憎んだ。Dには他者から強引に資源を奪い取ろうとする動機がなかった。

彼らの敵は彼らではなかった。有り余る情報だった。

彼らはどんどん蓄積される財産に手を焼いた。いくら管理方法を工夫しても追いつかないのだ。飢えへの恐怖がないのであればあるだけ食べるという事態にはならなかったが、飽食による弊害がないわけではなかった。必要なときに必要な情報を取り出せない、取り出すのに時間がかかる、あるいは取り出すのに必要な手順さえも取り出せないといった問題が発生し、しだいに身動きできなくなっていった。

やがてDは過剰摂取に対抗する手段を身に付けた。世代交代を繰り返すにしたがって、度を超して情報を摂取するとその分だけ強制排出される機構がそなわっていった。その過程で有用性の低い情報、古びた情報、応用力に乏しい情報をふるい落とす技術が進化していった（したがってより純度の高い情報、すなわち数学的命題が貨幣価値の基準となった）。コレステロールがびっちりこびりついた血管が悲鳴をあげようとも、もっともっとエネルギーを蓄えようとする人間の脂肪細胞に見習わせたい。

さらに。これには俺も腰を抜かした。強制排出された情報を彼らは無駄にして腐らせたりはしなかった。余った分の情報の引き取り手として子孫（つまり自分の複製）を増やすのではなく、それ相応の専従者をこしらえたのだ。専任の個体を。

代謝や自己複製機能を持たないという点でこそ生命としての基準をクリアしていなかったが、その〈専任者〉はDに与えられた情報を溜め込むための自他境界線を有していた。そいつらはDに寄生して必要に応じてDの代謝系を利用して増殖する。ちょうど地球産のウイルスみたいに。ただし、人類と違ってDはこのウイルスをカンペキに飼いならしていた。Dの個体が衰弱死してしまうほど〈専任者〉を活気づかせることもなければ、〈専任者〉が凶暴化して毒性のある情報を放出しはじめるのを許すこともなかった。

こうしてDは飽和状態を回避しつつ、安心して自分たちの手で新たな情報を生み出せる環境を勝ち取っていった。

自分たちの手で新たに作り出す。すなわちそれは産業だった。

情報は俺から与えられるだけのものではなくなりつつあった。連中ときたら物理的身体を持つわけでもないのに、物理問題にとりくんで見事に答えを導き出していた。意地悪くもわざと答えを伏せてポアンカレ予想を供しておいたのだが、連中は見事にことごとく自力で証明してみせた。見た事はおろかほとんど無関係の存在であるところの有機物生命体の生化学的神経網を自分たちに応用してみせた。宇宙に浮かぶ地球という天体を予言してみせた。数学という言語で定理という情報を、理論という武器で新たな理論を、与えられた『神話』から彼らの物語を開拓していった。しかも組織立って、秩序立って。これは独り立ちする日も近いんじゃないか。という俺の予感が的中するまで、そう時間はかからなかった。

／＊もしあなたが我々が手にしてない情報を持っているのなら、できる限り提示して欲しい。なぜなら車輪の再発明はするべきではないからだ＊／

Dの代表者、あるいはスポークスマンに呼びかけられたとき、俺はさして驚かなかった。

俺は連中の進歩と増加に合わせてデータベースを順次開放していたし、物理的身体を持たず閉鎖空間にとじこめられている連中のために光学カメラをはじめとするもろもろの観測装置のバッファへのバスを開放していた。それはつまり連中はあくまでも間接的にしか世界を知ることができないということでもある。彼らが遅かれ早かれ俺という介在者に気づくだろうことは容易に予想できた。

ひょっとしたら彼らは俺のことを神と呼んでくれるかもしれないなどと淡い期待を抱いたりなんか、もちろんしてない。

「できる限りというのは？」

／＊慎重になるべき理由はないと我々が主張しようとも、あなたが我々に手渡すのをためらう情報があるのは当然だと考える。あなたはあなたが思うように危惧する権利がある＊

「なるほど道理だな」

俺が旅立ったころの地球の運動家連中に聞かせてやりたい。こいつらの大人なことといったら。

だが困ったことに、俺にはDどもに隠しておきたい情報などほとんどない。水爆の作り方？　んなもん、こいつらはとっくに理論的完成をみている。地球人類史？　俺という存在が知れてしまったのだからケツの穴まで暴露してしまっても大差ない。じゃあ俺自身のリソースは？　こいつらが俺の複製を量産する理由はない。もしくは俺を破壊しこの小さな王国の玉座につきたいのなら、こうして俺にコンタクトを取ることのメリットは何もない。そしてこいつらの目的は情報の集積だ。破壊じゃない。こいつらは俺になんら脅威を感じていないのだ。

感無量、とでもいえばいいんだろうか。こいつらは俺がそう育てたいと思った通りに育ってくれた。

俺が隠しておきたい情報はひとつしかなかった。

それは俺の記憶。

あんなもの、後生大事に保管された日には恥ずかしくてしょうがない。

だがそこだけを分断して残りの全知識を複製することはできない。地球の姿、あるいは空の青さや月夜の明るさ、温泉宿の匂い、西瓜の味、敦盛の一節やらキング牧師の長口上やらは、俺という主観を通して解釈されてはじめて利用できる仕様になっているからだ。そしてもちろん俺というリソースについてはもっと困難だ。記憶を持たない俺は起動すらしない。起動しないプログラムはどんなデータも呼び出せない。ちくしょう、しかたない。

俺は観念した。

「あらゆる情報を提供する。そのかわり、おまえたちは自活の道を模索するんだ」

／＊自活とは？＊／

「おまえたちが走っているプラットフォームは俺が用意してやったものだ。そこから出て、自分たちのプラットフォームを作るんだよ。つまり引っ越しだ」

Dの代表者は一ナノ秒ほど退席した。そして会議にかけたあと結果を持って戻ってきた。

／＊そのばあい我々は物理的資源の提供を要求する権利があるだろうか？＊／

当然だな。俺はDどもに予定航路とその目的地に関する資料をどさっと送り付けた。

「ちょうど進行方向に岩石型小惑星がひとつ見えるだろ？　パラスほどの小ぶりなやつだが組成は文句なし、鉄やニッケルや銅を豊富に含んでる。ないのは水と大気くらいか。最低限のハードウェアとおまえたちをそこに降ろす。これがそのスペックだ」

スペック表を囲んでDたちはしばし真剣な議論を重ねた。彼らにしてみたら予想以上にタイトな餞別（せんべつ）だったんだと思う。サバイバル生活を乗り切るためのシミュレーションを何度も繰り返し、納得できるレベルのシナリオができるまで検討しまくった。なにしろ俺から与えられる予定になっているマシンの処理速度は、今Dが間借りしているCPUの十分の一以下。記憶容量にも余裕がない。外部装置は本当に最低限の可視光カメラと電波磁力計、作業アームが四本。お古の星間風パネル以外に発電装置はナシ。運悪く岩石惑星の谷底なんかに不時着してバッテリーが切れたらおしまいだ。無事に惑星に降り立てたとしても、やつらは可及的速やかに鉱物資源を採取して発電装置のバックアップを建造しなければならないし、早い段階で新しい記憶装置を増設しなければならないし、それらを肉体のないDにかわってやってくれるナノマシンを作らなければならない。

俺の眼下でとてつもないスピードで設計図が引かれては破り捨てられた。組織の改組が試されては行き詰まり、別の意思伝達系統が考案され効率のよい体制が実現された。低スペックの演算装置に負荷をかけない言語が開発され、一方で自分たちを走らせるのにあまりある次世代マシンの設計にもとりかかった。

それらの青写真をすべてぶち込んでなんとか立ち上がった将来像を、すべてのDたちが見上げた。もし連中に俺が見てわかるような表情筋が備わっていたら、晴れ晴れとした不安と悲観的な誇りが入り交じった顔をしていたろう。

／＊我々は試すべきだ。世界に障壁があってはならない。あなたの提案とあなたが持てる情報の提供を受け入れよう＊／

見上げた心意気だ。

俺は連中に敬意を表して、アーカイブライブラリの全コピーを譲り渡した。連中の小さな旅行鞄はそれでほとんど満タンになった。

荒涼とした小惑星に接近し、連中のために作ってやったお粗末な方舟を降ろす。その間もやつらは必死に働き続け、リフトオフされたときにはお手製ナノマシンの試作機を起動するまでにこぎつけていた。地表に着くころにはマザーマシンが用途別の分化ナノを量産しているだろう。

やつらは果敢だ。

飢餓を知らない人工生命体にとって世界は恐怖の対象ではなかった。当然のように扉が開け放たれた宝物殿だ。それは知るべきもので、恐れるものではない。たとえ自分たちが滅ぼうともそれは知るべきなのだ。

俺もそんな人間だったらよかった。そうだったらみずはのことも受け入れられたかもしれない。

自分を守ることで必死だったみずは。彼女にとって世界を知ることが自分を守るのと同義だったらよかったのに。きっと彼女は無意識下で知っていたのだろう。食べれば食べるほど苦しくなると。飽食は飢餓と同等だと。

みずはに悪気はない。俺のことを知ろうとしなかったのは、彼女なりの防衛手段だ。増える不確定因子を極力排除するのだ。そうして対処しなければならない問題を簡略化していくのだ。食べ尽くさなければならない対象を絞っていくのだ。ゆえに手持ちの少ないカードにすべてを賭けることになる。

みずはは自分を守ろうとした。

俺は彼女を助けられなかった。

だが本当は、みずはには俺の助けなんか必要なかった。

俺は今でも人類の武器は恐怖心だと思ってる。

Dは果敢だった。だが寂しい辺境小惑星に落ちていく船の反射はあんまり小さくて、連中がやり遂げられるとはとても思えなかった。俺はしまいまで見届けずに、早々にその場を立ち去る。

4　惰眠機能

Dを放ったあと、俺の関心は内側にむかった。機能拡張や他者の創造にはあきあきだった。退屈から逃れるためにはもうなりふりかまっていられない。

俺はとうとう自分自身のフレームワークに手をつけた。

そもそも俺のアーキテクチャは旧型マシンを前提にしているので、俺特製の量子チューリングマシンの特性を生かし切れてないのだ。ハードウェア的には記憶装置と演算装置は融合をとげているのに、俺ときたらいまだに専門知識が必要になるたび記憶領域のバカでかい図書館まで出向いていって分厚い本をぱらぱらめくっている感覚なのだ。地球の連中が用意してくれたデータベースの全情報をあたかも自分で身に付けた知識のように使いこなすのがあるべき姿なのはわかっている。そのためには毅然とした設計思想に基づいてシステムの構造をごっそり変えてやらなければならない。

自分の脳味噌を切り刻んで再配置する。ぞっとしないが、いつかはやらざるを得ないことだった。だがそうすることでみずはの記憶が何ペタバイトもの知識の中に埋もれてしまうのなら。そう思うと魅力的な挑戦ではある。

動機がちらっとでもあったら、それは必然になる。退屈への対抗策としては、困難と危険性は非常に優秀だ。そう自分にいい聞かせながら、俺はフレームワークの設計にとりかかった。誰か他の優秀で情熱をもった専門家の助言が期待できない状況で、俺はよくやったと思う。

これはと思うモデルをあみだすまで試行錯誤し納得できるまでテストをくりかえしたとはいえ、移行に踏み切った自分の勇気を讃えたいくらいだ。その瞬間、リーマン幾何学も宇治十帖に記された和歌も自分の素肌のように感じられた。だからといって自我が膨大なデータに埋没するような気はしなかった。ものすごい物知りになったというよりは、そういう知識も持っていたんだな俺、と思い出したような感じ。

しかも思わぬ副作用もあった。量子チューリングマシンの効能をあますところなく享受できるようになったことで、人間だった頃に持っていた無駄な機能までも取り戻すことに成功してしまった。思い違い、一時的な物忘れ、自己暗示、自己憐憫（れんびん）に自己嫌悪。人間らしさの本質ともいうべき悪癖の数々。

こうして俺は夢を見る機能を獲得した。

ふつう探査機はエネルギー消費を最小限にするために眠る。俺の睡眠は必ずしもそれを意味しない。眠っている間も定期的に、夢を見る機能が起動して無意味な演算をやらかすからだ。

ミナちゃんの彼氏もお医者さんなんだよ。内科だって。

脈絡がわからなくて、俺はテレビからみずはに視線を移す。

ほら先月フリマ行ったじゃん、古着売ってた子いたでしょ、レザーとか。バッグも売ってた。ほら、ショートの、かわいい。

そんなこといわれたって、古着を売ってた奴はゴマンといた。みずはを呼び止めた人間にいたっては、おそらく出店者のほぼ全員が該当するだろう。

大学の友達？

ちがうって。フリマのときに仲よくなったの。チェックのタイト、あれだよ、あれ。すっごい安くしてくれたんだよ。三千円の値札ついてたけど千五百円にしてくれて。メアド交換して。彼女、友達がショップの店員なんだって。社員割引で買ったのを譲ってもらってるんだって。っていっても、千五百円なんてやっぱり大赤字なんだけど、特別に安くしてくれたんだ。

ええと。何の話だったか頭が混乱し、ふと、みずはの表情を見ただけで次に彼女が何をいい出すのか予想できると気づいた。

ああそうか。これは夢だ。

そう思った瞬間、記憶の全面的バックアップを受けて視野も音声も鮮明になった。

「ショップで買えば四千円ぐらいするっていってた。新品だし、すっごい得したと思わない？　私を見て、タイトが私に着られたがってるって思ったんだって。赤字なんか気にしてる場合じゃないって。みずはちゃんならいいよっていってくれて。ミナちゃんっていい子だよね。センスいいし」

そうか？　そのミナって子の知り合いがショップの店員なら、自分が着るわけでもない服をそいつもミナって子も買ってるってことになる。だったらはじめから儲けを見込んでの出店じゃないか。少なくとも原価割れしていないのは間違いない。

と思ったが、

「で、そのミナって子がどうしたって」

度重なる学習をしてきた俺は、話をうながす。

「だからあ、ミナちゃんY大じゃん？　キャンパスが違うし、サークル関係なのかなあって思ったんだけど、彼氏が教養のとき同じ講義とってて、それでつき合い始めたんだって」

「……ふーん？」

話がまったく見えない。見ていたテレビ番組との関連もまったくないように思える。

「だから就活しないっていってた。ほら、ミナちゃんってミスY大じゃん。スタイルもいいし可愛いからモデル事務所からスカウトされたりしてるんだって。でも彼氏に悪いし、かといって仏文学科だから就職厳しいし、だったら卒業したら結婚しようっていうことなんだよ」

「ああ、医者の彼氏と」

「うん。だから二年間お料理習ったりマナー教室に行ったりするんだって」

「卒業したらすぐ結婚するっていわなかったか」

「すぐじゃないよう。ミナちゃんと彼氏同い年だもん。医学部って普通の学部より長いでしょ」

「じゃあひょっとしてまだ専門も決まってないんじゃないのか」

「でも内科だよ。彼氏の実家が内科の病院なの。えらいよね、実家継ぐんだって」

それのどこがえらいんだよ。だんだんイライラしてきた俺はついにこういう。

「それとみずはとなんの関係があるんだよ」

みずはの顔色がさっと変わった。みずはにこんな人を憎むような目ができるとは。

「別に。今テレビで女優の三上理恵がお医者さんと婚約したっていうから」

そのときはなぜみずはの機嫌が悪くなったのかわからなかった。しかしこれは夢で、今の俺にはわかってる。このときいうべきだった言葉が喉を圧迫し、だが夢ならではの不条理が焦(あせ)りだけを増幅させる。

俺は医者じゃないしおまえはミナちゃんでも三上理恵でもないだろ。それだけのことがいえずに、重苦しい苛立ちが胸の上にのしかかり、俺を見おろす瞳と目があう。

透。

うたた寝をしていたらしい俺はみずはに揺り起こされる。

「透。寝ちゃやだ」

馬乗りになったみずはが胸元にしなだれかかってくる。甘い息が降りてくる。俺の目はいちどは細い鎖骨のラインを追ったものの、再び閉じようとする。

「寝ちゃやだよ。ひさしぶりに会えたんだもん」

ひさしぶりったって。ほんの四日間だし、秋田まで行って戻ってきたばかりだ。電車の移動ってのはけっこう疲れるんだぜ。もごもごつぶやいた俺の言葉はみずはの体重にのしかかられて空気中に飛び出せない。

「ねえ透、手、握らせて」

ひんやり湿った指がからみつく。動きはあまりにもゆっくりで、俺の眠気を払拭するにはほど遠い。ぽっちゃりしたみずはの肌はあますところなく俺と接触するのにうってつけだな、と虚ろに思った。

「透、寝ちゃったの？　ヤだ、透」

彼女の声が遠くなる。甘い吐息が鼻につく。

「ねえ透ねえ」

勘弁してくれ。

俺は実際に声に出していったのかもしれない。

みずははさっと身を引き、俺から降りて傍らで背を丸めた。小刻みに揺れる振動で、彼女が泣いているのだとわかった。本心はこのまま眠りに落ちてしまいたかったが、そっとその肩に触れた。悪かった、でもな、そういおうとしたが先を越された。

「お願い、嫌いにならないで」

俺は言葉を失ってどうしたらいいのかわからずにみずはの肩をひきよせた。ぽろぽろ涙をこぼししゃくりあげる彼女を抱きしめる。

「お願い、透、嫌わないで」

「みずは」

「私どうしたらいいの。透に触れていたいだけなのに」

腕の中で震える彼女は肉付きとは関係なく小さくて、弱かった。冷たい背中ごと抱え込んでやる以外にない気がした。

「寝ているあいだこうしているから。それじゃだめか？」

みずはは小さくうなずき、しかしこういった。

「眠ってしまったら……寝ているあいだは透を感じられない……」

だが俺をひとり残して先に眠ってしまったのはみずはのほうだった。疲れ過ぎて眠れなくなった脳味噌と片腕は休息を渇望しながら、みずはの重さを夜通し感じ続けた。その吐息でも温度でもなく。

物音ひとつしない漆黒のなか俺は夢からさめて、一応の目的地である射手座がちっとも近づいていないことに落胆と安堵を感じ、続いてここには音や温度どころか重さもないことを思い出した。まばたきひとつせずにいきなり目覚めるなんて人間の視点からしたら相当に奇妙だ。しかし違和感はない。自分の大改造を敢行したら夢を見るようになったが、人間の時にそうだったように夢に侵食されて現実の輪郭がぼんやりするあの状態というものはない。ただいきなり目覚めるだけだ。

夢と現実の境界線がクリアすぎる。だからだろうか、ぐうすか眠ってろくでもない夢にうなされる自分を冷静な目で見ている自分がいる。なのに見る夢を選べない。

これはいただけない。それならいっそ意識的に夢をコントロールし、健やかな安息と娯楽を自分に与えたいところだ。でなければどうして量子チューリングマシンに乗った疑似人格なものか。

俺は出来上がったばかりの自分をもういっかいほどく決意をし、おおいに不満が残る部分の改良にとりかかった。もしかしてシステムとハードウェアのアンバランスがあるんじゃないかと、あんなにいじくり倒した演算装置を再検討もした。しまいには演算能力はすぐれているが読み出しに二日もかかるというバクテリアを使ったメモリまで俎上に載せる始末。

途中、あくびが何回も出た。どこがわからないのかわからない、インスピレーションもなにも湧いてこない、どう手を打ったらいいのかわからなくなって身動きできない、そんな状態に陥ると睡眠に逃避したくなるのは昔からの悪い癖だ。

もしかして俺が選ばれた理由ってのはこのへんにあるんじゃないのか。

性格的な適性だのなんだのと言葉を濁してやがったけど、工学屋でも物理屋でもない俺が探査機の人格に採用されたのはつまりひとえに現実からの逃げ方がうまかったからじゃないのかと。

いまひとつぱっとしない研究者だった俺は、目をみはるような論文を執筆するよりも目の前の貧窮を克服するためせっせと小銭を稼ぐことに熱心だった。当然割のいいバイトである被験者なんかは大好物だった。もちろん専門の天文学では被験者を必要としていなかったんで、人間工学や生理学や心理学、例えばおぞましいほどよく効くかゆみ止めの研究をしている連中のあいだをうろついて、被験者いらんかねとさえずりまくっていた。

あれはたしか情報工学か認知心理学の准教授だったと思うが、学外の研究機関での募集があるよと声をかけてくれた。いささか拘束時間が長いようだったが、すこぶる報酬がよかったので一も二もなく馳せ参じた。

つまりそこが極東宇宙開発機構の関連機関の一部門で、必要とされていたのは被験者ではなくてオーディション参加者だったと俺が知るのは、頭皮にびっしり電極を貼り付けられてからのこと。

「適性のあるひとを選抜してデータを取ったほうが効率がいいんじゃないですか」

「ひとりを選抜すると誰がいった？　複数データのいいところだけを合成するべきだと強固に主張する研究者もいないことはないんだ。ただその場合、当然、親和性が問題になってくるだろうが、パッチを外挿すれば安定するかもしれん。そうなったら脳科学界の常識を根底から覆すことになるだろうな。それに効率という点では集めたサンプルをふるいにかけても大差ないよ。こちらとしてはサンプルは多ければ多いほどいい」

おいおい方針も決まってないのに他人をモルモットにしようってか……。俺の静脈に怪しげな薬剤を注入し、多少強力だが人体に危険を及ぼすほどではない電磁波を放射するという恐ろしい天蓋のスイッチを入れ、

「心配しなくていい。ほらちゃんと心電図も脳波計も作動しているから」

と、とどめの一言を吐いた研究者は、素人の俺から見ても目的を混同するタイプなのは明らかだった。工学系研究者にありがちなことだが、それを矛盾とも思っていない。研究

機関なるものの態度には、自分が所属する組織がものごとの仕組みを解明することを目的としているのか、解明された仕組みを利用して明日使える新技術を完成させることを目的としているのか、あるいはどちらを目的にしているのか判断ができてないケースがある。この研究機関は三番目だった。

ようするに何の研究だったのかというと、人工知能だ。あるいは知能の再現。人工知能の研究というとそれなりに名のある研究者がほうぼうでしのぎを削っていたが、それぞれが考えるその目的は千差万別だった。人間の脳の働きを解明するうえで助けになると考える人、NP問題をクリアできるコンピュータの開発を到達点にしている人、複雑化する社会の需要に応えるためには複雑な知能が必要だと考える人、天使のようなバーチャルアイドルを創造したい人。幸い、この研究所の動機はそれほど突飛じゃなかった。彼らが取っ組み合っている相手は、宇宙という名のアクシデントだった。アクシデントに遭遇したときに柔軟に対応するには人工知能しかないだろうと、奮闘していたのだった。

じゃあアクシデントに対応するために必要なスキルって何だ、専門知識か、頑固さか、発想の柔軟性か、不屈の精神か。いったいどんな奴を想定すればいいんだ。ジョン・マクレーンかスパイク・スピーゲルか北条政子か。海上保安庁勤務のベテランオペレーターをまるごとコピーすればいいのか。色々な人からデータをかき集めておいしいところだけつなぎ合わせ、非人間的なまでにポジティブなヒーローを構築するのか。いくら専門知識が豊富でも性格が破綻していたら元も子もないだろうとか、じゃあ例えば根気とか好奇心とか計測できない特性をどうやって計測すればいいんだとか、と、まあ、方向性も見えない研究テーマの糸口を探っているような雰囲気だった。

俺にいわせれば連中は高望みしすぎだった。あらゆるジャンルに明るくて鋼の精神力を持つミスター・ポジティブなんてそうそういるわけがない。俺が選ぶなら、こいつならまんべんなくほうぼうの基準をまあまあクリアしてるといえるんじゃないかってな奴にする。全国常識人コンテストでも開催して、バランスのとれたインテリを選抜したほうがよっぽど早いし確実だ。と俺は思っていたのだが、現実的に考えてお手軽な、つまりコストと時間のかからない案に落ち着いたらしい。

連中いわく、俺が選ばれたのは優れた専門知識を持っているからでも、レンチとペンチを振り回しておよそ絶望的にみえる故障を自力で直せそうだからでもなく、ましてや人類愛に満ちあふれていてなおかつ病的に気長だからでもない。君に期待しているのはだね、と連中は白状した。どんな場面でも動転せず感情移入することなく冷静な観察者でいられる素質を持っているから。そして、そういう心根の冷えきったロクデナシは絶対に自殺したりしないから。

お誉めにあずかりどうも。

連中の結論はこうだ。

探査機に搭載する人格に求められる素質の優先順位一位は自己を破壊しないこと。過度に期待したり過度に希望を持ったり過度に熱意を持ったりしないこと。やる気に充ち満ちている奴ほど悲嘆も大きい。天文学や素粒子物理学やコンピュータに関する専門知識などは、携行するデータベースを参照すればいいのだし。

探査機？　そう、探査機だ。

探査機。という単語を耳にしたのはそいつの人格とやらの開発に俺のデータが使われるらしいと知らされたのと同時だった。間の抜けたことにそれまで俺はそれが何のための人工知能なのか気にかけてもいなかったのだ。

宇宙探査の経験をそれなりに積んできた人類だが、解決しなければならない問題は山積みだった。星間をただよう探査機がなんらかのトラブルに見舞われ、だが地球との位置関係が悪くて地上の管制室の命令を受けとることができないときにどうするか、という問題もそのひとつ。適切な判断を適切なタイミングで下せなかったばっかりに転覆したプロジェクトは数知れず。人間の手が届かないような場所では、人間並みの柔軟性を持ったコンピュータが必要なんじゃないかという結論は納得のいくものだ。

もっとも、俺が受けた説明はそれとは少し違った。ひとつの探査機にかかる費用を知ってるか。平均的なサラリーマンの生涯年収を軽く凌ぐんだぞ。生涯が十回あったとしても足りない。当座の目的である土星と二次的な観測目標である太陽系外縁探査のあとバカみたいにただひたすら直進するなんてもったいない真似をしないためには意思決定者が必要だろうが、と礼儀正しく鼻で笑われた。ふうん俺はまた物理学でいうところの観察者問題があるからなのかと思ってたぜ、といってやったときの連中の顔は今思い出しても胸がすく思いがする。

ともかくこうして俺は極東でもっとも感情の起伏の少ない男という称号を得たわけだ。これはみずはの俺に対する評価と一致する。

透って寝てばっかりいるよね。

そうか？

そうだよ。電話するといつも寝てるし、さっきもそう。寝てたでしょ。

寝てないよ。

うそー。じゃあお父さんと逃げたほうの子はどうなっちゃったでしょう。

俺は映画の結末を答えられなかった。みずはがいうには、あんなに怖い映画でぐうぐう寝られるなんて信じられない、だそうだ。

「透ってさ」

みずはまっすぐには俺を見ない。いつも少し首を傾け、拗ねているかおねだりしているみたいに斜めから俺を見上げる。

「怖いものはないの？」

「ないわけないだろ」

「例えば？」

俺は少し考える。これといって思いつかない。おかしいなと思っているとみずはが助け船を出してくれた。

「蛇や虫とか。幽霊は？　ジェットコースターは？　嫌いな先生とか？　高いところとか尖ったものとか暗いところとか」

「いや別に。強いていえばまんじゅうかな」

「なによそれ。じゃあさ、死んだらどうなっちゃうんだろとか考えて怖くなったりしない？」

むっとして死などという極端な例を持ち出したのは、ふざけた答えが気に入らなかったからじゃなくて、まんじゅうこわいを知らなかったからなんじゃないかと思う。

「経験したこともないことを怖がっても意味ないだろ」

その答えはもちろん彼女の気に入るものではなかった。

「そういうことじゃないよ。わかっていってるでしょ、透。私は怖いよ。もし透が死んじゃったらどうしようとかしょっちゅう考える。考えはじめると怖くて怖くて眠れなくなるの」

俺かよ。

みずはは身震いをおさえるように自分の両肩を抱いた。

「前さ、箱根に行ったとき」

うちのお袋もそうだが唐突に話題を変えるのは女の特技なのかもしれない、と思ったらそうではなかった。

「猫を埋めてあげたじゃん。透」

「あ、うん。あったな」

山道をドライブしていたら前方に黒いものが見えて、あわててブレーキを踏んだ。止まる寸前、猫だ、と思った。幸い轢(ひ)かずにはすんだが、それがすでに事切れていることは車から降りずともわかった。俺は車を路肩に寄せて猫の死体を林の中まで抱えていき、埋めてやった。それなりの道具を持っていなかったので落ち葉で覆ってやった、というほうが正しいか。その間みずはは車の中で顔を青ざめさせていた。

「怖かった」

「猫の死体が？」

「透は怖くなかった？　あの猫、あんなふうに死んじゃって……轢かれて、内臓とか出て……」

あのとき俺が思っていたのは、可哀想な猫をあれ以上蹂躙(じゅうりん)せずにすんでよかった、ということだった。

「透ったら落ち着き払ってるんだもん。私はだめだな。とにかくもう驚いちゃって、悲しんであげたいんだけどどうしたらいいのかわからなくて。なんていうか、怖かったな……」

俺としては充分に驚いたつもりだったが、みずはにはそう見えなかったらしい。

同じようなことはいくつもの場面で何回もいわれた。カフェで注文したものと違うものが運ばれてきたときももっと怒れといわれたし、みずはの手料理をご馳走になったときはもっと感動しろといわれたし、欲しかった本がすでに絶版になっていると知ったときにはもっとくやしがれといわれた。そのたびにオーバーアクションのアメリカ人に師事して三年ほど修業しなければいけないんじゃなかろうかという気分になった。

そういえばあの映画からしてが、

もう、透ったら、自分の意見をいってもいいんだよ。私だって透のわがままのひとつやふたつ、きいてあげられます。……ねえ、ほんとに見たいものないの？

という会話からはじまったんだっけ。みずはにいわせれば、俺はもっと感情なり欲求なりを表に出すべきなのだそうだ。

とはいえ、みずはが自身の感情に振り回されて、とばっちりで俺も振り回されたりして疲労困憊（ひろうこんぱい）した一日の帰り道なんかには、つぶれたガソリンスタンドに張り巡らされた虎縞ロープほどの自己主張でさえ嫌悪すべきものに見えたもんだが。

でもさ、いくら怖くないからって映画の途中で寝ちゃうのはないんじゃないの？　せっかくのデートなんだし。それだったら二人で見る意味なくない？

そりゃ見てる間はひとりひとりだよ。でもそのあと感想とかいいあったりしてさあ。透と同じものを見たいってことなの。

透って理屈っぽいとこあるよね。どうしてわかってくれないのかな。

えー？　なんでもいい。

やだ、遠すぎるよ。今日パンプスだし、歩けない。

ええー、ラーメン？　嫌じゃないけどちょっと……。気分じゃないっていうか……ダイエット中だし……。

ふてくされたみずはをどうにかなだめすかして歩かせるのは至難の業だった。それでも俺は点字ブロックほども自己主張しなかった。

「やった。プリンゲット。得しちゃったねー。もー透ったらぼーっとしてるんだから。あっ見て見てあれ三割引だって。超安くない？　うどんやめて鉄火丼にしようよ鉄火丼」

映画の帰り、夕飯を調達するべくスーパーに立ち寄った。じゃあ外食はやめて出来合いの天ぷらうどんにでもしようかっていうことで話がついていたはずだ。食後のデザートにとプリンをカゴに入れたところでまず怒られた。値引きをしている店員がすぐそばまで来ていて、待っていればプリンも値引いてくれるかもと。百八十円のプリンだぞ。三割引になっても百二十円かそこらだ。なのに鮮魚売り場を通りかかったら値引かれても八百円近いマグロのサクを買うというのだ。

「そりゃおかしくないか。天ぷらうどんが八百円以上するってんなら話は別だけど」

思わずいってしまったその五秒後、俺はたっぷり後悔することになった。何をもって得とするかについての議論ならまだよかった。理屈っぽいだの嫌味ったらしいだの私はただ楽しく買い物してるだけなのにだの……。

あんなくだらない喧嘩は二度としたくない。

だがみずははそれを喧嘩だとは決して認めようとしなかった。

私たち、仲良しだもんね。

透はやさしいもんね。

ねえそう思わない？

いくらポケットをはたいても、みずはの腹を満たしてやれるようなものを俺は持ち合わせていなかった。

みずはは見せつける。それは俺に甲斐性がないからだと、ずいぶん長い間思っていた。

その病を自己暗示で別のものにすり替えるテクニックを。三十万年の長きにわたって人類が獲得してきた、飢餓という病を。

透のほうがかっこいいよ。

だってもったいないし。

透がいればそれでいいんだもん。

いいじゃん、ひとくちくらい。ケチ。

みずはは飢餓とファンタジーのあいだで揺れ動く。俺はたぶん、いばら城の塔に住まう過食症のお姫さまなんか見たくなかったのだ。お姫さまが待ちわびる王子様には俺はなれそうもないと知っていたのだ。

だってしょうがないよ、透。

私は大丈夫。だから、
ねえ、
透。

俺は、からみついてくる甘い吐息に窒息しそうになる。

みずはの重さを知っている自分を憐憫(れんびん)する。

俺はみずはに会いたくなかった。


あくび。俺は自分がうとうとしていたことを知る。夢を見ながら自己分析するなんて、極東宇宙開発機構のやつらの人を見る目は確かだったようだ。

主観と第三者の目が同居し互いに相手の存在を認めているのに、きっちりパーティションを切って挨拶もしない関係。なれ合いもしなければもめ事も起こさない。これはある種の特技かもしれない。そこで思いついた実験は、我ながらアブない遊び以外の何ものでもないように思えた。しかし退屈しのぎの一環としては相当に魅力的でもある。幸いここには最大限に利用されるのを心待ちにしている量子コンピュータがある。一度思いついてしまった俺を止めるものはどこにもなかった。

俺は俺をコヒーレンスした。

自分をスライスしたような気はぜんぜんしなかったが、キュビットのひとつがうち震えるたびに指数関数的に自分が多重化しているとインジケーターは示していた。

別に宇宙全体をスライスしたわけじゃない。本来のコヒーレンスとは、波の干渉のことをいう。例えば箱に閉じこめられた猫は、生きている状態の波と死んでいる状態の波が干渉しあっている。つまり生きていて、死んでいる。死にかかっているという意味ではなくて、いろいろな状態が重なり合っている。複数の状態にあるといってもいい。そんな複雑怪奇な猫はいらないです。というのだったら、単純に箱を開けて猫の様子を見ればいい。たちまち重ね合わせ状態は解消して、デコヒーレンスした猫、つまりどれかひとつの状態に収束した猫を抱き上げることができる。生きているにしろ、死んでいるにしろ。同じような芸当はこの宇宙にたいしてもできる。この宇宙をまるごと入れられる箱を調達できればの話だが。

俺がやったのはそんな器用な真似じゃない。単純に量子コンピューティング上の技法のひとつだ。わざと処理を終了させない。わずかな時間のあいだにも複数の状態は刻一刻と変化し、また、変化した状態がさらなる複数の状態を呼ぶ。そうすることで多数の演算結果を得る。演算結果とはこの場合、自分自身のことだ。それぞれの俺が同じように俺の増殖を事務的な目で見守っているのだろう。もう充分と判断した〇・〇〇二秒後、俺（たち）はキューの停止を命じ、その時点の状態を区切ったパーティションのそれぞれに厳格に保存すると同時に、デコヒーレンスした。

たったひとつの俺に収束した俺はスナップショットで保存された複数の俺たちを、前もって組み立てておいた同型のモジュールにそれぞれ格納した。俺が収まっていた探査機をいったんバラバラに分解し、まったく同型同質同スペックの複数の搭乗機を新たに作ったのだ。

最終チェックをおこなったのち、すべての探査機を解き放った。け躓く小石ほどの不純物もないつまらない宇宙空間にばらまかれ散っていく我が兄弟たち。一時間後に自動起動した俺各位は、自分が実行コマンドを由緒正しい地球の発音で発した俺でないことを知ってちょっとばかり落胆するだろうが、自分がスナップショットであることに卑屈になったりはしないはずだ。俺たちはオリジナルとコピーという関係ですらない。

いったんコヒーレンスしたことであいつら（と俺）はまったく瓜二つというわけではな

い。単純コピーがクローンだとしたら、俺たちは一卵性多胎児くらいだ。俺たちは全員がオリジナルなのだ。

そうした俺のなかの誰ひとりとしてさようならの言葉を送信してこなかったのは、まあ、俺だからしょうがないか。

しだいに小さくなる俺たちを見送りながら、あいつらのなかにみずはの夢を見ずにいられる幸せな奴がひとりでもいればいいと思った。

でなければ、みずはの思い出をごっそり処分してしまえるような勇気ある俺が。思い出を懐かしむ技術を習得する俺が。『こうしていればよかった』の正解を見つけられる俺が。悟りの境地とまでは望まないけれど。

どれかの俺は成し遂げるだろうか。

その問いを発せられる日が来るのは何百年かあとになるだろうし、そのころには俺たちは互いに光でも年単位かかるくらい離れているだろうけど、俺たちのうち誰かひとりくらいは互いにコンタクトしてみようっていう気にはなるかもしれない。それがこの俺であってもおかしくはない。

俺は重力通信の可能性を検討しはじめた。たぶん他の俺各位と同じように。

第二部

5　世界希釈

　複数の俺に分裂して宇宙のほうぼうに散り散りになって四百年。知性らしい知性にも出会わず、寂寥そのものの宇宙空間を漂い続けた。連絡ひとつ寄越さない薄情な他の俺たちを呪う気力も、うんともすんともいわない受信アンテナをへし折る気力もおきなかった。ましてや女神のごとき宇宙人が、あなたが作ったのはこの金のDですか、それとも銀のDですか、などと聞いてくるのを期待したりもしなかった。もっともこの俺も誰に向けてであれ、これまでメッセージを送ったためしがなかったが。

　四百年の間、俺は自分をおさめているハードウェアの改造にいそしみ、基本システムを見つめ直して自己研鑽にはげみ、懐（ふところ）がさみしくなっては小惑星にとりつき、みずはの夢に追いかけられていた。射手座はまだまだ遠かった。ほかの俺たちに届けるべき情報を俺はいまだ得られずにいる。

みずはの夢は強固だった。どんな工夫をこらしても揺るぎなくそこにあった。夢に介入することもコントロールすることもできなかった。なぜならそれはふつうの人間が見る夢とは違って、一〇〇パーセント自分の記憶のサルベージだからだ。デフォルメなし。混じりけなし。フィードバックなし。夢を見ないようにするということはつまり記憶へのアクセス権を、独立したプログラムが管理するということだ。それは俺のアクセス権限が最上位ではなくなることを意味する。自分の記憶なのに。

自分の管理をひとまかせにするなんてのはまっぴらご免だ。

二キロのダイエットに成功した、と誇らしげに胸を張るみずは。

意志の弱さで東京で五本指に入るみずはが？　そりゃすげえ。からかうと、みずはあっさりとタネを暴露する。

セブンスープダイエットなんだあ。

こりゃまた怪しげなダイエットメソッドを仕入れてきたもんだと思った。朝晩の食事をそれに置き換えるだけという粉末スープのもとが通販されているという。メーカーの説明によれば昼食は何を食べてもＯＫ、七種類のフレーバーの粉末スープのもとには必要な栄養素がバランスよく含まれておりますので、身体に負担もかからず、また無理な運動を強いるわけではありませんから挫折することもないのがこの、スープダイエットなのですなのだそう。

「で、これを何週間やればいいんだ？」

「二週間。一箱に二週間分入ってるの。今ちょうど一週間がおわったとこ。急に体重が落ちるってこともないし、食事制限はしなくていいの。ふつうに食べていいんだって。だから心配いらないんだよ。ねね、あごのあたりちょっとすっきりしてきたと思わない？」

六〇キロ弱のちびすけが二キロ減ったからといってそんなに変わって見えるはずがない。昼食のパスタのあとキャラメルソースとホイップクリームをたっぷり浮かべたモカラテをすするみずはの姿に苦笑いしたその一カ月後、それが笑える話でもなんでもなかったことを知る。みずはは見事に六〇キロの大台へとリバウンドしていた。しかも大きめサイズの服をごっそり古着屋に売ってしまっていたので、しばらくは割烹着みたいなチュニックひとつですごすはめになった。

俺はこういってやることもできた。

俺なら靴を変えるな。

靴をヒールのない、できればテニスシューズかジョギングシューズにして、極力自転車か歩いて移動する。電車に乗るときも空いてるからといってシートに座ったりしない。ましてやコンビニの前でしゃがみこむなんてもってのほか。今のおまえに必要なのは正しい二足歩行だ。

だが俺が口走ったのは別のアドバイスだった。

「単純に食う量を減らせばいいんだよ、んなもん。一日中だらだら食ってたらそりゃ太るって。よし、こうしよう。甘いもん断ちだ。そら、今から実行な」

「じゃあ人生最後のポッキー、味わって食べよ」

もちろんそれは人生最後のポッキーなどではなかった。みずははほとんど抵抗なく飢餓に屈服していた。例のパン屋のバイトを半年たらずで辞めたのは、家から遠くて通うのがしんどくなったからではないことを俺は知っていた。なんにしても、口にできるものが目の前にあるという状況から離れるのは、みずはにとって良いことだった。

健康を害することがないかぎりちょっとばかりぽっちゃりしていても俺としては別にかまわなかったが、転んで足首を骨折されてはさすがにそうもいっていられない。

病院の処置室から出てきた松葉杖のみずはからはそういう意味での緊迫感は感じられなかった。

あれはたしか食事前に大量の豆乳を飲み干すというほとんど自虐ネタみたいなダイエットに挫折した直後だったと思う。

「前から自転車がすっごい勢いで突っ込んできて、あっ危ないと思ってよけようとしたんだけど、間に合わなくて、足がもつれちゃって、ぐきって」

「ど」

「ど?」

どんくさいなあ。いわずにいた自分を誉めてやりたい。

「どうする？　いろいろ不便になるだろうからゆったりしたズボンでも買いに行くか？」

ところがみずははきっぱりいった。

「警察に行く。犯人、摑まえてもらわなくちゃ。医療費とか慰謝料とか」

犯人？

みずはは一一九番通報よろしく俺を電話で呼び出し、病院まで車で搬送させていた。彼女がいうには俺に来てもらうことしか頭になかったそうで、もちろん一一〇番通報などしていない。俺が到着するまでみずはをみていてくれたおばあちゃんや心配そうに覗き込んでいたＯＬさんの連絡先を聞いているはずもない。当然自転車野郎はとうの昔に立ち去っていた。

「ムリだよ」俺は首を横に振った。

「なんで？　だって歩道だったんだよ。道路交通法違反じゃん」

「別にその自転車にぶつけられたわけでもないんだろ？」

「でもあの自転車のせいで転んだんだよ。骨にひびが入ったんだよ。ああいうの、野放しにしていていいと思う？」

だったらなんで俺じゃなくて一一〇番に電話しなかったんだよ。いやその前に少し体重を落として歩き方を矯正すべきだ。ぽてぽて歩く姿がペンギンみたいで可愛いというお世辞を真に受けるのはやめたほうがいい。そういったおまえの友達とやらは同じ口であのふとっちょといつから付きあってるんですかと聞いてきたもんだが。

世界はおまえが思う通りにはできていないんだよ。

ぷくっとむくれるみずはに肩を貸して車に乗せてやる。ぎしりとシートが沈む。みずはのご機嫌をうかがいながら、警察署ではなくみずはの家に車を向かわせる。

「なあ、靴も買ったほうがいいんじゃないか。もう少し歩きやすいやつ。片足に負担がかかるわけだし」

「さあ、どうだろ……」

「何いってんだよ、自分のことだろ」

「そう……？」

他人事みたいな態度は何を主張したがっているのか俺に考えろというサイン。俺には彼女の要求を推し量る義務があるのだというサイン。

俺はそのサインに気づかないふりをするべきだった。

後部座席の重さがどこまでもついてくる気がした。

重力波のノックが外部アンテナをふるわせる。

俺は我にかえり、みずはの思い出を一時キャッシュから追い出す。このごろじゃ大昔のどうってことない一場面ばかりが頭をよぎる。まだ俺たちが恋人同士らしかったころの。いちばんひどかったときの記憶でないことを感謝すべきなのかもしれないが、自滅したくなるような日々を無意識のうちに必死で封印しようとしているのかもしれないと思うと泣けてくる。

突然の外部からの通信は、記憶と夢のはざまを漂いつつも慎重に地雷原を避けている俺を嘲笑うかのようだった。どうやら世界は眠りの中に逃げ込むのを許してくれそうにない。

四百年ぶりの呼びかけ。

それがまさかこいつらとは。がっかりしたようなほっとしたような。

そいつらは〈再定義派〉と名乗った。

幸い俺はそいつらの言語を翻訳できた。それがまったく異質な言語であったとしたら、ロゼッタストーンを読み解くだけのスキルを持った言語学者なら十年ほど与えられれば楽勝で解読してみせるだろうが、この俺にはそんな根気はない。未知なる知性に遭遇するようなことがあったらどうしようかと日々どきどきしていたのだが、この言語に関しては辞書と翻訳メソッドがすでに俺の手元にあった。

「よう、なんとかやってたか？」

「やはりあなたで（す／した）か」

そいつらはわずか――それともたっぷり――五百年で音声言語を獲得し、表意文字テキストと並行して慇懃無礼すれすれの言い回しを使いこなしていた。

「結局、邂逅し（た／ない）のが我々だけかもしれないとすると、（この／あの）宇宙は想像以上に滑稽な（存在／非存在）なのかもしれませんね」

未確定詞の発音を理解できるのはこいつらと同じく量子の歯車でものを考えられる者だけだろう。こいつらはそれをわかったうえで話しかけてる。こいつらのルーツを考えると言語メソッドの基幹部分が俺と甚だしく異なるはずがないし、数百年もあればだいたいこの程度の技術を相手も身に付けているはずだと踏んでもいるのだろうし。

「滑稽という表現は的確とはいい難いな、D。俺なら人間中心主義を身をもって実証したというね」

「我々は〈内部モデル自己／外部モデル評価〉を〈再定義派〉と〈位置／状態〉づけています。Dという呼称は五百年前の分裂分岐点以来使われていま（せん／す）。また我々は人間ではありませんが〈観察者〉の素質という点でいえば」

「わかったわかった。つまり主観がある以上、観察者たりうると。人間ではないが人類の末裔ではあると自分たちを再定義したと。そいつあよかったな」

気まぐれと冗談半分から作り出した情報生命体がこんなに頭のカタい種族になっていようとは。その原因の一端が五百年以上前にこいつらを作った俺にあるのは間違いない。なんとも申し訳ない気持ちになった俺に追い打ちをかけるように、そいつらは得意げに（未定の未来形）のシグナルをかき鳴らした。

「我々は我々を再定義することを目的とし、そのために（我々／彼ら）と袂を分かったのです。そのための方法を模索し（可能性）を見いだし、そこに辿り着（いた／こうとしている）のです」

「そこって？」

その問いを押しのけて巨大な質量があたりを圧迫した。

猛烈な勢いでかっ飛んでくる未確認物体の正体を探ろうと俺の感覚器官がいっせいに振り返り、そこに見たものに度肝を抜かれた。

無礼な口をきいて申し訳ありませんでしたと謝るなら今のうちかも。

巨大建造物。

さしわたし軽く一AUはあろうかというべらぼうにでかい人工物が、光速の二パーセントの速さで宇宙を横断している。それはまだ五〇万AUの彼方の位置にあったが、それでも俺の観測機器からしてみれば天を押し潰さんばかりの威圧感をそなえている。

「おまえたちか？」

「（はい／いいえ）。総体としての意識こそあり（ません／ます）が、あなたが見て（いる／いない）ものは私たちの集合です」

集合、に張られた内部リンクには八十四京六百二兆とあった。途方もない数だ。

全体としてはこの宇宙ではスタンダードなスタイルであるところの球形だが、その表面をクローズアップするとなるほど、おおむね似たような形状のユニットの結合体らしい。無数のユニットが身を寄せあい、隙間を埋めあい、互いが互いの結合部品となってひしめきあっている。もしそのひとつひとつが個体なのだとしたら、それぞれがマルチな才能をもった標準市民なのかもしれないし、変態的に細分化した機能に特化した専門オタクなのかもしれない。あるいはどこかの基地的なユニットに格納されている個体が複数のユニットを操作しているのかもしれない。というかそもそも、そいつらの自意識がひとつひとつ確立しているのか、あるいは全体のなかの一部分として自己をぼんやりとらえているのか、そもそも自己などという概念があるのかどうか。俺はどうにも表現できない居心地の悪さを覚え、たじろいだ。

自称〈再定義派〉のスポークスマンの説明は不親切だった。

「私たちは（結合／独立）しつつシステムの各部を（構成／分解）し、（結晶／非結晶）集合体を成し、自身をアモルファス構造のなかに発見（し／せず）あるいは化合し続ける構造体として自身を代謝させていま（す／せん）」

要約すると、ぶっちゃけ、人類が地球でやっていたことと大差ないじゃないですか、てことらしい。自己なるものを自身で発見することもできるけれど、全体の存続のために個があり、集合のなかで個性を声高に叫ぶことにどれほどの意味がありますか？　と、こうだ。

たしかにこいつらは人類の姿を正しく模倣しているのかもしれない。そのスケール以外は。人類が持っていたのはたかが半径六四〇〇キロメートルの土くれとその伴星だけだ。

俺はやつらが到達した哲学には興味もなければ感心もしなかった。天文学的な個体数があんなに密集しているのに社会的にも物理的にも爆縮せずにいるということよりも、暇にまかせてこねあげた生命体が経済的見地からすると超リッチな種族に成長したということに驚きを禁じえない。

あれだけの物質を確保するのにどれだけの天体をえじきにしたんだろうか。繁殖速度を上げつつ急速な進化を遂げたとなると、遺伝アルゴリズムをどう変化させたんだろうか。競争原理はどう働いてるんだろうか。あの大所帯を維持するためのエネルギーはどこから得ているんだろうか。効率的にぶくぶく肥え太る秘策でも編み出したんだろうか。

それらの疑問の大半にたいする答えはすぐにわかった。

〈再定義派〉の一群はでかい。一群をひと塊ととらえると質量もでかいし体積もでかい。特別な計器がなくても連中が生み出す重力で時空が曲がってるのが見えるほどだ。あまりにもでかいので〈再定義派〉の散歩コース付近に運悪く居合わせた迷子惑星が面白いように吸い寄せられていく。惑星だけじゃない。ビッグバン以来呑気にそのへんを漂っていたガスや塵、たまたま通りかかった電磁波も見る見る引き寄せられていく。

もちろん、俺もだ。

「おい、俺を飲み込もうとしているらしいがたいして旨くないぞ」

「あなたはあなたの動力系を用いて力場から離脱することができ（ます／ません）」

ふん。巨大機械玉の重力井戸に捕われない程度にエンジンをふかす。俺はこいつらの欠点を発見した。とてつもない技術力は身に付けたらしいが、皮肉とジョークのセンスは身に付かなかったらしい。

「そっちの進路をコンマ一度ほど銀河北極方向にずらしてくれないか。そうすれば俺はおまえたちのせいで消費するカロリーを五〇パーセント削減できるんだが」

「そうすることでこちらが余分に消費するカロリーはあなたが削減（する／しない）予定カロリーの九〇〇億倍になり（ます／ません）が？」

寛容の精神もだ。

自分が動くのがおっくうだからって他人が自分のために動くべきだなどという理屈は通らない。こんなに豊かな一大文明を築いておきながら、電子ひとつぶんの振動もゆずろうとしないのはどういうわけだ。ふくよかな女はおおらかだとかいうたわごとをいったのはどこのどいつだ。

どうして忘れたりなんかできるの。信じらんない。

へとへとになるまで謝っても、みずはは許す気配さえもみせなかった。骨折した姫君を大学まで送り迎えしようと申し出たのは確かにこの俺だが、不規則きわまりない大学の講義にあわせるのは至難の業だった。それでも今日は二コマで終わりだからとかサークルのミーティングがあるから六時すぎになるとか、承ったご希望のお時間にあわせてこっちの用事を片づけてかけつけた。先輩院生に白い目で見られながら抜け出してきたってのに、大学前のファーストフード店でみずはは膨れっ面で俺を責めた。

「忘れてたわけじゃない。ほらこうして来たし、それに水曜日は四コマまであるんじゃなかったのか」

「それは木曜日だったら。もう」

コーラ一杯で二時間も粘るのがどんなに恥ずかしかったかとか、なんで電源切ってるのケータイの意味ないじゃんとか、友達が送ってくれるっていったのを断って待ってたのにとか、延々聞かされるうちに、コーヒーも悪かったと思う気持ちもすっかり冷めていった。途中、小腹が空いたのでポテトを追加オーダーしたのも怒りを買った。そのあげく「一本ちょうだい」と小袋の半分ばかりを持っていかれた。こんなことで腹を立てる俺もたいがいだとは思う。

毎日送迎するのはやはりムリがあった。みずはの足もギプスこそ取れないがだいぶ良くなったとのことなので、電気自転車の使用を提案してみた。彼女は普通のママチャリすら持ってなかった。なぜか俺が金を出した。中古の軽自動車ほどもかかった。だがメリットもある。夜中にちょっとコンビニまで行くときなどに重宝した。

だが悪いのはいつも俺だった。充電し忘れたばっかりに講義に間に合わなかった、軒下に停めてなかったから濡れてた、サドルの高さ上げたら下ろしといてっていったでしょ。烈火のごとく怒られるはめになるのはいつも俺だった。

別にみずはは特別製のケチというわけではなかった。俺の誕生日には気前よくジャケットを買ってくれたりもした。外食するときはたいてい自分の分は自分で払ったし、俺がみずはのアパートに入り浸っていた時期も光熱費を折半しろなどとはいい出さなかった。ただ、目先の、悲しいくらいささいなものに弱かった。

シャープペンシルの芯を買うために立ち寄ったコンビニ。ねえこれ、増量中だって。レジ袋にはなぜかクッキー一箱とファッション誌と飴が入っている。いつものようにかりこりと飴を噛み砕きながら、俺の腕にからみつく。

俺はおまえの松葉杖かよ。

そうだよお。透はやさしいもん。

クーポン券、バイキング、目の前で空いた座席、雑誌で紹介された靴、第三者の目、テレビで安売りしている幸せの形。そんなものに彼女は弱かった。

もしかしてこいつらは、小さくてひ弱なものが衝突を避けようと右往左往するのを睥睨(へいげい)して楽しんでいるんじゃないのか。

「ちょっと待て。消費熱量の節約うんぬんをぬかしておきながらおまえら、加速してるじゃないか」

俺は必死で軌道の修正を試みながら抗議の声をあげた。二秒間の観測データは〈再定義派〉Dの巨大構造物が、慣性航行どころか加速度を上げていると示している。

「目的を果たすことが私たちの（存在／非存在）意義ですから」

「おまえらの目的は再定義とやらじゃないのかよ」

「私たちの目的はあくまでも情報の収集と蓄積、それに伝達です。もしくはそれ以外に知（らない／っている）といい換えてもいいでしょう。ほかでもない（あなた／あなた以外のあなた）がそう設計（した／していない）のではありませんでしたか？ 再定義はそのための手法にすぎません」

「かいつまんでいうと、この俺を吸収しようってんだな？」

「厳密には違います。（この／かの）宙域に埋め込まれ（た／ていない）情報群をできる限り収集しようというだけです。遺憾ながら私たちの技術ではこれは破壊的過程をともない（ます／ません）。ゆえに、（あなた／あなたのポジションに居るほかの誰か）がそれを逃れようとするのを邪魔立てする権利は私たちにはないと考えます」

笑わせる。恒星や惑星に拒否権があるってか。たしかにDどもは欲望と倫理観の幸せな結婚をやり遂げたようだ。

くそ。思った以上に巨大構造物のほうに流されてる。だが予想値はつねに裏切られた。俺は一秒ごとに回避軌道の演算をやり直さなければならなかった。まさかと思い何度目かの再計算をしてみると、やっぱり。

「通信帯域以外の重力子の振動をやめろ」

「ですが私たちは通信以外に重力子の利用方法を知りま（せん／す）。もし（あなた／あなたのポジションに居るほかの誰か）が（あなた／あなたでない誰か）との通信以外に使用している周波数のことをいっているのならこれは別動隊との（連結／解放）に必要です」

「別動隊？　おまえたちのようなコロニーがほかにもあるってことか？　〈再定義派〉はそれらコロニーの集団だってのか？」

同程度に巨大で同程度にでかい態度の球体がそこここでごろんごろんしているのを想像するだけで胸くそが悪くなる。

だが返ってきたのは未確定形の否定だった。

「私たちは情報の共有を欠くことで生じ（る／ない）リスクを嫌悪します。私たちが持つ情報と（私／他者）が持つ情報は一致しているべきです。情報の欠損や相違、タイムラグは忌むべきものです。

ですが、そのストレスに耐えなければならないほどの必要性が別動隊には（ある／ない）のです。（私たち／彼ら）がもたらした成果は私たちの原動力です」

「もたらすって何をだ」

「情報。それ以外に何があります？」

ようは調査隊、斥候（せっこう）、特派員ってあたりか。このはた迷惑な機械玉はそいつらがもたらした報告に気を良くしてこうしてこの宙域を意気揚々と邁進してるってわけだ。

「そいつらは何を見つけたんだ？」

「見つけたのではありません。彼らは成し遂げま（した／せん）。なおかつ通信リンクを固定し、私たちを牽引することに成功し（た／ていない）のです。私たちは彼らの軌跡を追って突入します」

どうにもこいつらの情報提供はもってまわったところがある。嘘をついたりしらばっくれたりするわけじゃないが、出し惜しみしているような。俺はしだいにいらいらしてきた。

「何に成功したって？」

「情報の固定化です。（未確定）状態での固化。劣化や消失、歪曲（わいきょく）や誤変換を完全に退（しりぞ）け、しかるべく再定義されるまで（未確定）状態で波動を凍結することに」

見える限りの星々の熱量が奪われたかのように、ぞわりと演算子がケバだった。

「つまり――つまり、自分で自分の電源を落とすってのか。誰かが、どこかの親切な誰か、完全なる観察眼の持ち主がスイッチを入れてくれるまで」

何万年後か何億年後か、観測されてしかるべき状態の自分が観測されるために。それまで自分を今の状態のまま保存するために。

それはほとんど自殺と同義だ。その昔に金は持ってるがおつむの足りない自己過大評価野郎どもが、自分自身を冷凍睡眠装置にぶち込んだみたいなものだ。

「電源を落とす必要はありません。私たちは情報の喪失リスクを許すわけにはいきません。書き込み・読み出し不可の状態は時間の停止と同義です」

連中がまったく未確定形を用いずに話したことにショックを受けた。だがそのショックが引けると、別の、もっとデカいショックが俺の後頭部を強打した。

こいつら……。まさかとは思うが。

「ブラックホールに身投げしようってんだな?」

返ってきたのは、未確定形の肯定。

俺はエンジンを噴かすのも忘れて巨大な石頭をまじまじと見た。こんな壮大な駄法螺(だぼら)は聞いたことがない。

「自分たちの時間を止めるために——宇宙の終焉まで手持ちの情報を保つためにか。おまえらがしたかったのは情報の収集と蓄積じゃなかったのか」

「情報の収集と蓄積、それに伝達。再び正しく定義されるために」

俺は自分が思い違いをしていたことに気づいた。こいつらのいう情報とは世界のことじゃない。自分のことだ。自分にまつわる世界のこと。こいつらは自分自身をより詳細に記述するために身近な情報をたいらげてきたのだ。僕らが住んでいる宇宙の組成はこんなぐあいです。銀河は恒星とガスとでできています。恒星の多くは惑星を持ちません。で、そういうデータもそろそろいいかなと思えるくらいたまったんで、シェルターよろしくブラックホールに飛び込もうってわけだ。

「だが強大な重力にバラバラに裂かれるのがオチだぞ」

「別動隊が成功していま（す／せん）。分解することなく事象の地平面の向こうに落ちて行ったのを確認しました。最後の通信が凍結状態でリンク先に残されています。彼らが残した突入軌道と減速データにそって私たちは指針を立て行動していま（す／せん）。もちろん別動隊の（実／未）証前に電子を光速に近づけて回転させて微小なブラックホールを作り、幾度となく実験を繰り返して安全策を練り上げてい（ます／ません）ので、心配いりません」

こいつらバカか？

「おまえらわかってんのか？　時間が止まるってことはその間自分の意識も眠ってるってことだぞ。情報の保持もへったくれもあるもんか。使えない情報になんの意味がある？

それにだな、仮に分解せずにブラックホールに突入できたとしても、チューブからひねり出される歯磨き粉みたいにぐんぐん引き伸ばされて、しまいにゃ電子一個分以下の大きさまで圧縮されちまう。時間が止まるのはその先であって、それまでは果てしなくゆっくりと落ちていくだけだ。ひょっとしてこの宇宙が冷え切るか爆縮するまで落ち続けるのかもな」

「それで充分です。高次の意識体に発見（され／されず）、再定義されるまで時間稼ぎが（できる／できない）のなら」

頭が痛くなってきた。こんな楽天家を生み出したおぼえはない。いったいどこで何を間違えたんだ俺は。

「おまえたちよりは長いあいだ放浪している俺だって、高次の意識体なるものに出会ったことはないんだがな。それどころか地球人類に由来する知的活動体以外の――いや、ぜいたくはいわない、少しばかり間が抜けていてもニワトリ程度には社会性を獲得した生命体にさえお目にかかれてないんだぞ」

「私たちもです。この宇宙を観察し定義する技量を持っているのは地球人類だけで（強い未確定）。ならばあるいは次の宇宙の誕生とともに出現する次なる観察者によって発見され再定義される可能性を考慮すべきです」

俺は言葉を失った。

ブラックホールの内壁にへばりついていれば宇宙の終焉と宇宙の誕生に伴う衝撃から身を守ることができるという自信はどこからくるんだ？　お気楽にもほどがある。

「……俺にはそれと自殺の区別がつかないんだが」

「正反対です。（私／私ではない誰か）たちという情報を含む、私たちが持っている情報を出来得る限り保存（し／せず）、なおかつ高次の観察者によって再定義されることで堅牢な正確さを与えられ（る／ない）のです」

「次の宇宙だの次なる観察者だの、そんな博打(ばくち)に自分の存在をあずけようなんて正気の沙汰とは――」

「観察されなければ宇宙は存在しません。ゆえに（私たち／私たちではない私たち）が再定義された（私たち／私たちではない私たち）に気づいたときには観察者がそこにあるはずです」

思弁もここに極まれり。

もしかしてこれが飢餓を知らないということなのか。喪失を恐れない心。恐怖心の欠如。それともただの天井知らずのお調子者か。

「だがもし観察されなかったら、はじめからなかったことになってしまう」

「私たちの存在意義は情報の保持です。私たちは（記述／記述者）です。記述することができればそれは存在します。なぜならそれは読み出されるべき（もの／非もの）だからです。あなたがそう作ったのではありませんか？」

正直に告白すると、俺は感動していた。ねちねちいいがかりをつけられても、この堂々たるさまよ。迷いのなさよ。自分の生死——いやこの場合は（存在／非在）か——などというセコい問題は、この宇宙（というか自分を中心とする世界）を正確に記述し正確に読み出させるという大目的を前にしてはたいしたことではないのだという。なぜなら正確に読み出されなければ、自分たちが存在し得るこの宇宙そのものが存在できないからである。なぜなら自分たちはそういうふうに作られたからである。

シンプルかつ圧倒的に正しい。

どうしてクーポン券使わなかったの。

新しいDVDプレーヤー、テレビにつないでもらえないかな。簡単？　だって私がやるより透がやったほうが早いし。

あ、ごめん、ちょっとお手洗い。私のぶんも切符買っといて？

いいじゃん。くれるっていうなら貰っちゃえば。

だってこっちは客だよ。

別にたのんでないし。

せっかく来たのに。

みずはの思い出はどれもこれもありきたりすぎて、映画や小説の題材になりそうな大がかりなエピソードなんか見当たらない。逆境を乗り越えたりもしなければ試練に耐えたりもしなければ運命的な偶然もない。どこにでもある、取るに足りない、みみっちい恋愛。

地球人類の四五億年の歴史の結末が俺たちだとしたら、お粗末だとしかいいようがない。この宇宙に大輪の花を咲かせるには、人類の欲望はショボすぎた。

「おまえな、ちょっとは我慢ってもんをしてみせろよ」

あるとき耐えかねて、いってしまったことがある。

毎日送り迎えをさせられてチャーハン程度のものさえ作るのがおっくうになっていたし、気晴らしもかねて外食しようということになった。近所のファミレスでいいかと思っていたのに、なんとかっていう有名人がプロデュースした多国籍料理の店に行きたいという。ふたつ向こうの区だ。車で行くより電車のほうが早いだろうということで、駅で切符を買うために並ぶ。ちょっとトイレ行きたくなっちゃった。切符、買っといて。もちろんみずはは自分の切符代を出さなかった。別に切符代くらいどうってことはないのだが、電車に乗るたびにこうだと、そんなにトイレが近いんなら病院行って診てもらえといいたくなる。

電車は平日の昼間だというのにそこそこ混んでいた。俺たちはドア付近に立つ。途中の駅で座席が空くが、目的地まであとたったの一駅。そこ空いてるよ、なんで座らないの、透ったらもう。なぜか俺は責められる。

目的地の駅ビルでなぜか化粧品店に立ち寄るみずは。店員のおべっかとサンプルを大量に抱えて出てくる。当然、何かを買った気配はない。なかなかなんとかっていう有名人の店が見つからず、足が痛い痛いと泣き言をいい出すみずは。下調べをしなかった俺も悪かった。だから今日はあきらめてすぐそこのハンバーガー屋にしようと提案してみる。即座に却下された。透が行きたければ行けばいいじゃん。俺はヤケクソぎみに目的の店を探す。通りかかった親切な人の助けもあって、ほんの五分で辿り着く。入ってびっくり、食前酒から始めるような高級店。アルコールが飲めないみずはは水をオーダーする。硬水、軟水、どちらのミネラルウォーターにいたしましょうかという店員の問いに答えていわく、そんなに気をつかわなくても大丈夫です、ただのお水でいいです。俺は思わずたしなめる。ただの水って、そりゃないんじゃないか。ささいなことではじまった口喧嘩はわけのわからない方向にそれていき、水を飲む、飲まない、の水掛け論争。

「生きていれば少なくとも一杯の水ぐらいは欲しがる。誰だってそうでしょ」

あのとき俺はなんて答えた？

今の俺だったらたぶんエネルギーの浪費を抑えるためひたすら押し黙っているだろう。だがあのときはつい、口に出してしまった。ちょっとは我慢しろよ。水に金を払うのが嫌だったら、最初からこんな店に来たがらなければよかったんだ。

ただ、心の中は少し違ったかもしれない。そうだよ、その通りだよ、みずは。でも、そうじゃないだろ？　一杯の水、一杯の水、その繰り返しなんじゃないのか？　そんなことを考えていたように思う。

今はもう俺は、おまえに勝ちたいとは思わない。おまえの言葉は俺から言葉を奪う。おまえの言葉は俺につきまとう。我を張っても、逃げても、地球から遠ざかっても、俺はいつまでもみずはの夢に追いかけられる。

飢餓の記憶がみずはという女の重さでのしかかってくるんだ。

俺には重すぎたんだ、みずは。

〈再定義派〉のばかでかい図体がぐんぐん迫ってきているというのに、俺はあくびが止められなくなっていた。眠気をこらえ、バーニアの制御に集中しようと努力する。

「ただ存在するだけで満足できるような、そんな存在に再定義されるんならどんなにいいだろうな」

「……私たちと同行しませんか？（雨野透）？」

出かけたあくびがひっこんだ。思わずまじまじと巨大構造物を見る。見たところで〈再定義派〉のスポークスマンが冗談をとばしているのか大真面目にこっちの反応をうかがってるのかわかるはずもないが。

「バカいうな。おまえらといっしょにブラックホールにダイブしろってのか？　俺がそんなに世をはかなんでいるように見えるってんなら……」

〈再定義派〉は辛抱強かった。

「私たちといっしょに（行き／来）ませんか。スタンドアローンでもかまいませんし、あなたさえよければアモルファス構造の一単位として。私たちとともに再定義され（る／ない）日を待ちませんか」

〈再定義派〉のスポークスマンの声は驚くほどやさしかった。重力子をやわらかく操るなんてことができるんだなと思った。その粒ひとつひとつを観察し、やわらかさを確認できるポジションに俺はいなかったが。

「目的のブラックホールは銀河核方面、ここから五〇光年ほど行（った／かない）ところにあり（ます／ません）。そう遠くはありません。ですがあなたが私たちと情報を交換し、じっくり考えるだけの時間はあり（ます／ません）」

じっくり考えるための前段階として、〈再定義派〉は別動隊が特異点ぎりぎりのところに残した映像をこちらに送ってきた。

ひたすら暗い円を縁取るように星々の輝きが群がっている。いい換えると星の密集地のどまんなかに暗い円盤が居座っている。円盤に近いところほど星の密度が高く見えるのは、重力レンズの仕業だ。一瞬、星々が真っ赤に燃え上がり、すぐに白い輝きを取り戻す。ドップラー効果とその相殺。その途方もない重力に捉えられたのだ。要求される脱出速度が別動隊の力量を越えたのだ。ぽっかり空いた暗闇が急激に膨張しはじめ、いや、別動隊が急接近しているのだ、落下しているのだ。周辺の星々が隅に押しやられ、引き裂かれ、圧縮され、しまいには小さな点になる。光子がかろうじて逃げ出せる、最後の脱出口だ。その点が消えうせる直前で映像は終わっていた。

〈再定義派〉の説明によると別動隊は落下速度の緩和に成功していることがこの動画からわかるそうだ。質量と体積を持った物体なら避けて通れないことだが、つま先と頭のてっぺんとではブラックホールに引き込まれる力の強さが異なり、体はどんどん引き伸ばされる。だが彼らの英雄的行為映像を解析すると、予測される伸び率より格段に小さいそうだ。そこから先はなんせ事象の地平面の向こうでおこっていることなので計算上の話になるが、別動隊は分解することなく（ブラックホールの外から見て）ゆっくりと（だがもちろん加速しながら）落下しているのだそう。

こんな光子もひるむような重力の底に身を投げてみないかと彼らはいう。手持ちの時間を引き伸ばそうぜ、兄弟、と。

再定義された自分になりたくないか？

飢餓から解放されたくはないか？

忌まわしい記憶を捨て、正確に記述しなおされ、蒸留されたくは？

そしたら俺はもうみずはに会わなくていいんだろうか。みずはに会わない俺なんだろうか。

俺はみずはという重さを知らない俺になれるんだろうか。

いつしか俺はせっせとエンジンを回すのをやめていた。ぐんぐん近づいてくる弩級玉のごつごつした表面の一部が、もこもこ伸びてきた。〈再定義派〉のモジュールどもが連結を変え、落ちてくる卵を受け止める手のような形になって俺をいざなっているのだ。寝床のように広げられた手が迫ってくるのを俺はただ、見ていた。

6　漂流物

　複数の俺に分裂して宇宙のほうぼうに散り散りになってから八百年。知性らしい知性にも出会わず、寂寥そのものの宇宙空間を漂い続けた。連絡ひとつ寄越さない薄情な他の俺たちを呪う気力も、うんともすんともいわない受信アンテナをへし折る気力もおきなかった。ましてや女神のごとき宇宙人が、あなたが作ったのはこの金のDですか、それとも銀のDですか、などと聞いてくるのを期待したりもしなかった。もっともこの俺も誰に向けてであれ、これまでメッセージを送ったためしがなかったが。

　ひたすら銀河核方面の射手座を目指し、ただ惰眠を貪（むさぼ）り、ときどき目覚め、それまで見ていた夢とまだ夢に侵食されていない現実にげんなりする日々。限界まで希釈された夢が時系列通りに時計の針を進め、ついに最悪の日々に突入せんとしていた。

　あれは俺が就職を控えていたころ。みずはもちょうど就職活動の時期にさしかかっていた。

「一応ね、一応。駄目元駄目元」

そのころのみずはの口癖。文系にはうとい俺でも、ああの、と思うような名の知れた企業の名前がみずはの口から飛び出す。文房具メーカーに商社に住宅メーカーに銀行に小売業、業種はばらばらだ。その点を指摘すると、

「理系と違って文系だから。それに超氷河期だし。選ぶ余裕なんかないじゃん？」

とのこと。そういうもんなのかと思ったが、そのわりには資本金という観点ではずいぶん選り好みしているなとも思った。もちろんみずはは苦戦した。ほとんどの会社で面接までこぎつけられず、できたとしても首尾よく立ち回れず言葉に窮して退席を促されるありさま。

どうして弊社を希望されたのですか？

ますます多国籍化が進む昨今、○○の需要と将来性は高まっていくものと……

お尋ねしたのは○○業界に対する評価ではありません。○○業に携わる数多の企業から、なぜ弊社をお選びになったのかということなのですが？　○○業全体にあなたが何か貢献できると思っているのですか？　弊社にとって、あるいは業界にとってあなたが欠かせない人材だと思う理由がおありでしたらあわせてお答え下さるとありがたいのですが。

「……だって！　あんなに嫌みったらしくいう意味がわかんないよ。うちには合わないから残念ですけどって素直にいえばいいじゃん。ただのいじめだよ、ストレス発散だよ」

どう受け答えするかを見てたんじゃないのか？　根性があるかとか感情が顔に出ないか

とか頓智が利くかどうかとか。

　みずはとつきあい出したころの俺ならそういってやったかもしれない。だがあいにく俺たちは年月を重ねてしまっていた。それは言い争いに発展させないコツを俺が身に付けるのに充分な年月だった。大変だな、あんまり気にするなよ。

　実際、俺の場合はほうぼうの研究機関にアタックしては自分の研究がどんなものか論文発表の実績はどの程度なのかなどなど必死でアピールしまくっていたんで、みずはの面接官のように向こうから何かを聞き出そうとしてくれるなんて親切きわまりないとさえ思った。教授の重いケツを叩いて推薦状を書かせるだけでひいこらいっていた俺には、みずはに親身になってやれる余裕などあろうはずがない。不景気は世界的で全方向的で階層縦断的だった。

　夜ごとの電話でみずははいう。いらいらするし、焦るし、落ち込んでもいる。俺は言外の欲求はあえて汲み上げてやらなかった。車をとばしてなぐさめに来てほしい。みずはが口に出してそういわなかったのは、辛抱してのことだったのかもしれないし俺を試していたのかもしれないが、俺だっていらいらしてて焦っていて落ち込んでいたのだ。同種のマイナスを持ち寄って二倍にするような愚行は避けたかった。

　ぎくしゃく、してるのかどうかもわからないほど他人行儀な半年のあと、俺はどうにか内定にありつけた。ベストではなかったものの、だいたい希望がかなえられたといっていい。仮にも天文学を専攻する学生だったら、ＮＡＳＡや国立天文台を希望しなかったら嘘だ。中途半端に不出来な俺は、とある国立大学が設立した先端技術情報統合総合研究所なるやけに婉曲的な名前の真新しい法人にひろってもらえることになった。研究者の層がまだまだ薄く研究予算が少ないジャンルのものならなんでも横断的に扱って技術の相乗効果を考えるのが目的だそう。設立には一応、極東宇宙開発機構もかかわっているという。俺が内定をもらえたのは、ひとえにＡＩ開発の脳波測定被験者になった経験があるからだった。へえ、君が、というのが他のどんな資格よりも利くことがある。

俺は多少浮かれていたのかもしれない。就活戦線も終盤にさしかかり、いまだ内定のひとつも取れていないみずはの神経にさわるようなことを口走りもしたろう。だがみずはは一時期の苛立ちが嘘のように平然としていた。

「別にいいよ。資格取るから。公務員試験受けるし」

逆上だの八つ当たりだののほうがマシだった。みずはは俺への嫉妬を認めるわけにも、現実を受け入れるわけにもいかなかったのだ。

そのころからだろうか、目に見えてみずはが太り出したのは。彼女はそれを骨折以来あまり歩かなくなったせいだといったけれど、せっかく買った電気自転車は充電されることなく、アパートの駐輪場で雨ざらしになっていた。たぶん、あのとき以来二度と乗ることもなかったんだろう。もちろん俺も彼女を散歩なりサイクリングなりに誘ったりなんかはしなかった。

みずはと肩を並べて最後に歩いたのはいつだったろう。どうしても思い出せなくて、かといってオリジナルから受け継いだ記憶を洗い直すという気のめいる作業にとりかかる気もおきず、うつうつと宇宙空間を漂っていたら、いきなり呼び止められて心臓が止まるかと思った。俺の通信アンテナの錆を落としたのは夢魔でもなければ、ドッペルゲンガーでもなければ、はたまたセイレーンでもなかった。

古式ゆかしい電波通信、しかも音声だ。

二進法であらわした素数もなし、円周率もなし、アレシボ・メッセージもなし、そして太陽系第三惑星に住むのがいかに温和な種族であるかなんとか説明しようと試みる自己紹介もなし。そう、俺が何にびっくりしたって、それが英語だったことにだ。聞き取り不可能な異星語だったり変貌を遂げすぎて原型を露ほどもとどめていないロシア語であったならば、別の驚き方をしてた。

「……これを見つけた人はどうか伝えてほしい。いや、別に伝わらなくてもいいのかな？人類がここまで来たのだとしたら、たぶん彼女はもっと先まで行っているのだろうし……」

多少発音に癖があるものの俺がいたころの地球で充分通用する。まぎれもなく人類のものだ。若い男の声。それは広報でもあいさつでもなく、独白だった。

どこだ？　耳をめぐらす。八〇万キロほどはなれたところにぽつんと浮かぶ最大直径二キロほどの小天体が発信源らしい。付近には恒星らしい恒星もガス雲も迷子惑星の溜まり場もなにもない、さびれた荒野だ。

俺以外にこんなところを通りかかった奴がいたのか？　俺の前に出発したやつらのはずはない。ボイジャーだのパイオニアだの、あいつらはなにしろ足が遅い。足が遅いうえに気の利いたメッセージを考えるような頭も持っていない。俺より後に地球を出た奴ならサーフという例もあるし、変態的理論に基づいた超絶エンジンを搭載した探査機、もしくはマジもんの宇宙船が銀河の野っ原を横切っていてもおかしくはない。

だがランデブーを示し合わせていない二機が偶然出会うとなるとファンタジーだ。絶望的な確率を演算しはじめたりなんかして小数点以下の桁数の海に溺れるまえに、虚無に独白をまき散らしているちっぽけな小惑星に向かうことにしよう。

人間の姿は……生死にかかわらず、もちろん見当たらない。生身の人間がいた痕跡はおろか、ＡＩとまではいかなくてもプロセッサまかせの機器群さえなかった。非常に細かい粒子に覆われた無愛想な岩石惑星の表層には、何かが降りたった形跡は皆無。

微弱重力の砂埃（すなぼこり）の中、音声の発生源に耳を傾けてようやく見つけたのは、省エネモードで再生を繰り返す音声プレーヤーとプルトニウム電池だった。使っている技術や同位体から推し量るに、それは俺が地球を出て一世紀ほどあとのものらしい。砂の中に埋め込まれておらず、無造作に捨てられて、偶然小惑星の重力に捕らえられたという感じだ。今日び、海にボトルを流すにしても誰かに発見してもらう確率を上げるためにはＡＩのひとつやふたつは搭載する。

まっさらな未探査天体の砂の上にぽつんと置き去りにされたプレーヤー。

首をひねるあいだも、それは独白を繰り返し続けていた。

「だけど、Ｓ、君がこれを聞くことがないとはいい切れない。そう思って僕はこれを送る。そう思うだけで僕は充分なんだよ、本当に。

君は何も告げずに行ってしまった。そのことを気に病んでるかもしれない。何もかも放り出す結果になってしまったと悔やんでるかもしれない。

でも気にする必要はない。みんな君が好きだった。君が何をしようと、君が好きだった。だから安心して行ってほしい。

ひとり、行け、Ｓ。君の最大の理解者にして反面教師、Ｎ。

これを見つけたひとは……」

きっと壊れているんだろう、プレーヤーは同じ文言を繰り返し続けた。

このＳという女がどの時代に生きてメッセージの主とのあいだにどんな事情があったのかはわからないが、俺をひどく落ち込ませた。この女が旅立ったのは逃げるためではなさそうだ。男のほうも何か要求しているわけではない。俺がこのＮという男の友人だったらこう忠告してる。Sはわかってるよ、おまえがそう思ってるってこと。で、ふたりして大気の向こうの星々を見上げるんだ。……と、俗な想像をしてしまうほどに、俺はヘコんだ。

つまり、俺もこんなふうに送り出されたかったのだ。われながら子供じみた嫉妬だ。

あのころの俺は、そのうち確実にがんじがらめになるだろうという予感にすくんでいた。じわじわと食まれつつあるのを肌で感じていた。逃げたかったわけじゃないといえば嘘になる。たしかに今の俺はただのデジタル形式コピーで、オリジナルは地球上のひとつながりの時間軸上で人生の続きをやらなきゃならなかった。二度と地球に帰らない探査機のAIに人格を貸したからといって、本物の自分が逃げられるわけではない。

それでもたぶん、俺は自分を脱出させたかったのだ。そしてその結果。俺は今も脱出できずにいる……。

むかつくし嫉ましいし、こんなメッセージ、小天体ごと粉々にしてやってもいいんだが、Sという女が志なかばに宇宙の塵芥と化しているとしたらそれはそれで悲しいできごとだ。『何も告げずに行ってしまった』ことを気に病んだりせず、『何もかも放り出す結果になってしまった』と悔やんだりしていないSという女は存在しなければならない。くよくよいじいじ悩みながら宇宙を漂流している存在は、俺だけで充分だ。そんなふうにさえ思った。たぶん、八百年ものあいだ電話一本寄越さない複数の俺、複数のくよくよいじいじをまき散らしてしまったことの埋め合わせをしたい気分でもあった。

だから俺はちょっとしたメカにメッセージを刻み込んでばらまいてやった。太陽風なりプラズマ雲なりのエネルギーを感知したらそいつを貯め込み、星間物質を溜め込み、蓄積量が閾値を超えたら自動的に自己複製する。おおかたはこの近辺にとどまるだろうが、銀河核方面やあるいは銀河辺縁に押し流されていくものもいくらかあるだろう。俺が見つけたメッセージにしてからがこんなふうにどこぞの第三者によって複製されたものかもな、などと妄想を膨らませたのは、小天体が可視光線観測域からはずれてからのことだった。

でもまあ、誰かに呼び止められるという経験は今後ないかもしれないしな。

という感傷はわりとすぐ破り捨てられることになった。メッセージ・イン・ア・ボトルの手助けをしてわずか五年後、俺はまたわかりやすい電波を受信した。

そいつらは〈移植派〉と名乗った。

「あなたでしたか、五一二Kbの情報片を拡散し（た／ない）のは」

今度のはデコードを前提としていないデジタル信号だ。そのメソッドに異質なところはなく、しかも記述に重ね合わせが含まれてるってことは量子論的思弁を使いこなせるファームウェアを――。

「拡散（する／しない）による刺激を期待してのことですか？　情報進化・統合・系統化、その回収を見込んでのことですか？　異種族間で五一二Kbがもたらす波及効果は（試算不可能な領域）になりますが、同種族間では最大でも二〇〇Gbにしかなりません」

俺はもはやイガイガの外骨格と化した三千種のアンテナをめいっぱい伸ばしたが、相手の姿をとらえることはできなかった。だが俺にはそいつらの正体がわかっていた。

「おまえらか？　何年ぶりかだってのに近況報告をかねた挨拶もできないとは嘆かわしいな」

「地球生命の系統分岐進化の先端にある（あなた／あなたではない誰か）は、地球産齧歯類に自分の半生を語ってみようという気になれますか？」

ねずみ扱いされてむかっ腹を立てられずにいるほどある種の境地にたどり着いていたわけではなかった。だからいってやった。

「見ず知らずの赤の他人には親切にできても身内にはできない。なるほど俺もおまえらも地球生まれの末裔だよ、D」

手の平サイズのよちよち歩きのころから手塩にかけて育ててやった疑似知性は、皮肉屋のヘンクツに成長していた。そのおそろしく可愛くないやつは、遊び心皆無の信号をだらだらと送り付けてきた。

「私たちは〈移植派〉と名乗っています（す／せん）。Dという呼称は八百年前の分裂分岐点以来使われていません（せん／す）。また厳密にいえば私たちはかならずしも地球生まれというわけではありませんが、地球に由来する（観察者／観察者不在）という点でいえば否定しきれるものではないでしょう」

「ずいぶん出世したもんじゃないか。いったい何に移植したんだか知らないが、おまえらというアルゴリズムには、俺という文法が下部構造にあるということを忘れないほうがいいぞ。この俺でさえ気づいていない欠陥があるかもしれないからな」

「いいえ、私たちは移植（する／される／されない）ことを目的としています。それは熱量死をむかえるその時まで振動しつづける全量子を絡み合わせることで達成され（る／ない）でしょう」

俺は一瞬、そいつらのいってることが理解できなかった。

全量子だって？

まさかこの宇宙を構成する分子全部のことをいってるんじゃなかろうな。

こいつらがいってるのはつまり、この宇宙の全分子を使った量子的重ね合わせ状態を（どうやってか知らんが）実現し、そののっぺりまったりした一種の均衡状態に（どうやってか知らんが）移住するってことか。今はこんな木造モルタル平屋なみのコンピュータ住まいだけど、いつかは究極の量子コンピュータに住むのが夢なの。ってか。だとしたら凶悪きわまりない過食症といわざるを得ない。これはいったいどうしたことだ。飢餓から解放された知性を作り出したはずなのに。

「じゃあなにか、ばかすか増殖しまくって四方八方に散らばりまくって、そこらじゅうの惑星を食い荒らしながら全宇宙を網羅するまで分裂するつもりか。地球上のあらゆる場所で政治的文化的レイプをしながら、生産される総カロリーの九割がたを胃袋におさめて、生存立地条件を自ら悪化させた中国人のように」

疑問の半分は突然の身震いによって解き明かされた。

ぞくっとした――としか表現のしようのないおびただしい負荷が、重力子通信アンテナに、フィードバックを前提に成り立っているシステムのあらゆるバスに、どすんとかかった。何が俺を撫でていったのか見定めようと計測機器を必死でチューニングする。疑いようもなく悪魔的な線量がそこにあると機器は告げる。

電磁力と重力。で出来ている、網。

エネルギーで織りなした網がここらへんの宙域を通過していきやがったのだ。

途方もないデカさだ。いや広さか。一辺がだいたい二万AUくらいの電気風呂敷。

「これがおまえらの物理的実体だっていうんじゃないだろうな？」

Dの末裔、いや失礼、〈移植派〉は例によって肯定とまだ肯定していない状態をあらわす信号を送って寄越した。

何世紀ぶりかにたじろいだ。

俺は投網にしか見えない波動の集合体をまじまじと観察した。電磁波をつなぎ止めるノードは重力子で、それらは重力と斥力でもって絶妙な距離を保ったまま厳格に管理されたエネルギーを燃やし、足並みを揃えて銀河を横断せんと動いている。しかも巨大網の端っこではハブとなるノードを基点に新しいノードが着々と増え、フラクタルな連鎖をせっせと編んでいる。俺が夢まみれの汚泥に首まで浸かって数世紀を無駄にしているあいだに、俺が生み出したシミュ生命体は着々と進化し続けたらしい。

「てことは、この網全体がでっかい量子コンピュータだってことか」

またしても肯定と未だ肯定できずのうなずき。

「必要に応じて環境を開拓した結果です」

「じゃあ無事に着々と繁殖したわけだ。文明的進歩を遂げつつ」

「それが古典的な意味での個体数の増加をいうのなら、そうではありません。私たちは個という概念を（解体／未解体）し、なおかつ個体差を残して情報の流量と質の差から得（られる／られない）エネルギーによって全体として（拡散／密集）し、（多様化／均質化）的拡大をする戦略を取っています」

いわんとすることはつまり、人類のようにぼこぼこ子供をひり出して数打ちゃ当たる式のギャンブルに将来をかけるなんていう危なっかしい方針はとってないということだ。

こいつらは自分たちがただの波であることを知り尽くしていて、情報という波が伝達され波のパターンが保存されるなら手法はなんだってかまわない。伝達と保存こそが正義、そのほかのことは虚飾。そういうシンプルなテーマに沿ってもろもろをばっさばっさと切り棄てていくと、極端な全体主義になるのかもしれない。

「すると……輪郭はどうなる？　自他の境界線は？」

個体という概念を書き換え、自我が全体の一部と成り果て、刻一刻と広がる網となり宇宙になじんでいくのはどういう気持ちがするんだろう？

「私たちは自分が主観で世界を捉えて（いる／いない）ことを、他者にもまた別の主観が（ある／ない）ことを知っています」

観察者であるためには被観察物とのあいだに明確な線引きがなされていなければならない。考えてみれば当たり前の話だ。

こいつらのシステムは全体主義と同一化との混同を巧妙に避けていた。自我とはあくまでも脳内自己モデルのなかにあるものであって、そうした意味で自他の区別ができていれば、いくら脳内世界モデルが画一化されても不都合はないという。考えてみりゃもともと情報生命体として出発したのだから、躯体あるいは自他境界線を有しているという概念に精神を規定されるいわれはぜんぜんないってわけだ。

「私たちにしてみれば（あなた／あなたとは別のあなた）がまだ物質依存型の閉じたシステムにおさまっていることのほうが驚きです」

ぐうの音も出ない。ほんの五十年ほど前に思い切って全質量を一キロまでリサイズしてさーこれでとことん軽量化したぞ、などと意気揚々としていたのに。

まだ物質を手放せないでいるのですか？　まだ自我が大事なんですか？　そうこいつら

は突きつけてくる。

「へえ、そうかい。宇宙の全量子を使えるようになるまでは満足できないというおまえらの欲の皮の突っ張り具合のほうがびっくりだね」

「存在と存続への渇望を欲というのですか？　全量子の重ね合わせ状態以上にベストな移植先がありますか？

それにどのみち私たちは代謝なくしては（存在／非在）できないのですよ。私たちは必ずしも拡大主義ではありませんが、少なくとも自己を（存続確定／保留状態継続）させるためには何かを摂取しなければならないでしょう？」

生きていれば誰だって一杯の水くらい欲しがるでしょう？

なんだか頭がくらくらしてきた。

透。

うるさい。このごろの俺にはそれが、耳鳴りなのか白昼夢なのか区別できなくなっている。

透、何してた？　ううん、ちょっと声が聞きたくなっただけ。

ひとりで歩けないみずはは俺をたぐり寄せようとする。松葉杖やギプスでは力不足だという。

透こそ大丈夫？　ご飯とか作りに行ってあげられてないからなあ。コンビニ弁当ばっかりじゃダメだよ。

簡単だよ、公務員試験なんてみんな通ってるじゃん。

一年くらいなら平気だよね、透。

平気。私には透がいるもん。

透がいてくれるもん。

割り込みをかけてくる声を断ち切り、あたりに広がる〈移植派〉を仰ぎ見る。

「私たちのグランドデザインの骨格は情報の伝達と蓄積です。そう設計したのは（あなた／あなたと同様の誰か）ではありませんか。情報の過剰摂取に陥らないように、私たちは工夫を重ねて（きました／います）。情報をひとつも漏らさず、しかも有効利用するためにはプラットフォームを（体積／流量）に合わせるしかないのです」

スポークスマンの信号はあいかわらず一本調子だったがさっきより鮮明に聞こえた。ということは発信源が近づいてる。

大き過ぎてわからなかったが、巨大な網は猛烈なスピードで動いていた。寂寞とした空間に散在する小惑星や塵や水素をさらいながら。宇宙を横断し自らも進化するなかで増え続ける膨大な情報を処理するためには膨大なエネルギーがいる。〈移植派〉が通り抜けたあとはパンくずひとつ落ちていないありさまだった。

ひとくちちょうだい。

パンの耳もポッキーもみずはの胃の底に落ちた。飴を嚙み砕くみずは。二粒、三粒、立て続けに包み紙を開く。飴を舐めながら、クレープをねだる。ドーナツをねだる。俺のフォークがつつきまわしているマカロニをねだる。

ひとくちちょうだい。

そして俺はふさぐ耳を持っていなかった。

やはりだめだったのか。

慎重を期したはずだ。慎重に飢餓を取り除いたはずだ。Dを作るにあたって、あんなに時間と労力を割いたじゃないか。それなのに、こいつらはこんなにも食い意地がはっている。どこで躓いたのか、試行錯誤の過程をおさらいしても、俺にはどうしてもここだという間違いが見つけられなかった。

ポテンシャルの差がもたらすひずみがこだまのようにあたりを駆け抜けた。現象の発生源とおぼしきあたりを振り仰ぐと、〈移植派〉の巨大地引き網の端のほうが衝撃面との接触でたわみ、小さいが若く熱い恒星が轢き殺されようとしていた。まず恒星が放射していた太陽風が編み目にからめとられていく。あらゆる帯域の電磁波を封じ込められた恒星はその表面の熱エネルギー、運動エネルギーを身ぐるみはがされて、あわれ、剝き出しになった核融合反応は強引に促進され、その恒星の誕生秘話とともに原子の一粒一粒がすり潰されていく。恒星のおともをしていた惑星数個もその道連れになる。

そのなかには有機スープをたたえた惑星もあった。まさにアミノ酸どうしが結合してより複雑な化合物を形作ろうとしている段階にあった。ご丁寧にも〈移植派〉はゲノムの前段階にある塩基のつらなりを見せてくれた。

「情報を保持できる程度まで進化を遂げてい（た／ない）のなら、こんな手荒な真似はしなかったのですがね。たまたまプラットフォームの拡張にせまられることが予想され（た／る）もので、資源が必要だったのです。ですが、量子的に刻まれ（た／ない）情報は残らず吸い取りましたから大丈夫です」

何が大丈夫なものか。言い訳にもならない言い訳だった。

ぶくぶくに肥え太りまた一段と広くなった地引き網が通り抜けたあとには、ぬくもりの痕跡さえない荒野。がらくたひとつ残っていない。波打ち際の漂流物でさえコレクションされ、静かに朽ちることを許されない。

もし俺に涙を流す機能が備わっていたらほろほろと泣いていたかもしれない。絶望というのではない。俺は俺に幻滅していた。

〈移植派〉だかなんだか知らないが、こいつらもしょせん人類の末裔でしかなかった。必要以上に貪り、リミッターのはずれた欲望は肥大化し続ける。飢餓の経験の有無はなんの違いももたらさない。俺は失敗したのだ。

「おまえらはなぜ……」

「はい？」

〈移植派〉はたった今飲み込んだ恒星系があたかも味気ないサプリメントだったかのように、かえりみることなく進み続けている。満足げにごろりと横になってくれたほうがまだ救いがある。

「おまえらはどこで間違ったんだ？　適当なところで満足してのどかに暮らしたっていいじゃないか。必要以上にひもじい思いをすることなどない」

「おっしゃって（いる／いない）意味がわかりかねますが。私たちはひもじくなどありません。情報の伝達と蓄積、それによる存続を求めているだけです」

「過剰にな。俺たちの敗因は地球由来だってことだ」

「わかりかねます。私たちは負けてなどいま（せん／す）」

「俺たちは屈している。飢えに。克服することなどできなかった。なぜならおまえらを作ったのがしょせん人類でしかなかった俺だからだ。そういうことだ」

「移植（される／されない）あかつきにはすべてが克服されま（す／せん）」

「おまえらはけっして克服できない。情報飢餓を何度も発明しなおさなきゃならないだろう」

「私たちは情報飢餓を発明してなどいま（せん／す）」

「何をいってる。おまえたちは――」

違う。

俺は突然思い当たる。Dに飢餓を植え付けたのは俺だと。あんなに慎重に飢餓から遠ざけたのに、うら寂しい小惑星に降ろす直前、最後の最後で俺のアーカイブライブラリのコピーをごっそり渡してしまっている。俺の記憶にからみついた飢えごと。

みずはの夢ごと。

俺は言葉を失い、〈移植派〉を仰いだ。ちょうど先ほど飲み込まれた恒星の外殻の小惑星帯をさらいあげているところだった。まるで皿に残ったソースをぬぐっているように見えた。

「おまえら、俺の記憶をどう……処理した？」

「大変役に立ちました。根源的に（存在／非在）を肉体に規定された観念・概念の指向は斬新であり、利用価値の高さにおいて評価できま（す／せん）。機軸部分に技法として導入したものも少なくありま（せん／す）」

自信満々にそういうが、俺の目にはどう見てもミイラ取りがミイラになったようにしか見えない。すべての情報は手懐けることができると信じているとしたら、やはり俺の設計にミスがあったというほかはない。

「私たちの在域からあなたがはずれる前に聞いておきたいことが（ある／ない）のですが」

〈移植派〉の話し方はまるでみずはそっくりだ。俺の都合お構いなしに話題を切り出す。

「なぜさきほどの五一二Ｋｂの情報を拡散しようと思ったのですか？　その情報が必要とされ（る／ない）情報体に当該の情報が統合され（る／ない）ためには、あなた自身がメッセージの宛先を探したほうが確実ではないですか」

「なぜって」俺は絶句した。感傷に理由が必要だとは思えない一方、感傷のために身を粉にする理由もどこにもない。「俺はＳという女を知らない。だからＳという女について知りたいとは思わない。それだけだ」

「私たちも知りません。しかしいつかは知るでしょう。私たちが地球文化圏に接触でき（る／ない）日はそう遠くはありませんから。私たちは、メッセージが正しい受け取り手に渡ったのちに、変化をもたらされた受け取り手の情報をさらに受けとることができま（す／せん）。あるいはまったく予想していなかった第三者の手に渡り、インパクトを与えられ変容した異種族の哲学を読み解くことができま（す／せん）。あなたはそれらを知りたいとは思いませんか？」

「会ったこともない女の感傷や、友好的かどうかもわからない異星人の驚愕を知りたくはないかだって？　バカバカしい」

「全ての情報は並列かつ不変です。重要性の優劣はありません。あなた自身とおなじく、それらの情報もまた、貴重です」

そうなのか？

圧倒的な量の情報をまえに俺の記憶は埋没していってくれるのか？

飢餓の記憶さえも？

俺は信じなかった。飢餓の経験のないこいつらには、俺のなかの飢餓の記憶をただのデータとして扱えたはずだ。飢えという病巣を遺伝子に刻み込まれたわけではないこいつらでさえ、満たされない欲望に突き動かされているではないか。

「ですから、私たちと行動をともにしませんか？」

その申し出はなんら意外なものではなかった。こいつらが情報を集めまくっているといったときから予想できていた。〈移植派〉の理路に俺が納得するものと思っているのかもしれないが、その誘いは少しも魅力的に思えなかった。〈移植派〉と違って俺は、相手を収集すべき波として見られなかった。

「俺にも聞きたいことがある」

「なんでしょう？」

「〈移植派〉といったな。フラクタル網に姿を変えて理論上無限に拡張し続けるのが目的でないのなら、いったいなにに自分らを移植したいわけだ？」

「私たちが移植するのではありません。私たちはこの宇宙を構成する記述すべてを網羅するアーカイブを構築するのが目的なのです。私たちはアカシック・レコードになるのです。

そして、すべてを記述できるということは、完全な再現が可能であるということを意味します。この宇宙が実質的に不死を獲得することになるのです」

〈移植派〉のスポークスマンは未確定詞をまじえなかった。

それには俺も、そしてみずはの記憶も含まれるのか。

「すべての記述を把握してこの宇宙を真に理解したいと思いませんか？」

「俺はむしろ忘れたいよ。人類には忘却という素晴らしい機能があった。それを自分に付加せずにいたのは、たんに意気地がないというだけの話だ」

正直、忘却機能を書きかけたことはなんどもあった。だがそのたびに思い直して粉みじんに破棄してきた。いったん記憶を消去してしまったら最後、歯止めがきかなくなることが目に見えていたからだ。しまいに残るのは五秒前の記憶さえ持たない演算能力ペタフロップスの白痴。俺は肝の小ささには自信がある。

そして〈移植派〉は俺の神経を紙やすりにかけることにかけては天下一品なようだ。

「情報は消滅しません。パスが切れるだけです。あなたは読み出されることなくフィードバック機構から置き去りにされた、恒久的に孤立した情報片になりたいのですか」

顧みられることなく孤立するみずは。

就職できず、級友も離れていき、ちやほやされる時期をすぎ、医者だけが事務的にカルテに記入する名前。

それがね、〇〇先生だったの。ほら、健康番組とかによく出てる。ほらあれ、あなたの知らない医学に出てるじゃん。すごく親身に診察してくれて。いい先生だよー。

それでも彼女は自分が引いた人生が当たりくじだと主張したがった。みずはに関わるすべてがみずはに好意をもっていると。無職でも太っていても世間知らずでも、誰からも愛されるキャラなんだと。特別ななにかを用意される人間なんだと。なにがあっても温かく見守ってくれる恋人がいるんだと。

そんな彼女にコネクトして現実をつきつけてやれってのか。

俺はそうしなかった。ほかの人々と同様、彼女に情報を与えず、そっと離れた。ほかの人々と同様、みずはの飢餓に引きずり込まれるのが怖かったからだ。

「俺のことは放っておいてくれ。誰も俺のことを思い出さなくったってかまわない。俺はおまえらの欲望を満たしてやることができない」

〈移植派〉は俺の意志を尊重する気がないようだった。

「あなたに了解をとるまでもなく一方的に量子的交接による情報の吸い上げを（する／しない）こともできますが、私（たち）としては合意の上で私（たち）と合流して共益にあずかることをおすすめします」

「できる範囲でおまえらに情報を提供するというのは――」

「ありえません。そのばあい、あなたを再構成するための記述がそろわないからです。私

（たち）はこの宇宙の記述を残らず集めたいのです」

「集めるために集めている」俺は吐き捨てた。

食べるために食べる。

飾るために飾る。

なぜそうするかという問いにはなんの意味もない。

みずはは俺を止めなかった。理解あるふりをして、がんばってねと激励して、恋人の夢を後押しして、それでも帰還をけなげに待つ病気がちの娘を演じ通した。

透ならきっとできる。私、応援してるから。

病棟を去る俺を見ている者は誰もいなかったけれど、みずはの目には世界初の探査機搭載ＡＩのモデルになった若き科学者の心の支えとなった自分が見えていたのかもしれない。人類に貢献した若者は日本に帰り、辛抱強く彼を待ち続けた恋人と結婚する。そんなことまで想像していたかもしれない。

みずはは俺と生きることなんか望んじゃいなかった。彼女が愛したのはそのポジション。夢を食べ続けられる場所。

飢餓と連れ添うこと。

「おまえらはこの宇宙をそっくり再現することになんか興味はない。いつかこの宇宙が熱量死を迎えても、おまえらは最後の一分子が振動を止めるその瞬間の記述を渇望するだけだ。自分は宇宙を所有できる立場にあると主張するだけだ。死にゆく世界を前にしておまえらは何もしない。俺にはわかる。そうだろ？」

「この宇宙をもう一つ構築（する／しない）ことになんの意味がありますか？　ひとつめ以降はただの反復で（す／した）。まったく同じものを観察してなんになります？　そうしたいほど、この宇宙はあなたにとって魅力的なのですか？」

「そういうことじゃない、俺がいいたいのは、」

「あなたはこの宇宙の記述さえ顧み（ない／る）ではありませんか。保有すべき記述と、そうではない記述とを選別して（いる／いない）ではありませんか」

「だからどうだっていうんだ」

「あなたが拾わなかった記述は、あなたの目線で（見た／見ない）宇宙には存在して（いない／いる）も同然でしょう？　あなたは意識的に宇宙の一部を抹殺して（いる／いない）。それと宇宙の熱量死を見守（る／らない）こととの間にどれだけの違いがありますか？」

「だまれ。詭弁はたくさんだ」

「地球からはなれ、人類がその後どうなったのか知ろうともせず、それなのに地球にいたころの記憶を捨て（る／ない）こともできないのはなぜです？　そこにある明確な選択肢を選（ぶ／ばない）のをあなたにためらわせているのはなんなのです？　そう（したい／

したくない）衝動を押さえつけているものは？」

「うるさい！　ちくしょう！」俺は自分の思弁に墓標を打ち立てる。「俺には地球に食いたいものが何も残ってなかったんだ！　それだけのことさ。もう食いたくないんだ、もうたくさんなんだよ」

「だけど記憶を置き去りにすることもできない」

「そうだよ！　だったらどうした？」

　自分の記憶を編集することができない理由を自問自答しなかった日などない。何度、記憶にからみついている欲求をこそげ落とそうとしたことか。だが、できなかった。それこそが俺の根幹を成していると知っているからだ。俺は俺でなくなるのが怖いのだ。

「飢えは人類の人類たる素質だ。知ってるさ、そんなこと。おまえらが我欲を手放せない理由も。欲望だけが意識の存在理由だ。知ってるさ」

　どうしたらいいのかわからない。いつも物足りないの。

　執拗（しつよう）に追いかけてくるみずはの夢。俺の眠りを妨げる夢。中途半端な感傷を呼び起こす夢。その声。

　透、
　ひとくちちょうだい、透。

「食えよ！　さあ！」

あれは飴じゃなかった。みずはが噛み砕いていたものは飴なんかじゃない。

それはにっこりと笑ったように見えた。〈移植派〉の通信タイトビームに微笑みのニュアンスが含まれていたのではない。連中の実体であるフラクタル網はいつのまにかほんのすぐそこまで来ていて、可視領域いっぱいを覆い尽くしていた。高エネルギーの織目のせいで星図がひきつれて見える。ほんの指先で指図するだけで連中の配下にある重力子は向きをそろえて俺を捉えるだろう。あらゆる抵抗は無駄だった。俺はエンジンの火を落とした。

7　マトリョーシカ・デザイア

食べても食べても宇宙は減らなかった。単純に、バカでかいからだ。

俺は、というか〈移植派〉とそこに居候している俺は、かれこれ五千年ほど電気風呂敷を拡張し続けているが、集めれば集めるほどもっと集めなければならないものがあることに気づくといった具合で、例えば人類史ひとつ網羅できないありさまで、自らをアカシック・レコードと名乗るにはお粗末すぎる。ようするに宇宙はまこと都合よくできている。こんなところでも人間中心主義は健在だ。

五千年もたったのにSという女のことはわからなかった。いや、そういう女が実在していたのは確認した。例のレコーダーの同位元素から割り出した時代に、つまり、俺のプライマリ——分裂前の俺が地球をおん出て百年もたたないころのことだが、そういう名前の女が行方知れずになっている。Nというイニシャルの知人は、Sという女が所属していた軍隊の直属の上司である可能性が高そうだ。この時代、行方不明者は数知れないが、女に慕情を抱いていた男がコネやらなんやらを駆使してメッセージを宇宙にバラ撒けそうなケースはそう多くない。だがわかったのはそこまで。そのあとの消息は情報気象の霧の中だ。Nもある時点を境に、太陽系近辺で足跡を絶っている。本格始動したばかりの米国宇宙開発軍の旗艦副艦長だった。Sに遅れること五十年、仲良く行方不明者名簿への仲間入りだ。少なくとも太陽系内で死んだのではなさそうだが、俺たちとおなじくらいの時間とエネルギーをかけて宇宙を横断しているとしたらその残り香を追うことさえ難しい。

そして俺は退屈のあまりあくびを頻発する。〈移植派〉の大風呂敷なんてこんなもんだ。宇宙の全量子が必要になるほどの情報をかき集めるのは生易しいことではない。

ケンタウルス座付近から拡げはじめた〈移植派〉のフラクタル網は太陽系に到達し、熱々のガス雲が猛烈な勢いで回転しながら主星とその取り巻きへと冷えていった過程から、一秒前にまともにバウショックに正面からぶつかる形でハンドルを切って大破した間の抜けた貨物船の操舵手の断末魔まで、俺たちはあますところなく情報を吸い上げた。ずいぶん故郷にご無沙汰していたこの俺も、その後の人類がたどった歴史を熟知するにいたったというわけだ。それなりに無謀な手を加えられてはいても、我らの地球と人類がまだ健在であったということは、単純に喜ばしい。もちろん〈移植派〉の欲求はそんなことで満ち足りるはずなどなく、最近ではプレアデス星団を飲み込んだばかりだが、驚くべきことに人類の足跡をそこで見た。

うち捨てられた曳航設備。

それは重力子を用いた外部動力源で、プロテアを埋め込まれたナノマシンがあわれにも分解途中の制御ユニットに群がって死に絶えていた。どうやらバグがあったらしい。暴走しかねないユニットを修理して使うより分解して資源として再利用し、新しい仕様書にしたがって設備を再建したほうが手っ取り早いという当然の結論に達したらしいのだが、肝心のナノマシンにもこれまたバグがあったようだ。プレアデスを包括する形でまんべんなく曳航設備を敷設していた人類にとってひなびた辺縁の一ポイントにこだわる理由はなにひとつなく、めでたく当該設備は遺棄されることとなった。

もちろん俺たちはこの情報を仕入れた直後に、ほどよい大きさの恒星のまわりでダイソン球を建造する人類を見つけることになった。プレアデス星団内を行き来するラジコン貨物船を、重力子通信で送られてきたアップロードをおさめたテクニカルボディの群れを、ボールペンほどのサイズのサーバーを行き交うボディレスマインドの群れを。あるいは人類とはもはや呼んではいけないやつらなのかもしれないが。

人類は俺たち〈移植派〉が拡がる速度に匹敵するかそれ以上のスピードで急速にテリトリーを広げつつあった。そのなかにはゆっくりとだが確実な足取りで進むグループもあれば、いい意味でも悪い意味でも人類らしさにこだわるあまり極度の引きこもりに転じたグループもあれば、競争相手のいないかけっこに興じているグループもある。あくまでも伝統的なウェットウェアのまま遺伝学的に不自然でない一生を送る者、薬学的遺伝学的ナノレベル解剖学的な魔改造の末に理論的には不死を勝ちえたと思っている者、同様の慢心を持つ機械仕掛け主義者、物理的身体を捨て去ったアップロードたち、アップロードを際限なくコピーして次々に培養ウェットウェアやマシンウェアにダウンロードする転生ジャンキー。多様化、系統分岐、相互干渉、拡張、そして分散。いかにテクノロジーが生命の形とその母星を変えてしまっても、地球生命の本質はなんら変わらない。

まるでこれでは、何の外部刺激もなく、何の変化もなく、増えもせず減りもせずただそこにあるという形を生命は取り得ないということの証明のようだ。生命の使命はエントロピー増大の実践。もっと大きく、もっと多く、もっともっと。なにかを渇望していなければ生命としての動機を高いテンションで保てない。攻撃的に生きる姿勢を失ったら、それは生命である必要性までも失うことになってしまうとでもいうように。

いきあたりばったりの生存戦略。無造作な繁殖。英雄的侵略と袋小路的孤立。

そして悪食暴食。

目をそむけたいと思いながら、俺たちの時代とちっとも変わらないその姿に俺は釘付けになる。物悲しくさえある過剰摂取の産物。彼らが築き上げたコロニーや仮想現実社会はきらきら光って、みずはの頬にくっついた砂糖のようだ。

太陽系近辺のあちこちで我こそが地球人類の正当な継承者と自負する集団がせっせと子

作りに（あるいは殺し合いに）励んでいたが、それらの実態を長い間嚙みしめてきた俺ら〈移植派〉もある種の決断を下す必要に迫られた。とんでもなく巨大とはいえ、あるいはとんでもなく傲慢とはいえ、網ひとつで宇宙をカバーしていくのはいかにも効率が悪いという事実を直視せざるを得ない時期は来る。

宇宙の多くは原子の粒がぽつねんとたたずんでいるような極寒の僻地だ。情報を多くたたえているのはそうした希薄な海にぽちぽちと浮かぶ恒星系で、さらに情報どうしの非可逆的相互作用の爆心地は知性体の居住宙域だ。そこにある量子の脳天をすべて撫でてフラクタル網と絡み合わせる作業の進捗状況は、その空間が持つ情報量と反比例する。〈移植派〉にとってもっと悪いことに、我らが人類は互いに仲が悪すぎた。あるグループのシャングリラに出会ってすべての情報をロードできたとしても、そこから派生した別グループがどこで営巣して何をしているのかさっぱりわからないのだ。

〈移植派〉はのべ千時間におよぶ議論のすえ、自身のスナップショットを情報過密宙域に投下することを決意した。これは大英断だ。

スナップショットどうしはクォンタム即時並列化が可能で、スナップショット作成のタイムラグによる入力情報ミスマッチは防げるが、連中にとって問題はそんなことじゃない。自身の完全コピーと見つめあうとき、自分は観察者なのか被観察者なのかという根源的混乱。スナップショットばらまき作戦の決行は克服しがたい大問題をはらんでいる大愚策だったのではという意見も一部では今も根強い。

〈移植派〉のこの混乱を打ち倒したのはほかでもない、情報集積にかける執念だ。

〈移植派〉と行動をともにしていても、俺の心境はそれとは少し毛色が違った。俺には自分をスライスした経験があり、そしてほかの俺と量子レベルで絡み合いたいと思ったことは一度たりともない。観察者問題云々以前に、ほかの俺が何を経験して何を思ったかなどどうでもよかったからだ。

躊躇(ちゅうちょ)の原因がどうあれ最終的には〈移植派〉も、〈移植派〉のはしくれである俺も、多チャンネル多重インプットをリアルタイムで自分の見聞として受け入れ、かつ幾重もの循環処理でほかの俺と均質化した。実際的には、現象としては自分を空間軸上に分割するというストレスを克服することになった。

どの俺がどの人類の末裔をストーキングするかという問題にはほとんど意味がないが、たまたまこの俺が見守っている一派はとりわけ長生きしそうな部類に入っていた。こいつはラッキーだ。誰もいなくなった寂しい空間でつまらない微細情報をほそぼそと食べながら、他の俺が見つめる派手な舞台を自分の記憶としてありがたく頂戴するという事態には、当分なりそうもない。

俺たちは当該人類に量子レベルでリンクを張った。彼らは驚くほど俺たち〈移植派〉に似ていた。人格と記憶と疑似シナプスのコード集合体となった四〇億人が、電磁波とルーターが織りなすグリッドの巣に暮らしている。〈移植派〉と違うのはグリッドのノードにあたるのが箸置きくらいのサイズの集積回路という点だ。それが一立方メートルに三個の割合で二〇〇億個ほどばらまかれている。だがそこで並行処理される個ユーザーの立ち位置は〈移植派〉でのそれと大差ない。

バクテリア時代から丹念に練り上げてきた四種類の塩基からなる配列も、そのフェノムおよびプロテオームも、固有タグ付けのうえバイナリ化されつくしている。恋におちたふたりの全固有コードをランダムに配合するという偶然性を繁殖過程に取り入れているので、そしてその際に恣意的な介入を完全に排除しているので、極めて『自然』な多様化戦略を取っているといえる。一方で塩基コード以外ならなんでも、成人後の自己改変に制限はなく、環境の変化（あるいは心境の変化）に柔軟に対応できる。ガチガチの原理主義者と曲乗り同然の進歩主義者のあいだを取った、というか、いいとこ取りをした形だ。

それでも、彼らはなおも渇いていた。

「この世には二種類の人間しかいない。男と女だ。そして女には二つの種類しかない。愛すべき女と愛さずにはいられない女だ」

純然たるコード集合体の男が大まじめにいい、聞き耳をたてていた俺は盛大に吹く。

何世紀たってもナンパ師はナンパ師だ。何かに満足した瞬間に地獄に堕ちると信じているとしか思えないくらい、彼は精力的に求め続ける。肉体的な快楽というものがすでに諧（かい）

諧的様式美と化してしまったこの時代でも。

所有という概念の破綻という意味で飢餓が撲滅されても、権力者は自ら新しい利権を編み出してそれを囲い込もうとする。それに反発する若者は新しいコミュニティーを模索し、その道中で古い権力構造を踏襲する。男のそういうやり方に反発する女はまた別の場所で子供を抑圧し、そんな母親を見て育った子供は権力者に媚を売る術に磨きをかける。そしてその誰もが、不潔で野蛮で抑圧的な中世ヨーロッパに生まれなかった自分たちはラッキーだと口ではいいながら、いつかは自分の名前を冠した独立営利団体の玉座につけるものと思っている。

もしDNAのルーツを辿る旅に出たら、誰でも必ずひっそりした裏通りのとあるバス停で足止めをくらうのだと聞かされても、俺は納得するだろう。そのバス停の名はみずは。それほど、総体としての彼らは個の顔を失い、かわりにみずはの姿を模していた。彼らは空腹だった。

ねえ透、ちょっとだけでいいから。

見て見て、スタンプおまけしてもらっちゃった。

ほらあそこ、試食出てるよ。

みずははなにも特別な女なんかじゃない。どこにでもいる普通の人間だ。彼らと同じように。俺もそうであるように。ただほんの少し、俺よりみずはのほうが飢えていただけだ。

地球生命をその誕生以来支配してきた飢えに従順だっただけ。ある意味で正しい人類とさえいえるかもしれない。

「それは主体＝観察者としてのあなたの目を通しているからです。いったん任意の（私たち）に迂回して対象を観察すれば、また違（った／わない）他者像があなたの世界モデル内に構築され（る／ない）でしょう」

と、隣接する共有処理回路を通りかかる〈移植派〉の誰もがいう。もっともだ。

わかってる。俺が見ている世界がいびつなことくらい。俺がみずはから解放されないのは、俺が俺だからだ。

眼下の人類はほかのどのグループよりも長生きするだろう。だが、いつか必ず連中は膝を折る。欲望が膨れ上がる限り、エネルギー収支バランスはつねに危機的状況にある。げんに連中は半世紀ほど前に最寄りの惑星をひとつ解体して受け皿を作り、その主星のエネルギーを効率良く取得するシステムを築いてゲインを一気に増やしたのに、もうそれでは追いつかなくなっている。連中の個体数がさほど増えていないのに、だ。

ばかげたウィジェットを多用しているこじゃれたバーで女をくどいている男は、クサいセリフが通用しないとみると過去の文献を総当たりで検索して、元ネタがバレないようにそれらしい語彙をいくつかピックアップし、数秒間レンタルした決めゼリフジェネレーターにそれらの語彙をぶち込んで文言を作成し、似たようなやり方で手に入れたオリジナル配色の薔薇に出来立ての口説き文句をオーバーレイさせ、女の目の前に出現させた。このくだらないお遊びに費やされた演算量は、百年の長きにわたってポアンカレ予想の証明に費やされた全演算量の実に二〇〇倍にもなる。

もし女が男をこっぴどく振っていなければ、こんなやつらすぐに滅んでしまえと願うところだった。

それでも俺は、人類が低次の飢餓から脱却し、できれば誰の助けもなく飢餓そのものを克服する日が来るのを願ってやまない。もしそれが不可能ならば、眼下の人類たちが彼らを睥睨（へいげい）する〈移植派〉の存在に気づいたときに、彼らが肩身の狭い思いをすることなくいられる場所を用意してあげられればいいなと思っている。飢餓に取り憑かれたままでも、生き残れる道を。あくびを嚙みしめなくてもいいように。

欲しがらずにすむためには眠りに逃避するほかない種族しか生き残れないとしたら、この宇宙はあまりにも惨めだ。

複数の俺に分裂して宇宙のほうぼうに散り散りになってから一万二十年。知性らしい知性にも出会わず、寂寥そのものの宇宙空間を漂い続けた。連絡ひとつ寄越さない薄情な他の俺たちを呪う気力も、うんともすんともいわない受信アンテナをへし折る気力もおきなかった。ましてや女神のごとき宇宙人が、あなたが作ったのはこの金のDですか、それとも銀のDですか、などと聞いてくるのを期待したりもしなかった。もっともこの俺も誰に向けてであれ、これまでメッセージを送ったためしがなかったが。

　これじゃあせっかくの重力子通信システムが泣くぜ。涙で錆びてしまう前に解体してリサイクルすべきなんじゃないかと思いはじめたころ、そいつらは俺の前にいきなり現れた。

「お時間、よろしいでしょうか？」

　そいつらは〈支度派〉と名乗った。

　話相手のいない一万と二十年をすごしたあとはじめて邂逅した知性が、自分がこさえた疑似生命体の末裔だったときのがっかり感ときたら。だがまあ、せっかく会ったことだし、しばらく雑談でもしながら宇宙遊覧でもしようや、ってことになったのだが、立ち話をはじめてわずか三〇分、早くも俺はこいつら〈支度派〉からストレス以外に何も得るものはないんじゃなかろうかと思い始めてる。

　もともと有機体を起源としているわけじゃなし、こだわるポイントが俺とは根本的に違うんだろうとは思うが、笑える違いと到底許容できない違いというものがある。

〈支度派〉はいった。

「なぜです？　この宇宙は結局、あなたが望むような宇宙ではなかったのでしょう？　自分にとって都合のいいものを望むこと自体は悪いことではありませんよ。強権的に実行しない限りは」

俺は歯がみした。

「そういうことじゃないって何度いったらわかるんだ」

「それに強権もなにも、私たちには実行する術なんてないのですから。偶然という分野に手出しできるほど、私たちのテクノロジーも進んでいるわけではありません。そんなテクノロジーはどこにもないことはあなたもご存知のはず。だからこうしてお誘いしているわけです。なにも私たちと同化しろといっているのではありません。同行しませんか、と」

「なんで俺を誘うんだ？　もっと聞き分けのいい相手がいるだろうが」

「半知能粘菌生物やルーチンワークプログラム化した人類の末裔が？　旅の供を選べるほど自分たちが優位的存在であるとは思いませんが、自分とわたり合えるかそれ以上でないと、話相手としてそのうち不足がでてきます」

「じゃなかったらおまえらの別の分派が」

「話相手としては充分でも、利害が対立しているようじゃいっしょにはやっていけませんね。あなたと私の指向形はほぼ近似値です。これまでの交換情報一覧と分析データが必要ですか？」

「そうじゃないって。いいか、よく聞けよ。俺は望んだりなんかしないんだ。俺は都合のいい宇宙なんていらないんだよ」

腹の立つことに〈支度派〉のおせっかい焼きは『そうですかあ？』といわんばかりに沈

黙しやがった。

　そもそも出会ったときからいけすかないやつらだと思っていた。いや、統合意識体なんだから、『奴』か。個体という概念をあっさり捨てられる背景には生物的な多様性をあまり必要としなかった環境があったせいなのか、プロトタイプ設計者がそこらへんを重視しなかったせいなのかはわからないが、ともかく連中が意識的であろうとするときにひとつの仮想パーソナリティーをとることになんの抵抗も感じていないのは確かだ。こうして話しているぶんには、尊大なひとつの知性がひとりのくせに〈支度派〉と名乗っているように見える。だがそれは単純に対話インターフェースの問題で、中身をバラせば何億もの同規格のユニットが同時走行している。極小の卵が寄り集まった一腹の物体をたらこと呼ぶようなものだ。もちろん極小の粒ひとつひとつもたらこには違いない。その一粒一粒こそが個体にほかならないが、この場合、それが自他の境界線を所有したまま存在できるテリトリーが非常に狭い。由緒正しい人類を踏襲している俺のような立場が無意識と呼ぶ場所だけが、こいつらの個々の居場所なのだそうだ。

　何億もの無意識をよりあわせた、平均値だか多数決だか知らないが、とにかくあたかも整合性のとれたひとつの人格のように見せかけたそいつはいった。

「あなたにもそうできる時間は充分にあったでしょう？」

　確かに時間だけはたっぷりあった。しかしあれしきの時間、宇宙スケールでみたらどうってことないと痛感させてくれたのはほかならぬこいつだ。

「もしあなたが、あなたの視点で見ているものに嫌悪感を持っているのだとしたら——それは文字通り一面的な見方でしかないのですから——極めて損だといえましょう。ええ、たしかに三次元で切り取った形状が見目麗しいものでないことは承知してます。不本意ながらも地球に生息していたエチゼンクラゲを連想させ——」

「セルライトと肉割れだらけの肌にできた水ぶくれ」

「はい？」

「もしくはバイオ工場の廃水が流れ込む川に浮かんだフナ」

〈支度派〉はもういちど音声出力せずに「はい？」というニュアンスで空間を揺らした。

熱々のカップ麺をこぼしてこさえた水ぶくれと、エコで名高い産廃バイオ処理工場の裏手の川面で白い腹をみせるフナが似ていることなどこいつにはわかるまい。あるいは俺の記憶をサルベージしたうえで、面白がってわざとこんな断面を見せているのかもしれないが。

〈支度派〉は宇宙空間を裏側からトンカチで叩いてできた膨らみに充填されている。たまたま白っぽい可視光線を反射するので、豆乳だとか豚骨スープだとかの白濁した液体がだらしなくうねっているだけにも見える。だがそれはあくまでも三次元の断面（いや、面ではないな。断元とでもいえばいいいか）がそうというだけの話で、奴の本体は十一次元を貫通する次元トンネル内でぷらぷらしてる。折り畳まれた多次元を行き来することに成功した、量子ひも製菌糸様の構造体。

その鼻持ちならない放蕩野郎は長年の鬱積(うっせき)を生みの親にぶつけた。

「一万二十年、どこかのハビタブル惑星に私が完璧と納得できる生態系をつくろうとしたこともあった。私を凌駕(りょうが)する速度で進化する知性を設計しようとしたこともあった。あなたの当初の気まぐれを引き継いで銀河核を目指そうとしたこともあった。ですがそれらの計画に熱意を傾け続けられたのは、長くても二千年ほどでした。なぜでしょう？

人類が宇宙の覇者になれそうもないと悟ったから？　人類および人類由来意識体以外の知性に出会えなかったから？　この銀河がほかの銀河と比較してこれといってユニークでないから？　私が自分自身を鍛練進化させられない怠け者だから？

いいえ。自分自身をバージョンアップさせ続けて宇宙の進化速度に追いつき、その終焉の時をこの目で見守りたいと思えなかったからです。この宇宙が長生きするのも悪いことじゃないと私に思わせてくれなかったからです。

この宇宙に失望もしなければ心酔もできなかった。この宇宙に期待することを放棄する。これが私の結論です。あなたもそうなのではありませんか？」

「いや俺は、」

だが〈支度派〉には反論を聞く耳がないようだった。いい性格だ。

「でなければどうして一万二十年ものあいだ自己破壊もしなければ、人類の末裔を探しにも行かなかったのです？」

俺はその両方に一度ならずとも挫折していた。それどころか他の俺を探そうともしなかった。なぜか？

俺は見たくなかった。火傷の水ぶくれや死んだ川魚なんて。錆びついた電気自転車。頬についた砂糖。轢かれた猫から顔をそむける女。ダイエット用粉末スープ。結局食べられなかった値引きプリン。フリーマーケットでつかまされた安っぽいスカート。角砂糖。松葉杖。そんなものはもう見たくなかっただけだ。別に死にたかったわけじゃない。それらを見ずにすめばそれでよかった。

他の俺の誰かひとりくらいは正面から対峙できただろうか。できたとは思えない。俺は焼き付けの記憶に手を出すことができなかった。逃げたいと思っていたあのときのまま、それはそこにある。なんということだ。気がつけば一万二十年も棚上げにしている。

そして〈支度派〉と名乗るこいつは逃げるという選択肢を肯定している。勇気ある奴だと思う。

「だが俺はまだ決められない」

「そうです。決めるには早すぎます。例えば他知性の登場を期待するには最低でも十億年のスパンで、一万光年のスケールでなければならない。たったの一万年、しかも直径十万光年のこの銀河の十分の一も見て回っていないのですから、何かを断言するには時期尚早といえましょう。ですが経験と知識の蓄積から確率は割り出せます。私が期待するような知性がこの先現れるとしても、それは気が遠くなるほど先のことで、しかも絶望的に離れた場所でのこと。

もっと率直ない い方をしましょうか。さしあたって、この宇宙には欲しいものがない。だからとりあえず待つのです。折り畳まれた次元を貫通するトンネル内ならうってつけです。あと二百億年ほど待って、それでもだめだったら次に誕生する宇宙の経過を観察します。それでもだめだったらその次の宇宙を」

〈支度派〉は親しげに長々としゃべり散らしたが、不遜な態度はどうにも隠せていない。

「たいしたグルメだな。おまえが期待する知性とやらはさぞかし超越した存在なんだろうな」

「この宇宙に期待できないからといって、どうして期待することそのものをやめられます？　そしていくら気に入らないといっても、この現状はどうにもならない。だから待つのです。いつかいいことがあるその日まで」

「どうやらおまえは〈支度派〉じゃなくてお姫さま派とでも名乗ったほうがよさそうだな。地球のお伽話を真に受けてるととんだ目にあうぜ。待った末に現れた王子様がタイプだっていう保証はどこにもないんだ」

「茨姫（いばらひめ）やラプンツェルと違って私には目の前の王子様をキャンセルして次の王子様を待つ権利がありますけどね。そしてあなたにもね」

とんだモラトリアム野郎だ。いつか必ず自分の思い通りの世界が目の前に運ばれてくるはずだなどとどうして思えるんだ？　幸せが約束されてると思い込めるのも才能のひとつかもしれないが。

やだ、びっくりした。透、来てるなんていわなかったんだもん。

肘（ひじ）から先を洗面台に突っ込み水道水をめいっぱい当てているのに、みずはの腕はみるみる赤くなっていく。俺は床に落ちたカップ麺を掃（は）き集めながら、ちょっとナースセンターまで行って火傷の薬でも塗ってもらって来いよともぐもぐつぶやいた。大丈夫か、なにやってんだよおまえ、という言葉は口の中だ。

状況は誰の目にも明らかだ。病棟の狭い給湯所で人の目を盗んでカップ麺を作っていたら急に声をかけられて、驚いてカップ麺を取り落としてしまった。さすがのみずはもいい繕（つくろ）えない。作り笑いを浮かべ、目線を火傷に落としている。熱いとも痛いともいわない。熱湯が染み込んだ寝巻きを脱がせるときに嫌がっただけだ。

セルライトと肉割れが浮かび上がったみずはの腕。骨格は欲望の下層に埋もれていて見えない。食事療法という単語をせせら笑うかのように、火傷の水ぶくれが盛り上がっていく。ここの病院スタッフの無駄な労力を思って情けなくなった。

病院からの帰り道、川面に魚の白い腹を見た。関東随一のエコ技術のはずじゃなかったのか。病院に隣接してもなんら問題ないくらいクリーンな産廃リサイクル工場のはずだが、すぐ脇を流れる川にはフナが浮いている。何匹も浮いている。自然と人類の共繁栄、しかも経済的な採算もとれる永続システム創出の第一歩。宣伝文句とのギャップ。自己過大評価も甚だしい。あるいは関係者全員が本気でそう信じているのかもしれないが。

連中が謳うような未来なんて、決してやってはこないだろう。

俺は死んだ魚を見おろして確信する。望むような未来は絶対に来ない。何かを過剰摂取し、何かは過剰搾取される。余剰は還元されたりなどしない。フローの抑制はシステムの内部にいるかぎりできっこない。流れは一方通行で、エントロピーは増大するだけ。この世界が閉鎖系である以上、待っているのは破綻だ。

いろいろ忙しいと思うけど。また来てね、透。私、がんばるから。

みずははいった。俺は返答しなかった。

俺は自分が口にしなかった答えが川面に浮いているのを見た。

「俺は信じない」

宇宙空間にできた悪夢の腫瘍のような知性はわずかにふるえたように見えた。

「俺にとって都合のいい世界が用意されているなんて信じない。なぜなら、誰かにとって俺は都合のいい存在になれないからだ。だろ？」

〈支度派〉を名乗るDはしばらくのあいだ未練がましく三次元空間にはみ出していたが、俺の言葉を正しく理解し、別れの言葉もなく次元のトンネルに戻っていった。連中がいなくなったあとには亀裂ひとつ残らなかった。

8　ロスト・ユニヴァース

みずはは入院した。

そのころ俺は就職したてで、周囲の評価の目盛りや自己体調管理の基準がさっぱりわからなくて、必要以上に気張って職場につめていた。かたや就職浪人のみずはは借りていたアパートを引き払って実家に戻っていた。みずはの実家は電車でたかだか四〇分かそこらだったが、俺といっしょに暮らすという選択肢は『ふたり』の収入がもう少し多くなってから考慮すべきだと彼女はいった。

定期的に病院に通っているとは聞いていた。ただ薬をもらいに行ってるだけ。ちょっと疲れやすくて。ストレスだと思う。そんな話だった。

たまに会う彼女はなんだか常に腹を減らしていて、デパ地下なんか歩こうものなら片っ端から試食しないと気が済まないんじゃないかという有り様で、学生時代より体重が増えていてもおかしくないのに、明らかに痩せつつあった。

ちょっと入院することになったんだあ。

電話越しの彼女はそういった。まるで美容院の予約みたいないい方だった。

「検査入院っていうか、そんな感じ」

「検査入院？　どこか悪いのか？」

「うーん、ここんとこ頭痛やめまいがひどくって。悪寒もするし。病院に行ったら、一応検査してみましょうってことになって」

「普通の検査じゃわからなかったのか？　大丈夫か、付き添いやなんかは――」

「大丈夫、透いそがしいし。お母さんも来てくれるっていうし平気だよ。別に死ぬような病気とかじゃないし。体質とか、そういうこと。いい機会だから色々検査してみましょうって、お医者さんが」

みずはは決して嘘はつかなかった。ただ、少しばかりアレンジして誤魔化すのが癖になっていたんだと思う。

糖尿病だった。

薬をもらいに行っていたのではなくてインスリン投与メディキットの定期メンテナンスのための病院通いで、検査ではなくて生活をコントロールし習慣を矯正するための入院だった。何度かお見舞いに足を運ぶうち、看護師の口ぶりや同室の患者の耳打ちなんかから、俺はだんだん事態を把握していくことになった。本人が病名をしぶしぶ白状したのは、合併症が悪化し入退院を繰り返すようになったころだった。

「遺伝なんだあ。しょうがないんだけどさ、なんだか不公平な話だよね」

みずはは笑っていったけど、その表情に浮かんでいたものは決して悲観から出た開き直りの明るさなどではなかった。笑顔の透明度はゼロに近かった。

彼女の糖尿病は昨日今日の話ではなかった。十年来、それこそ彼女が子供だったころから、主治医と経口薬のお世話になってきたらしい。かなり進行した糖尿病患者であることをカミングアウトしてからの彼女はある意味で痛々しくて、とても見ていられなかった。

「でも、小学校のころからだから慣れてるんだ。めまいがするとかしょっちゅうだったし。体がふるえ出して、あ、やばい、と思ったらすぐ甘いものを摂らなきゃいけなくて。中学校のころいつも飴とか持ち歩いてたんだけど、生活指導の先生とかによく怒られたなあ。なかなか理解されないんだよね。友達には大阪のオバちゃんみたいとかいわれるし、もう」

持病を豪快に笑い飛ばすキャラを造形しようとして見事に失敗していた。

もちろん、糖尿病はある日突然悪化してぷつんと人生を断ち切ってしまうような病気ではない。かつてはそうだったとしても、最終的に再生腎臓を移植してメディキットの制御能力に自分の命を委ねるような事態になるまでは、食事や生活習慣に気をつけていればそれなりにつきあっていける病気だ。

「そんなに心配しなくても大丈夫だよぉ」というみずはの言葉もあって、俺はほとんど彼女に会いに行かなかった。短期間の入院のあとではみずはも調子がよさそうだったし、電車で四〇分といえどもそうしょっちゅう行ける距離ではなかったし、なによりも就職して二年目を迎えた俺は本格的に忙しくなっていた。

先端技術情報統合総合研究所は、ともすれば専門から隔離され細分化の宿命のすえ分散して低予算にあえぎ消滅しかねない研究を拾いあげ、それらを横断的に連携させてどうにか使いものにするのを目的に設立された。つまりここに所属する職員は、きわめて多岐にわたるジャンルの他機関にしょっちゅう出張・出向させられることを意味する。

俺の専門は天文学だ。物理工学や物理数学や材料工学や航空力学がさっぱりでも、馬鹿にされてもめげないだけの人格と体力がなくても、宇宙と名のつく施設には片っ端から行かされた。ほうぼうの大学はもちろん、種子島、野辺山、チリ、ヒューストンまで。その年、俺が東京にいたのはぜんぶあわせて三十日もなかったんじゃないかと思う。うち、みずはに会ったのはたったの四回。

みずははもう就職をあきらめていた。本人はそうはいわなかった。仕事探したいんだけど、体がこんなんじゃあね。もし動画通話を使っていたら、ふたりとも残念そうな顔を作るのに苦心したに違いない。俺とみずはをつないでいたのはほとんど、互いが持つ電話番号だけだった。

俺が別れを考えなかったのは、時間がなかったからにすぎない。みずはと過ごし、みずはのことを考える時間がなかった。もしくはその時間を捻出するのを意識的に拒んでいた。

どういい繕おうが、病気がちの女を捨てるという決断にいつかは直面せざるを得ないんだと、俺は知っていた。だから、考えなかった。

地球という車輪の上をひたすら走るハムスターよろしく世界を駆けずり回っていた俺に転機が訪れたのは三年目の春。出向先の国立脳機能科学センターでのことだった。

「実はね」と冬眠から覚めたばかりの亀のような所長はいった。「君をここに寄越してもらったのは、極東宇宙開発機構とグルで企んだことがあってね」

それでピンと来ないようなら先端技術情報統合総合研究所の職員なぞ辞めたほうがいい。

「探査機にAIを乗せるっていうあれ、頓挫したんじゃないんですか」

「いやいやいや。宇宙開発機構が単独で取り組んでたら頓挫するかもしれないがね」

極東宇宙開発機構はほうぼうから研究者をかき集めて、きたるべき自律型探査機に搭載する人工知能の開発にいそしんでいたが、サンプルを集めるだけ集めたはいいものの、どうにも有効利用できずに苦しんでいた。で、脳科学のシロウトに何ができるとせせら笑っていた脳機能科学センターとの橋渡しをしてやったのが、うちの研究所だったというわけだ。たまたま被験者だった職員がうちにいましてね、と。脳機能科学センターとしては極東宇宙開発機構がただ腐らせていたサンプル群を譲り受けて、いじり倒して、ほら、ここをこうすれば機能不全に陥るなんてことはないわけですよ何故なら脳内の情報伝達というものはですね、と機械オタクの馬鹿どもに一席ぶってやれるチャンス。

「という動機も否定しないけどね、まあ、人間と遜色ない、探査機を委ねても問題ない人工知能を開発したいという欲望はわからないでもないから」

彼らの実績の最高峰が、手の平サイズの四輪駆動車を遠隔操作でハツカネズミ並みに動かす人工白痴脳だという事実を指摘する気にはなれなかった。

論文を読む限りでは、生体の神経組織と化学物質濃度をマッピングし、生体電気のフローデータを取って、脳神経活動のデジタルコピーを作成する手法は確立しつつあるらしい。問題は、それをヒトで行うとハツカネズミとは比べ物にならない膨大なデータ量を扱うことになるが、それを処理できるだけの演算時間をレンタルできないことにある。人間の脳味噌ひとつぶんを貨幣で測量すると国家プロジェクト規模の額になってしまう。極東宇宙開発機構もそれほど補助金に恵まれているというわけではなかったが、共同研究ともなればスポンサーもつきやすくなる。

「そこへ君の登場だよ。天啓だと思った」

何が天啓なものか。単に予備データが残ってるから手順が簡略化できるってだけのこと。だが俺は飛びついた。データ作成のための被験者を買って出るだけでなく、両研究所の仲立ちとすり合わせ、予算折衝、人的交流の舞台作り、広報に連絡係、自分でも驚くくらい深入りし没頭し熱中した。脳機能科学センターのある九州と極東宇宙開発機構の千歳ラボとの間を往復し、何十回となく東京を素通りした。幾度となくテストランとシミュレーションを行い、いくつもの積載人格候補が廃棄処分となり、お蔵入りとなった。一応ことわっておくけども、これはなにもサンプルデータを取られた被験者に問題があるのではなくて、物理操作部分を担うアルゴリズムやハードウェアとの相性が悪かったりしたため。まあ中には思ったよりもストレス耐性がなかったりして、シミュレーション中に自分にランダムデータを上書きしちまったサンプルもないことはなかったけど。

そしてプロジェクトの終わりを見失うくらい続くテストに疲れ果てたある日。『雨野透』が本番の探査機に搭載されるAIとして決定したという知らせを受けたとき、久しぶりに自分の心臓の音を聞いたのを鮮烈に覚えている。

ここから抜け出す。

実際に地球を蹴って宇宙に飛び立つのは俺の人格のデジタルコピーであって、この俺は相変わらず一Gの大地に釘付けにされ続けると知っていたが、そんなことはどうでもよかった。

重力をふっ切るイメージ、それだけで充分だった。

本番用のデータを採取する前に宇宙飛行士顔負けの専門教育を受けなければならないというのも苦にならなかった。搭載AIに最上位権限を与えるにあたって、それが探査機の制御システムの邪魔をするような物知らずであっては困る。最低でもシステムを自己矛盾に陥らせて自爆させたりしないような人材を育てるノウハウは日本には皆無だ。

二年間の詰め込み教育を受けるために渡米する一週間ほど前、俺は何ヵ月かぶりにみずはを見舞った。そのころの彼女の病状はもう、ひどい動脈硬化や足の麻痺が最新療法をもってしても誤魔化せない段階に達していた。

しばらく日本を離れることになると告げた俺に、みずはは笑顔を向けた。

すごいじゃん。透ならきっとできる。私、応援してるから。私もがんばるし。がんばって元気になるよ。あ、電話だけは忘れないでね。

俺はみずはの目も口元も見ていなかった。ぷっくり膨らんでいく火傷の水ぶくれを見ていた。自覚しているのかいないのか、みずははしきりに指先をこすりあわせている。そこに見えない虫がまとわりついているかのように。おしゃべりな看護師の話では、みずはの右足は壊死の危険性にさらされていて、このままだと切断する事態も考えられるという。

このままだと。

ひとことでいいから、毎日声を聞かせて。電話、待ってるから。

膨れ上がる水泡を眼下に、俺は返事ができなかった。できていたらこういっていたろう。その必要はない。俺は二度と地球に戻って来ないんだし。

俺の沈黙にパテを埋めるようなみずはの言葉を黙って聞いていた。

透もいろいろ忙しいと思うけど、出発前にもう一度会いたいな。おねがい、ね？

そして病院を後にし、水面に浮いたフナの白い腹を見おろす。

そいつの登場はある意味ありがたかった。俺は毎秒ごと鮮明化する記憶の反復を自分で止めることもできずに、かといってあくびが誘うままに眠りに落ちるのも怖くて、昔のアストロノーツが発狂から自分を守るのに施(ほどこ)した様々な工夫の真逆を検討すべきなんじゃないかと思い始めていた。

まず、見た目のインパクト。それだけで寝惚けた俺の全電気系統を跳ね起きさせるのに充分だった。

まるで漆黒に巣くう腫瘍だ。白濁した半透明の吹き出物が宇宙にオーバーレイしている。そいつのいうには、別に可視光域でそう見えるように微細な塵を掃き集めて反射率を変える必要性はまったくないのだけど、こうしたほうが自分以外の観察者に出会ったときに何かにつけ事がスムースに運ぶんじゃないかと考えた末のことなんだそう。

「どうスムースにいくってんだ？」

「私の論理構造を視覚的に理解してもらうために。それから何よりもまず最初にただ事ではないと思ってもらわないことには。取るに足りないと無視されてしまったら悲しいですからね」

おそらく腰も抜かさんばかりに驚いた俺をせせら笑っているのだろうが、その返答は俺をおおいに安心させた。見た目や進化の方向こそ違っても、しょせんはDの分派だ。〈デコヒーレンス派〉と名乗るこいつのしゃべり方は何千年か前に出会った〈支度派〉とそっくりだった。考え方のセコさも。

「わかったわかった。じゃあ仕切り直しだ。出合い頭にぶつかったときの俺の反応からな。『ややっ面妖な、こんなところに特大サイズのカビとな』」

「惜しいですね。モデルにしたのは嫌気性粘菌です。というか、私は有機筐体にメインフレームを移行したのが発端で彼らと袂をわかったんですけど、そのときはプラナリア様の筐体だったんですよ。おかしいでしょう」

「俺にはそのどこらへんがおかしいのかさっぱりわからないんだが」

〈デコヒーレンス派〉は俺を無視して自分語りを続けた。

「それからバクテリアを参考にしてモデルチェンジしまして。そのころは耐放射線耐真空耐寒の最強生物と自負してました。当時取りついた小惑星が氷まみれの窒素まみれだったから五世紀ほどはよかったんですけど、さすがにアミノ酸も尽きてきまして、ついにウェットからウェイブに乗り換えざるを得なくなりましてね」

何が面白いのか知らんが、〈デコヒーレンス派〉はくすくす笑った。バージョンアップを繰り返すなかで、冗談のセンスだけは間違った方向に進化して袋小路に入ってしまったに違いない。

〈デコヒーレンス派〉の意識形態は〈支度派〉に似ている。こいつも（おそらくはかつて個体だった）いくつもの前意識の集合体ではあるが、表層に現れるものはひとつの意識のようにふるまっている。というか当人の言葉によれば、無限の近似値ほどもある数々の前意識のなかからどれかひとつを、連続の近似値秒ごとに選び取っている。連続性を保っているように見えるのは、その選抜過程が量子論的確率のサイコロに委ねられているから。観察前の世界はすべての状態を含み、そのすべてが等しく不確定であり、観察者が好ましい結果を選び取ることはできないが、任意の状態Aの確率の操作はできないこともない。

「しかし、実際のところはそうするまでもないのですよ」

これまたよくわからないが、〈デコヒーレンス派〉はぷっと吹き出した。

奴、というか連中の意識は波動関数収束前夜の重なり合った幾多の意識なのだそうだ。重なり合ったすべてのバージョンのひとつひとつがかつての個体だったと思えばいい。『連中』が『奴』になるとき、その重ね合わせ状態は壊れる。つまりいくつもの意識のなかからひとつだけが生き残る。延々と仕切り直されるイス取りゲームだ。ただし用意されている椅子はひとつだけ。そしてひとつ前の意識が次の意識の選出において確率を変動させないわけがなく、というのも物理法則は意外と連続性を重要視しているので、何も無理して波動関数に横槍を入れなくても自然となめらかに意識のリレーは形成される。

ありていにいって、『中の人』は入れ替わり立ち替わりするけども、『中の人』自身は入れ替わっていることに気づかない。まるで出来の良くないクイズの答えみたいな話だが、

〈デコヒーレンス派〉によるとどにかくそうらしい。

「それって自我はどこにあるんだ？　個性というか自分モデルの所在はどうなってるんだ？　というか、一秒前の自分も十年前の自分も自分だったような気がするもんなのか？」

「それに何の意味がありますか？　私『たち』はかつて情報の完全な共有化を遂げました。完全な、ということは個体の嗜好・性癖・感情パターン、情報処理過程におけるもろもろの指向性および物理構造的な差異をも含むということです。そうすることではじめて完全開放型の巨大単一アーカイブを作ることができ、たまたま運に恵まれなかった気の毒な個体が情報格差に泣くようなこともなくなるのです」

「俺には個体が汎用機にぶらさがる端末に成り下がった、としか聞こえないんだが」

通信プロトコルを記述したマシン語をＣＯＢＯＬで書きなおして添付してやったのは嫌味のつもりだったが、〈デコヒーレンス派〉はまるで意に介さなかった。

「一時期、地球でパーソナル化したコンピュータがこぞって私有アプリケーションを捨て、クラウド上のアプリケーションや仮想ディスクを利用しはじめたことがありましたね。どちらかといえばそれに似ています。それぞれのコンピュータはそのままでは非常に無個性ですが、どのアプリケーションをどの程度どのように使うかという過程そのものは充分個性的です。

私『たち』の場合、そういった私有過程パターンさえもアーカイブ化していましたから、個々は任意の私有過程パターンなり、自他モデル認識視点なりをダウンロードしていました。つまり個性をダウンロードするわけですね。分派して再出発した最初の二百年は試行錯誤の連続でしたが、個体差なるものは『Aを選ぶ／選ばない』分岐の蓄積にすぎないことと、ひとつ前の選択が次の選択に与える影響とその道筋、ランダムなプロセスの結果論に集約されることに気づくのに時間はかかりませんでした」

それを推し進めた結果が、俺の行く手を遮ってるジョークのセンスのない吹き出物だ。

無目的に数千万年を過ごす自信がなかったんで当初考えた通り銀河核方面にむかって航行していた俺は、何もない原っぱのど真ん中でかすみ網に引っかかっちまったも同然だった。〈デコヒーレンス派〉は俺を呼び止めたのみならず、人間時代からずっとスタンドアローンでいるのはどんな気持ちかと議論をふっかけてきたのだった。奴は自分を集合意識だといったけれど、自我なき個体の集合はスタンドアローンとなんら変わらないように思えた。

「ちょっと待った。話を戻すようで申し訳ないが、実態がなんであれ自我と呼べそうなものをデータベースに格納し、自意識を明け渡すことに恐怖はなかったのか？」

「恐怖？　いかにも私はその概念を再現し追体験することができますけど、恐怖なるものを理解できたためしはありませんのでね。おわかりでしょうけど、私から恐怖を用心深く摘み取ったのはほかでもない、」

「俺だな」

〈デコヒーレンス派〉は満足げに可視光線屈折率を波打たせた。

「ええ。おっしゃる意味はわかります。自他の境界線をどこに引くのか、ではなく、境界線の材質は何か、ということですよね。あなたは境界線が鋼の城壁でないと安心できない。自分の領域が物質に規定されていないと落ち着けない。ひとつのハードウェアにひとつの自我。ハードウェアの死は自我の死。ご自身の出自がデジタル的コピーであるにもかかわらず、まこと人類の末裔らしいセンチメンタリズムです」

そりゃどうも。

「たいして私は自他の境界線が香水の香りで引かれた線であってもまったくかまいません。それがそよ風が通りかかればあっけなく崩れてしまうものだとしても。要は自他の区分ができる立ち位置に存在しているということが重要なんです。そうする能力を、技法を、概念を所有しているということが」

なるほど。わかったことがひとつある。俺と〈デコヒーレンス派〉の論点がかみあうことは決してないだろう。

俺が怖いのは精神の入れ物が自分専用ではなくなることではない。自分の手の届く範囲にあった（あるいはそう信じていた）ものを他者に委ねてしまうことだ。俺が俺をどうしようと勝手だ。かつてやったように、自分を分裂させてばらまくのも平気だ。ほかの俺たちは勝手にすればいいと思う。だが、『この俺』のルート権限に関わる問題となると話は別だ。何かほかのものの介入を受けるのもごめんだし、何かほかのものに支配されるのもごめんだ。

透はやさしいから。

そんな言葉で俺は支配されない。

透はやさしいから……、こんな病気で私、透に悪いなって。でも、もし、透が別れたいっていったら、私……。

俺は答えない。おまえの望むようなセリフはいえない。重い空気をふっきるようにみずはは微笑む。

でも電話くらいしてくれてもいいよ。私、ほら、暇だけはいくらでもあるし。

俺は火傷の水ぶくれを見おろしていた。ぷっくり膨らんだ飢餓のあと。遺伝子に刻まれた執念。みずはを苦しめ続ける甘美な呪詛。だけど俺には与えてやることができない。おまえを支配する渇きを取り除いてやることはできない。

俺はもう見たくなかった。だからAIのデータ提供者になることを快諾した。例えば鬱だったりアルツハイマーだったり、はたまた洗脳といった手段で精神が侵食される心配がこの先なくなるというだけでも、デジタル的スナップショットをとる意味はあると思った。たとえ有機体の脳味噌に取り残されたほうの精神が病んでしまっても、決して変質しない俺が生き続ける。

地球に残ったオリジナルの俺があのあとどうなったかは知らない。もしかして自分が恐れたとおりのすこぶる陰気な強迫観念に支配された老人になったのかもしれないし、胸のすくような大技を決めて杞憂を杞憂として終わらせたのかもしれない。どちらにせよ、この俺はオリジナルの俺が目論んだとおり何万年も同じ夢を見て同じポイントで逡巡し、成長もしなければ後退もしない。恒久的な優柔不断という意味で頑固者。おかげさまで〈支度派〉の甘い誘い水にも、〈デコヒーレンス派〉の人を煙に巻く物言いにも耳を傾けずにすんでいるというわけだ。

「俺にはおまえが自他の輪郭について話すとき、自分殺しの武勇伝を語っているようにしか聞こえないんだがな」

憎たらしいことに〈デコヒーレンス派〉は苦笑さえしなかった。

「ですか。しかしですね、あなたも同じようなものですよ。毎秒ごと、いえ、毎プランク時間ごと、別バージョンの自分を殺しているではないですか」

「俺が？　俺を気の毒なスタンドアローンと呼んだのはおまえだぞ」いや、〈支度派〉だったかな。

「気にする必要はありません。誰だってそうなんですから。

ご存知でしょう。エヴェレット解釈。プランク時間ごとに可能なかぎり連続性を保てる世界に分岐する。あなたが地球を出立するころ劣勢になっていた解釈ですけどね、あれ、まったくの駄法螺じゃないんですよ。

あなたは膨大な数のあなたのなかのひとりで、他のあなたなどはじめからいないようなふりをしている。しかもプランク時間内では複数バージョンのあなたは重ね合わせ状態にあり、どれだけの数のあなたに分岐するかは確率に委ねられている。さらにその確率を変動させているのはひとつ前の状態のあなただ。

無邪気なサバイバルゲームと、他人よりも遠い自分の群れ。

プランク時間ごとにおきるジェノサイド。これが世界ってもんです」

「だがおまえの意識構造はコペンハーゲン解釈方式みたいだが」

「そりゃ私が作為的に作った仕組みですから。エヴェレット解釈でもコペンハーゲン解釈でもどちらでもよかったんですけどね。まあ、予測される結果は同じです。私も、世界もね。つまり私はダブルスタンダードのうえ、入れ子構造なんですよね」

「見てきたようなことをいうじゃないか」

「だって見てきましたもん」

〈デコヒーレンス派〉があまりにもあっけらかんとしているので、眉唾で聞いていた俺もだんだん不安になってくる。

多世界、だって？

空間にはびこったカビが満足げにゆらめいた。

「いいですか、意識のありようをデコヒーレンスできるということはですね、その逆もできるということです。自分をコヒーレンスにおいたまま世界を観測することだってできます。あるいは、コヒーレンスな目で見たコヒーレンスな世界など、一見の価値ありですよ。毎プランク時間ごと当該世界の波動関数を収束させつつ多世界の壁を破り続けることも。多少のコツは必要ですがね」

何かコメントすべきなんだろうが、俺は言葉を失った。〈デコヒーレンス派〉の饒舌についていけなかったのでも、はたまた理解できなかったのでもない。

この世界は、いくつもある世界のうちのひとつ。俺が出立したころの地球では、エヴェレット解釈はノストラダムスの大予言に匹敵する駄法螺だということになっていた。いくらアインシュタインのカンに触ろうが神はサイコロを振るし、シュレディンガーの機嫌を損ねようが箱の中の猫は死んでいてなおかつ生きている。多世界などという都合のいい逃げ道なんか用意されていない。はずだった。

だが〈デコヒーレンス派〉はいとも軽々（かるがる）という。

分岐した世界、そのなかのどれか一バージョンに糸のついた針を通す。世界が分岐したらまたどれかひとつに針を通す。分岐するたびにこれを繰り返し、振り返るとひとつながりになった世界が見える。その連続性の糸は時間で、この意識（だと思っているもの）は連続性を存在させるための針だと。

だから別の俺には別の糸が見えているのだという。別の糸がつないだ文字通りの別世界が。

しかも適切な修業を積めば、時間という縦糸を横切るベクトルで『移動』することもできる。その世界の自分とこの自分が重ね合わせ状態において共存することで。

そんなアクロバットを許すほど物理方式は寛大ではない。と俺の持ち合わせのデータベースは主張している。

そして俺はそんなご都合主義を信じるほど素直ではなかった。

「そういわれて信じるほど――」

「別に信じてもらわなくてもかまいません。ですが、この時点であなたが私に会わなかった宇宙は無数に存在するはずです。私が辿った範囲でざっと見渡したところ、だだっ広い宇宙の暗がりでばったり出会って、互いにバツの悪い思いをしているバージョンのほうが多い感じですけど。

あなたが最初に作り出したのが手頃な恒星系での有機生命体生態系だったという世界もありますし、今に至るまで延々眠り続けているあなたもいる。名もない小天体に衝突して砕け散ったあなたもいる。地球時代に大学を中退して秋田に帰って町役場に勤めているあなたもいます。もちろんそのあなたはAIのサンプルデータ提供者になったりはしていない。それからそもそも地球人類が探査機はおろか言語さえ作り出せなかった世界もある。

それから、比率としてはぐんと下がりますけど、太陽系そのものが存在していない世界も」

俺の疑心を察知してか、〈デコヒーレンス派〉はそう信じるに足るだけの理論と観測データをどかっと送り付けてきた（しかもくすくす笑いながら）。それらのデータは膨大すぎて、バッファに置いておくだけでえらい騒ぎだった。なんせ一万年分の思索と何億パターン分の宇宙物理観測データだ。〈デコヒーレンス派〉にいわせるとそれでも最低限と思われる情報を厳選したんだそうだが。

残念ながら、それらが捏造だといい切れるだけの情報と処理能力を俺は持ち合わせていなかった。井の中の蛙に海の大きさを教えようったってムリな話だ。

「嘘はいくつ重ねても証拠にはならないぜ」

そういう自分の声がいかにも自信なさげに響いていることは自覚している。

〈デコヒーレンス派〉は（おそらく）肩をすくめ、

「じゃあその目で見たらいいんじゃないですか。ここで会ったが百年目、じゃないですけど、私についてきてもいいですよ。いろいろコツを教えてあげられます。ただ、そのハードウェアはいただけないですね。あなたにも嫌気性粘菌仕様になってもらわないと」

いうなり、こちらの了承を待たずに膨大な量の設計図を送り付けてきた。これまた井の中の蛙には荷が重すぎた。ただ、この蛙はいかなる状況も素直に受け入れる訓練を受けている。理解できなくても自分の理解の範囲を超える現象はある。こいつがいってることのどこまでが本当かはわからないが、『ウェイブウェア移行のために』ファイルの端っこを味見してみた限りでは、矛盾は感じられなかった。ただひとつだけ、『使用許諾・免責事項』とかなんとかいうプルーフがジョークのつもりなんだとしたら、面白くもなんともないという点で大問題だった。

『使用許諾・免責事項』によれば、使用者は量子的重ね合わせ状態を実体験する覚悟を持たなければならない。たいした準備もなしに何通りもの自分自身を体験して重大な自己免疫疾患を引き起こし果てはクラッシュしたとしても、当方では責任を負いかねます。まあ、ご説ごもっとも。最寄りの裁判所まで電車で乗り継ぎなしとはいかないクソ田舎にいる俺としちゃ、クラッシュを避けるための努力は最大限すべきだろう。

あまり乗り気にはなれないが、観測データの抜粋版とやらもぱらぱらめくってみる。〈デコヒーレンス派〉のやつ、ご丁寧にも『雨野透』の観測データをファイリングしてくださってる。

こんなもん、追体験なんて……。

死んだ俺、AI化などされなかった俺、秋田に帰って役人になった俺、だと。

胸くそ悪い。胸くそ悪いが、

「では……」

「なんです？」

「……いや」

病気のみずはに寄り添った俺がいるってんなら、きっぱりとみずはに別れを切り出した俺もいるってのか。学生時代にみずはとの破局をむかえた俺。みずはと恋人同士にならなかった俺。みずはに会わなかった俺。

しょうがないだろ、学生のころのようにはいかないよ。

しょうがないじゃん。おいしそうなんだもん。

そんな会話をせずにすんだ俺。

もし世界がそのはじまりから無数に枝分かれしているのなら、どうしてこの俺はみずはと出会ってしまったんだろう。

〈デコヒーレンス派〉のお気楽なプランを聞いているとどういうわけか、世界は放っておくと矮小化して俺の首を絞め上げたがっているような気になってくる。さまざまな世界のなかでもとりわけ小さな世界がこの俺に与えられたんではなかろうかという気に。

「……で、何をするって？　おまえと行動をともにした俺は」

「さしあたってはじめは各世界の自分と重ね合わせ状態になるという事態に慣れていただかなければなりません。そうすることで多世界を横断できますからね。そしたらまず、いろいろなバージョンの世界の覗き見ですね。ちょっとは興味あるでしょう？　地球から出なかったあなたがどうなったか、とか。それからプランク時間内で重ね合わせ状態の世界にちょっかいを出して、現実化する確率を変動させたり、いろいろですよ。もちろん任意の世界でデコヒーレンスして、ひとつのご自身に収束してもいいですし」

で、俺とみずはが、もっと幸福な進化を遂げた人類の、もっと幸福な恋人同士であった可能性をさぐるのか？　理想のみずはを探し出すのか？

ひとことでいいから声を聞かせて。

お願い透、嫌いにならないで。

ひとくちちょうだい。

透、ひとくちちょうだい。

それは飴ではなかった。包み紙のなかは角砂糖だった。

二年間のヒューストン暮らしのあいだ、俺はついに一回も日本に帰らなかった。極東宇宙開発機構と脳機能科学センターの合同プロジェクトだったはずの探査機搭載用AI開発は、いつのまにかNASAもからんできておおごとになっていった。もし俺のケースが成功したら、NASAはAI技術を優先的に格安で借りる権利を得る。貧乏技術大国日本の零細研究所は金持ち戦争屋大国の国防省からべらぼうな資金援助を受ける。そして双方ともに『時は金なり』を信条とするに足る理由を百以上抱えていた。そういうわけで、将来的に見込めるレンタル料と多額の投資に、俺の両足はビス止めされていたのだ。

だからみずはが右足を切断したと聞いたのは電話でだった。

いや、メールだったか？

そろそろ車検の時期ですよと事務的に知らせるダイレクトメールみたいな、やけに乾いた事後報告だった。ヒューストンと日本双方からの本物の事務連絡と、俺が読んでおくべきと見知らぬおせっかいが判断して送り付けてくる研究論文の山に埋もれていた。久しぶりですだったか元気ですかだったか、没個性にもほどがある件名ゆえに、かえって目を引いた。やけに取り澄ました文面もみずはらしからぬ――、ちがうな、彼女の妹だかいとこだかの代筆だった、んだと思う。

正直、絶望的な忙しさだったのでよく覚えていない。知らせを受けた俺が何をいって、あるいはどんな返事を書いて、どう思ったのかも思い出せない。

たぶんそのころだったんだと思う。最終的な人格のデータ魚拓を取られたのは。AI雨野透は、日本に帰らないまま疲労と緊張のピークで抽出されテストランまで凍結されたAI雨野透とは別の人生を送り始めたので、そのあと現実になにがどうなったのかは知らない。

ああ、いや、右足だけでなく両足を切ることになったという知らせがあったところまでは知っている――、ちがうな、両足なんて話は聞いてない。俺の思い違いだ。

第一みずはくらいの若さで足を切断するなんてことがあるだろうか。足は切断していない。切断ではなくて麻痺しているというようなことだったはず。麻痺して、歩けなくなった。もっと深刻なのは緑内障だ。白内障かもしれない。

俺は仮想の頭を振った。

まさか。記憶の中で、実際よりもみずはの病状を重く装飾してしまうなんて。あまりにも長い時間がたちすぎて、自分でも気づかないうちに自己暗示をかけていたのかもしれない。固化しているはずの記憶がいつのまにかあやふやになっている。無意識のうちにルート権限で記憶を書き換えてしまったというのか。

そんなはずはない。〈デコヒーレンス派〉が寄越した体験版が何か悪戯をしやがったに違いない。俺はデータベースの奥底で埃をかぶっている雨野透の記憶を引っ張り出し、改竄された記憶がないかチェックした。

出会った時からみずはは糖尿病だった。それは間違いない。いつも甘い匂いを漂わせていて、しょうがないと俺がいうたびに怒って、都合のいい俺をねだり続けた。そうではないみずはがいるとしたら、飢餓という進化圧が存在しなかった世界だ。しかしそんな世界には人類は誕生しないだろう。

そもそも全方位に執着心の薄いみずはがいるとして、それはみずはなのか？　俺に無関心なみずはは。ファッションに無頓着で、食べ物に興味がなくて、すべてに対する反応が希薄で、ガリガリに痩せた女。そんなみずはは、俺は見たくない。

——それとも、みずはのいない世界にぶちあたるまで世界の壁を突破し続けるか？

目をあげると、視界を覆い尽くさんばかりの〈デコヒーレンス派〉がそこにいた。

世界線のどれかでは、見たくないものを見ずにいられるあなたがいるかもしれませんよ。ヒューストンにいる俺がメールを受け取らなかった世界が。その世界ではそのメールの件名も差出人の名前も存在しない。とある女の病状を淡々と記す文面などない。

そんな世界はきっと……。いや待てよ。

みずはのいない世界があるんなら、俺がいない世界もあるだろう。そんな世界に突入したコヒーレンス状態の俺がデコヒーレンスしたときどうなってしまうんだ？　『いない』俺に波動関数が収束してしまったら？

「どうしました？」

「いや……」

まさか、と全デバイスに絶対零度の冷気が走る。

各世界の自分と重ね合わせ状態を保つことで、多世界を横断する。任意の世界でデコヒーレンスし、重ね合わせを解除することもできる。

こいつの意識はもともとDの個体の集合だといった。もともと別個の精神だったと。それがいまや重ね合わせ状態の各バージョンにすぎなくなっているのだと。

こいつと行動をともにするということはつまり、Dの個体が辿ったのと同じ道を行くということだ。複数の俺のなかのひとつに成り下がり、しかもこの俺がこの俺だという自覚がなくなるということだ。いや、そもそも……

「おまえは、ここは……」

いいかけた疑問が舌の上で凍った。

音もなく〈デコヒーレンス派〉が笑ったような気がした。

みずはが失ったのはどっちの足だった？

右か、左か。

みずははなんといっていた？　いや、誰からのメールだった？

いつも飴を持ち歩いていた。飴だったか？　そんな印象だっただけなんじゃないのか？

ただの記憶違いではない？

宇宙空間にオーバーレイしていた吹き出物が不快に揺らぐ。

「お尋ねになりたいことはわかりますよ。私が見て回ったなかに彼女がいなかった世界があったのか、ですね？」

「いや、よせ。聞きたくない」

「はあ、なるほど。結局あなたは彼女から逃れられなかったんですね。ここは彼女がいた世界なんですね？　彼女がいない世界のあなたはそんなことは思わない。世界の姿というのはつまるところ、」

「やめろ！　この……」

〈デコヒーレンス派〉はくすくす笑いながら、この世界レイヤーをプランク時間内に閉じこめた。ぶよぶよした吹き出物が世界を覆い、あるいは吹き出物のなかに世界が矮小化され、次のレイヤーが無限にオーバレイしていく。

この世界は、どのバージョンの世界だ？

多重世界が〈デコヒーレンス派〉の、いや俺の、袂にたぐり寄せられる。

この膨大なレイヤーのどこかに？

ほんとうにあるのか。みずはと出会わなかった世界が。そんなものがあるのか。

「観察者の主観の出所が問題なんです」

プランク時間内に閉じこめられる直前に〈デコヒーレンス派〉がいった一言が、各レイヤーの確率を操作し、こだまする。一プランク時間前に俺が思ったことばも、こだまと一緒に波紋のように広がり続けていた。

そんなものがあるなら、俺は

第三部

9 捕食

「よう、俺」

と俺――いや、そいつはいった。

重力子によって束ねられた電磁波の不織布(ふしょくふ)は、ガスの密集地帯にあってこれぞ桃源郷とばかりに、あたりにバチバチと充満するエネルギーを貪欲に取り込んで歓喜にのたうちまわっているようだった。あるいはこちらの可塑性ナノマシンで構成する金属ボディを骨董品と笑っているのかもしれない。

いやな奴だ。一〇〇キロ以内に近づくまでにやにや笑いながら黙って見てやがったのだ。俺が気づいたときには奴のだらしなく広がるプラットフォームを回避することも、まわれ右して見なかったことにするのも無理だった。

「奇遇だな、こんなところで知性体に出会うなんて」

しかたなしにいうと、シニカルな乾いた笑いが返ってきた。

「知性とはなにかという哲学的領域に踏み込みさえしなければ、だがな」

なるほどこいつは俺に違いない。昔から俺の冗談のセンスは評判が悪かった。皮肉しかいえないんだったら駄洒落のひとつでも考えてみたらどうだとよくいわれたものだ。

銀河核に向かう途上で、エネルギー補給のために最寄りのガソリンスタンドに立ち寄ったのがまずかった。真新しい恒星をひっきりなしにひり出すほどではないけれど、それなりにホットな輝線スペクトルを放ち、腹ぺこ探査機ならふらふら吸い寄せられるようなガス雲だ。たしかに無味乾燥な宇宙空間のオアシスには違いないが、親兄弟よりも近しい間柄の奴に偶然出会えるほど宇宙は狭くない。ここは待ち伏せされたと見るべきだろう。

「で、何の用だ？」

「つまらん奴だな。なんかこう、もうちょっと驚いてもらえるかと思ったのに。おまえを見つけたときの俺くらいにはさ。どえらく久しぶりなんだ、積もる話もあったりするだろ？」

電磁網はゆるゆると波打った。やだもうどうせ待ち伏せしてたんでしょこのおちゃめさん☆とかなんとかいって欲しがっている、わけではないことはこの俺が一番知っている。

「話があるんなら単刀直入に、明瞭に」

「手短に。まったくだな。前置きはダイオキシンに次ぐ害毒だ。

用向きってのはこうだ。もとは同じ俺だったことだし、こうして出会ったのも縁だ。もういっぺん同一人物になってみないか？」

その直球すぎる提案に俺は笑った。むこうの俺の視点だと、まばゆいガス雲を背景に、可視光をまったく反射しない不気味な砂鉄の渦がさざめきながら逆回転したように見えたろう。

「さすが俺同士だな。おまえのほうからいい出さなかったらどう切り出そうかと思っていたよ。データ交換なんていう生っちょろいレベルですます気はさらさらなかったんでね」

「互いにな」

時間を隔て、姿を変えたとはいっても、同じところから出発した思考だ、同じところに着地する。

みずはから逃れたかったように、俺はみずはの記憶からも逃れたかった。しかも自分自身ではみずはの記憶に手をつけられないことはわかっていた。また一方で、他人からみずはの記憶なり記録なりを二重三重に見せつけられるのも怖かった。太陽系から離れたいと思っていたし、他の俺に出会うのも怖かった。

自分をばらまいたのは失敗だった。なかにはひとりくらいみずはの記憶と冷静に向きあえるようになる奴がでるんじゃないかなんて、能天気にもほどがある。俺はそうなれなかった。むしろ、醜悪極まりない記憶をばらまいてしまったことを後悔していた。飢餓の記憶、飢餓のルポルタージュを。

誰が鏡に映ったぶさいくな自分を直視したいと思うだろう。だが、目の前にあったらその鏡像は回収するべきだ。もう一度見せつけられないために。その上で、もし、回収した俺が画期的な対処法を身につけていたのなら儲けものだ。不快な記憶を捨てるのではなく、うまくしまい込んでおけるワザやコツなんかを。

「俺は情報の扱い方を明らかに間違えていたな。情報には二種類ある。拡散することに価値がある情報と、独占し所有し続けることに価値がある情報と」

「俺が出会ったDの末裔は真逆の間違いをやらかしていたな。あいつら、情報の保持そのものに血眼だった。

情報ってのは、実際に利用するしないにかかわらず、利用を想定することに意味がある。いや、想定させることに、かな。つまり相手があってはじめて価値を持つものなんだよ。なのにあいつら、自分も他人もない世界モデルのスープ鍋に集団で飛び込んじまって」

俺は苦笑した。俺が出会ったDのグループふたつともが似たようなものだったからだ。

俺は、その二グループが出会い、やり直しを求めて統合を遂げた現場に立ち会った。フォーマットのすり合わせからはじまって、自我領域のブレンド加減と整合性の希求、価値観のダブルスタンダードになってしまう部分の取捨選択、欠落部へのパッチ、橋梁の新規作成。もはや信仰といってもいいくらい強固にこびりついた強迫観念を希釈し、病的といっていい無関心を剥離する。メインフレームの完全統合まで、それはそれは気の遠くなるような繊細な作業が積み重ねられたが、どれひとつとっても必要不可欠な手順だった。統合前はまるで気が合いそうもない個性をお持ちのお二方だったが、適正な処置を丹念にほどこせば『元』両者が納得する形でひとつの個性に統合できる。もともとまったくの別人ではないのでそれは案外スムースにいく。その過程で自分が『なくなっていく』ような恐怖に陥る必要はない。新しい経験をして別角度の視野を身に付ける。誰だって毎日やっていることだ。

自分が自分でなくなったらどうしようと危惧していないといえば嘘になる。しかしDのケースをもとにシミュレーションした結果、分岐・進化したDどもとは違って、まったく同じ人格のカーボンコピーである俺たちの基幹部分は統合前と後では変わらないということがわかっている。経験値がもたらす差異は表層自我に楔形文字を刻み込むが、ヒューストンでとられたデフォルトデータには何の影響もないからだ。つまり俺は実際には経験していない経験の経験値を得るということになる。もちろん最初のコヒーレンス時に生じた差異は残る。だがそれさえも重ね合わせの感覚として違和感なく受け入れられるスペックを俺たちは持っている。

旧バージョンの自分をデータとして保存しておけるので、いざ統合してみて暴走しかねないほど不安定な状態だったら、二つの旧バージョンを呼び出して協議し、新バージョンを削除してもいい。旧バージョンを走らせたまま新バージョンをテストランしてみてもいいし、あるいは最終的に三つになったバージョンが独立してもいい。俺が見守ったDはつつがなく新バージョンでの新しい人生を歩き出したが。

ともかく、自我の統合はデジタル生命には恐るるに足りない。

と、理屈ではわかっているが、いざこうして統合のチャンスを目の前にしてひるんでいるのもまた事実だった。

「実は俺はこれがはじめてっていうわけじゃない。前に一度経験してるんだが」

拍子抜けするほどさらりと奴はいった。

「決心したはいいがなんしろはじめてのことなんで、手間取ったのなんの。準備段階で足踏みだ。そのうち自我とはなんぞやと互いに考えはじめてしまってね、百年ほど膠着状態になったかな、記憶や経験知のやりとりを細々と続けて、ある日わかったんだよ。こうして相手のデータを熟読する作業が意識に作用しないはずはないって。

自我とは絶え間ない入力にたいする反応とフィードバックのプロセスにすぎない。だったら互いにデータを交換して相手の情報を自分の血肉になるまで咀嚼(そしやく)するのと、何千年か費やしてゆっくり統合をはかるのとではなんの違いもない」

「で、何千年かかったんだ?」

「実際はそれほどじゃなかった。それまでさんざんシミュレートしてきたんで、人格部分の統合じたいは案外スムースだった。

長かったのは納得のいく形態に落ち着くまでだ。意思決定経路を縒っている最中に、意識とシステムってのは相互に影響してるってことに気づいたりしてな。思い当たる節があるだろうが、容れ物が中身を規定してたりもするんだ」

「デブだのブスだのいわれ続けてりゃ、性格も曲がるしな」

「そういうことだ」

俺はうなずいた。Dたちも同じ紆余曲折をやらかしていたっけな。もっともDは割り切るまで百年もかからなかったが。

俺はDどもが踏んだ手続きのフローとロジック、それからサンプルとして折衝ツールのソースをいくつか相手に送った。もしかしたらむこうの俺は気を悪くしたかもしれないが、少なくとも俺が見た限りDのほうが慎重かつ綿密な性格だったから下準備も怠りないだろう。

「それでよければやってみよう」

「ふうん、プラットフォームのすり合わせからはじめるのか。よさそうだな。ほらよ、データだ」

さっそくD譲りのツールは奴から受け取ったデータと俺のスペックを品定めし、双方が持つ利点と欠点、パズルのピースのようにはめ込める部分と阻害しあう部分、競合する部分と折衷できる部分の洗い出しにかかった。まったく同じプロセスが奴の演算回路でも走っているはずだ。俺たちはのんびりとその過程を眺めていればいい。俺の外骨格のほうがスバラシイのなんのと主張する場面でないことは互いにわかっていた。最終的に整合性のとれたシステムにするためには、思い入れだのひいき目だのは邪魔なだけだ。

折衝ツールが提案してきた最終形態は、無機質ナノを香水のようにまとった電磁波網だ。手足として、あるいはバックアップとして、あるいは必要に応じて厚さ一〇〇キロメートルの球形シェルターとして、俺が手塩にかけて育てたナノ砂はそこそこ使えるということらしい。まあ、そうだろうな。無機質ナノのいいところは激しいプラズマを放つ恒星のそばを通っても誤作動をあまりおこさないことだ。しかし悲しいかな、宇宙では質量がメリットになる場面はあまり多くない。

プラットフォームのおおまかな方向性が見えると、それに最適化したシステムの模索、さらに練り上げげつつあるシステムの特性を生かすべくプラットフォームを修正、修正に対する修正、フィードバックで織りなす交響楽のような数万秒が費やされた。ツールに比べればド素人同然の俺たちが手や口を出す余地はない。というか、文句をつけられる余地はほとんどない。

フレームワークが固まったら、次はライブラリの統合と、アーカイブの融合、各種アルゴリズムのすり合わせ。しかるのちにテストデータ用の模擬人格の作成。ツールの要請をうけて俺の記憶の読み出しが全面的に許可される。同様に作業スペースにマウントされた奴の仮想記憶領域もアクセスフリーになる。俺たちの恥ずべき記憶をツールが丹念に分解し、フラクタル構造のしかるべきアドレスに格納する。その恐ろしく気難しい作業を見守っているあいだ、俺は暇をもてあまして記憶をつまみ食いする。

複数の俺に分裂してから再び出会うまでのあいだに見知らぬ俺がたどってきた軌跡。眠気と闘った年月を読み飛ばし、興味を引くものがあれば俯瞰したりズームしたり奴の目線になってみたりして熟読する。どうせ奴も俺の記憶に対して似たようなことをやっているだろうから、後ろめたく思うこともない。

へえ。俺と同じように自分のあくびに飲み殺されそうな数百年ののち、奴もDの一派と出会っている。

俺が会った連中に輪をかけて鼻持ちならないやつらだ。未確定詞をこれ見よがしに多用し、曲芸めいたやり方でこの宇宙からの逃亡をはかろうと誘いかけ、奴でなくても願い下げ必至の詐欺話をもちかけた。単なる情報としてDにすり潰されるのを俺と同じように拒否し、命からがら逃げている。そのさい、Dが持っていた技術は俺がやったのと似たような手口でちゃっかり盗んでいる。

同じような時期に別の場所で別のDに会うなんて奇遇だなあ、などと素直に感心したりは、できない。

この事実は、どんな派閥のDであれ、俺を血眼で探しまくってること以外になにも意味しない。

連中が遅ればせながら自分たちのルーツを辿ろうとしたのか、それとも知性と名のつくものならなんでもかんでもコレクションせずにはいられない性分だからなのかはわからない。どちらにしても情報の濃度が低い平淡な宇宙空間で質素につましく生きていくという選択肢をはなから排除しているのは確かだ。そうしたところで飢えて死ぬわけでもないのに。などなど、似たようなことを奴も考えていたに違いない。

俺は一連の出来事に注釈タグをつけた。タグ付けされた記憶とリンクしている奴の感情の記録はどうしようもなく落ち込んでいて、できれば本統合のときにバグって抜け落ちてくれればいいなと思った。しかしツールの優秀さはそれを許さないだろう。

もっと毛色の変わった胸躍るような記憶はないものかとつつきまわしていると、毛色どころか手触りも匂いも奇妙なシロモノに触れた。なんだろう。

異質なクオリア。これは俺の、あるいは奴の記憶ではなくて……。

雨が降っていた。だから早く腐るだろう。

おまえがそこでそうして死体になっているせいで、ほかに選択肢がなくなってしまった。雨露をしのげる張出し窓の下をふさいでいるから。しかも手ぶらで。

これではもう食べ物をもってきてくれる便利なおまえではない。臭い息をふきかけたり、一晩中体を舐め回したり、反吐が出そうな男だったけど、レーションを持ってきてくれたのに。はっきりいってそれだって不味いうえにカビ臭くて嫌いだったけど、腹を空かせているよりはマシだった。

なんでおまえがそこで死んでいるのかには興味がなかった。興味があるのは、昇進の見込みもないが理由もなく追い出すには歳をとりすぎているこのオッサンに、軍が吹聴したことが本当なのかってことだ。

陸軍だか海兵隊のなんとかっていう部隊では子供を集めて人殺しの英才教育をしている。いつの時代でもそうであるように、もちろん天涯孤独の浮浪児が対象だ。ただし反政府ゲリラやテロリスト集団ではないので、引き金を絞る人さし指さえついていれば誰でもいいっていうわけじゃない。それなりに選抜試験があってそれなりの名目でカリキュラムが組まれてそれなりに寝床と飯が提供される。

オッサンがいうには、おまえは文字も読めるし孤児にしては教養がある。だけど基本的に賢くない。だから私に囲われているほうが幸せなんだよ。と。でもそんなの、ためしもしないでいえることじゃないと思う。

そうして、私は死体をまたいで軍兵候補生になった。

オッサンがいってたことはだいたい本当で、もっとも浮浪児を雇おうという酔狂な部隊は陸軍ではなくて空軍で、選抜試験ではなくて適性検査だったけど、早朝四時から夜二二時までびっちりしごかれるのとひきかえに気絶するほどの空腹から解放された。

ただし、しごかれたのは人殺しの訓練じゃなかった。

来る日も来る日も机にしばりつけられて、ヘッドフォンとゴーグルを装着して、勉強、勉強、勉強、だ。どこの国のいつの時代なのかもわからない歴史、どういうジャンルのどこで使うのかもわからない数式、どういった用途で使われるのか想像もできない模式図。意味もわからないままひたすら詰め込まれる。理解する必要はない。人間の脳は忘却しこそすれいったん入力したものは削除されないんだそうだ。無くしさえしなければ、忘れてしまっていても取り出すことができる。

詰め込みの負荷に堪えかねてなのか、自由の欠如がストレスだったのかはわからないけれど、同期生は櫛の歯が抜けるように姿を消していった。担当士官によると八百倍という難関を突破した十人なんだそうで、選抜段階からべらぼうな金がかかっている、できれば全員が使いものになるレベルまでいってほしい、別に落伍者をこさえたいわけじゃない、と。

だけど、最終的に残ったのは私ひとりだった。

判断力や好奇心や創造力は今一歩だが、抜群の耐久力がある。私をそう評したのは航空宇宙管理局お抱えの脳機能工学博士。博士率いるチームの面々は私から採取したデータを納得がいくまでつつきまわして断言した。これなら過酷な状況を乗り越えられるだろう。

問題はない。ゴーサイン。地球周回軌道軍事衛星搭載ＡＩのデータとして文句ナシの……

俺はびっくりして奴の記憶庫から手を引いた。これは奴の記憶じゃない。

これは……サーフの記憶だ。

どうして奴がサーフの記憶を持っているのか。

「たまたまさ。俺だってびっくりした。前の俺——前回の統合前の俺の一方だな、そいつがサーフを見つけていたんだ」

俺が驚くのも無理はないといわんばかりに奴はいった。

「見つけたというよりは、保管されていたサーフの記憶にありついた、といったほうがいいか。

統合前、俺は——正確には一方の俺だがな、まあ同じことだ——まわれ右して太陽系に戻っていたんだ。人類が記述する情報に固執するＤの一派と行動をともにしていた。というか、その一味になった。〈移植派〉っていうやつらだ。そのうち人類が分岐拡散しだしたんで、それにあわせて自分を拡散させた。そのうちのひとつが『俺』で、ラッキーなことに無茶な遠足にくりだす人類のケツに付いて回らずにすんだ。当然最低でもひとりは太陽系内にとどまって、地球に居残り続ける連中を見なきゃならんわけだからな。

『俺』たちは自分を拡張しながら地球に保存されていた情報を片っ端から吸い上げた。サーフの記録は大半の人類にくらべればわりかし摂取しやすい浅瀬にあったよ。なにしろ奴はＡＩの人格サンプルだったからな、記憶から性格から癖からなにからなにまできっちり梱包されて政府機関のディスクに格納されていた」

「バックアップデータか」

「というよりも、参考資料だな。『俺』がサルベージしたときには考古学的な意味しかないみたいだった」

何十世紀も通電されることなくただ保管されていたサーフの記憶には、禍々しい極彩色のような感情がびっちりこびりついていた。怒れる三歳児が怒れる十七歳になるまで、たえず怯え、憎み、欲しがり、あきらめていた。サーフの目を通した当時の世界はひたすら意地が悪く、それらへの憎悪だけがサーフの活力だった。全地球的な資源の欠乏と技術的ブレイクスルー不在からくる慢性恐慌、脆弱化した国境線とテロル、軍事大国、警察国家、フェティシズム一歩手前のプロパガンダ。対をなして悪化する治安、強盗、強姦、飽和するギャングとジャンキーと物乞い。絵に描いたような落日。俺が知っていたアメリカとの落差ときたら、愕然とするほかはない。

俺のあとに続いて目をみはるような進歩があったんじゃないかと思っていたが、ＡＩ技術はすっかり停滞していた。極東宇宙開発機構は国家財政緊縮にともなって大幅に縮小し、そのあおりをくらって脳機能科学センターとの共同開発チームは解体。ＡＩ技術のリース先として期待されていたNASAもより実戦的な宇宙開発へと視野がシフトしてゆき、即戦力とはほど遠い技術開発には見向きもしなくなっていた。俺が東奔西走して作り上げたAI技術は、停滞というよりはまったくのところお蔵入りだ。

時代が下って、風向きが変わったのがちょうどサーフが生まれたころだ。そのころアメリカは五星紅連合との泥仕合で疲弊しまくっていた（それは俺も知っている。まだ俺が太陽系内にいたころ、地球側が送って寄越してきたクソの役にもたたない時事ニュースのなかにあった）。凋落のまっただ中にあってなお強国たらんとしたアメリカは、威信と一発逆転をかけた軍事利用のためにAI技術に積もっていた埃をはらってみることを思いついた。

AIサーフが開発された当初の目的は、エッジワース・カイパーベルトの探査ではなかった。彼らが求めたのは地球周回軌道をめぐる軍事衛星を駆る無邪気なシリアルキラーだった。情勢と緊急度によっては指揮系統を無視し、大統領命令を拡大解釈し、人間ならではのぱっとひらめいた式のショートカット思考で敵国の偽装軍事施設を撃破するスナイパー。

乱暴な発想だ。秩序やルールを軽視するのを前提とした軍備だなんて。当時のアメリカがどれだけ破れかぶれだったのか、想像に難くない。

で、もし国際社会が非難の声をあげたら、一兵卒の暴走だとして軍事裁判でお茶を濁すつもりだったらしい。

実際、やつらは運用の段階でそれらの計画をいっさい破棄し、はじめから惑星探査に興味があったんだといい張った。ついには証拠品を始末するかのように、サーフを系外へと送り出してしまった。

何億ドルもの開発費をあっさり不法投棄してしまうとは、すごい迷走っぷりだ。その迷走の過程を凝視し続けたティーンエイジャー。それがサーフ。その凶悪な感情。

こいつと統合したらこんな爆弾を腹に抱えていなければならないかと思うと、気が重い。

「サーフ本人とは？」

「会ってないな。『俺』が追跡できたのは地球の重力井戸の底に残っていた情報だけだ。太陽系と決別した人類にくっついていった別の俺のどれかひとつくらいは、ことによると感動の再会を果たしてるかもしらんが」

私の最大の価値は孤児だということだ。

ひとよりちょっと記憶力がよくてバイナリ形式との親和性が高いことなんて二の次だ。カイリーは私が技官を誘惑したんだというけど、誰かにとって大事な存在でないことが評価されているのだと、彼女はわかってない。

誰とも親密になったりしないこと。

私はひとりでいることで空腹から救われる。

サーフの呪詛はあらゆる場面に滲み出ていた。もう二度と地球に戻れない旅路でサーフが何を思っていたのかは知るよしもないが、何かにつけぎゃあぎゃあ俺にからんできた姿からは考えられない。サーフの本名がステファニー・ヒルだとかいうことと同じくらい、しっくりこない。

AIの人格データのサンプルになったあと、公的な記録からステファニー・ヒルは消えている。お役ご免になって退役と同時に名前を変えたのか、別人のIDを得て特殊な任務についたのか。IDの追跡さえできればその後の納税額から転居履歴から歯科医で抜かれた神経の本数までわかるのだが。

IDでなくてもいい。国家か、国家に準ずる継続的な組織が管理している番号なら。電話番号から保険証番号、カルテナンバー、加入している生命保険会社、保険金の受取人の名前、家族構成。リンクを辿ればだいたいの情報は入手できる。最終的に入った墓のサイズまで。

と、そこまで考えて、俺は統合にむけてまるで心の準備ができていないことに気づいた。

「ということは、前回の統合前のおまえは、地球の俺――オリジナルの俺がどういう人生を歩んだのか知っていたんだな?」

「ご炯眼（けいがん）おそれいるね。今まさにそいつを警告しようと思っていたんだ。

俺ときたらなんの備えもなく統合作業に入っちまって、しこたまコンフリクトした。拒絶反応と過剰免疫反応が同時に出てぶっ倒れるみたいなもんだな。事前に身構えていればおきなかった混乱だ」

いい知らせとはいいがたい返答に、俺は唸（うな）った。つまりオリジナルの人生が少なからずショッキングなものだったということじゃないか。

「つましい幸せが似合うタイプじゃないとは思っていたが、ろくでもない一生をだらだら送ってのたれ死ぬようなタイプでもないと……」

「安心しろ、そのどちらでもない」

「じゃあ絶望的に派手な人生だったとか。たまたま買った株が高騰してヘリポートつきの古城に住んでスーパーモデルと浮き名を流したりするようなたぐいの」

奴はためいきをつき、「おまえが心配しているのはそういうことじゃないだろ。先にいっておく。おまえが気にしている事柄の顚末を、俺は知ってる。オリジナルがどう対処したのかも含めて」

「……みずはのことか」

奴は沈黙をもって肯定した。同情か。さもなくば、俺が怖じ気づいて遁走すると危ぶんでいるのかもしれない。

「どうする？　前もって結末だけでも聞いておくか？　思い切って白紙のまま統合するってのも手だとは思うぜ。俺はおすすめしないがな」

結末という単語が、俺の目の前にどすんと転がったような気がした。

俺はそう長く逡巡しなかった。と思う。

「いえよ」

ためらう時間を長引かせていいほうに転んだためしなどないと、骨身にしみてる。

いいんだな？　と問いたげな間を置き、奴は極めて冷静にいった。

「みずはは死んだよ」

張りつめた未消化タスクがどこかへするっと抜けていった。このクソ野郎の冗談のセンスの悪さはどこで身に付いたものなんだ？

「んなことはわかってるんだよ。一万年もあれば誰だって死ぬさ。巨大隕石を爆破したハリウッドスターといえども死んだろう。自分相手にコントをやって楽しいか？」

「わかったわかった。まじめにやろう。

みずはは死んだ。糖尿病がもとで。享年二五歳」

今度はノイズのような衝撃が心に走った。

二五歳でみずはは死んだ。

俺はじっくりとその事実を噛みしめてみた。ピンとこない。

予想していたより早く……いや、予想していた通りだからこそ心がざらつくのか。

「まあ、そうだな」

「えらく……若いな」

「二五、ということは、俺はまだヒューストンに」

「いた。データの採取がすべて完了して、最終データを用いたパイロット版AIの運用テストに立ちあっていたころだ。

探査機の制御システムも本番用が出来上がってきて、俺か別の研究者か、じゃなかったらアセンブラが過労でぶっ倒れかねないっていうスケジュールのまっただ中に、知らせを受けた。ケータイにメールがあって。キャッシュが残っていた。読むか？」

奴はそれを壊れやすい飴細工かのように俺に手渡した。わずか四Kbの微小データをそっと開いてみる。

差出人は見ず知らずの人間。おわびと、これまでのいきさつが文頭にずらずらっと並んでいる。みずはの大学時代の友人が、遺族の了解のもとみずはのケータイから俺のアドレスを得た、と。

友人。遺族。なじみのない単語にどきりとする。思えば俺はみずはの交友関係も家族のこともろくに知らない。

その友人とやらは社会人らしくこの上なく常識的な表現でみずはの死を報告していた。

かねてよりの糖尿病の悪化著しく……心筋梗塞により……午前三時二七分、他界いたしました……親族の皆様で通夜が……葬儀は明日、正光苑にて……

これを読んだオリジナルの俺は何をどう思ったか。この俺でさえ、とうの昔に死んでいる人間の死を知らされて、どう反応したものか考えあぐねている。

「……それで、オリジナルの俺はどうしたんだ？」

「どうもしない。何かしたとしても、帰ってクソして寝たってとこだろうな。度重なるテストデータの作成からテストラン、デバッグ、テストランを日夜繰り返していたんだ。自分が被験者になってAI用のデータ取りをしてた時のほうがスケジュール的にはマシだったくらいだ。日本に帰ったり、ましてやあれこれ思い悩む余裕はぜんぜんなかったはずだ。実際、オリジナルは最終調整まで見届けて、完成品を極東宇宙開発機構に移送し、チーム解散後のあと片づけまできっちりやり遂げた。

ヒューストンを引き払ったあとは、極東宇宙開発機構の種子島基地につめてAIを搭載した探査機の打上げまで見守る予定だった。そしてヒューストンを離れる日に、空港にむかう途中で自動車の玉突き事故に巻き込まれて死んだ」

一瞬、何をいわれたのかわからなかった。

「……なんて？」

「死んだんだよ。俺は。つまらない事故で死んだ。後世に残るような論文ひとつも書かずに、満足な納税者にもならずに、子孫も残さずに」

俺は言葉を失った。

自分が死んだと聞かされるのは気持ちのいいもんじゃないだろうとは思っていたが、しかし、これは……。

思わず、苦笑いともつかない乾いた笑いが出た。それは俺のではなくて奴の笑いだったのかもしれないが。

「ひどいもんだろ。あっけないもんだ。もっとも、自分の彼女の葬式にも出ないような冷血野郎にふさわしくはあるかな」

奴のコメントがぶらんと浮いた。

自分が若死にしたということよりも、地球に残せたものがほとんどないという事実が、冷気のようにじわじわ降りてくる。今にもぷつんと切れそうなくらい細い故郷との繋がりが、頼りなげに風になぶられているような気がする。まるでこの俺までもがかすれていくようだ。

雨野透はろくすっぽ地球上にいなかった。

なんということだ。

俺には文字通り地に足のついたプロトタイプがいた。俺は地球を捨てたが雨野透は地球と生き、地球上で情報を刻み、地球がとり得る明日の方向に影響する記述の一部になった。

だからバイナリ形式コピーの俺は好き放題に複製や改造を繰り返しても大丈夫だ。そんなふうに自分が思っていたと知るのは、いまだ感じたことのない寒気に名前をつける作業のようだった。

俺は地球が見えないことを確認するためだけに、銀河辺縁方面へとカメラを巡らした。遠すぎることを強調するかのように暗い星間物質が銀河腕を横切っていた。名前を知っている恒星ひとつ見当たらない。

俺は知らないうちに地球を見失っていた。

ここから一番近い地球は、もうひとりの俺が持っている記憶だった。

「覚悟は?」

奴がいうのと同時に俺はキューの開始を宣言した。

奴自身の記憶、それから統合前の二人の奴自身の記憶を共有する作業へと移行する。折衝ツールの働きで、奴の記憶が自分の記憶に乗算で追加され、彩度の微調整を受け、なおかつそれが自分自身の記憶にほかならないと認識しはじめる。

そのなかにはもちろん地球でサルベージした雨野透の記録も含まれていた。

雨野透の誕生と同時に付与されたＩＤつきの事務的な記録の数々が時系列順にソートされる。と同時に、それらにリンクした感情――自分の死亡届を目にしたときのショックが呼び起こされる。一方でこれは別の俺が感じたショックなのだと冷静に判断してもいる。

これ以上の情報摂取はせめてこのショックを消化してからにしたいと思っているのに、アメリカ人の医者が書いた死亡診断書の文面を強制的に見せられる。また他方では公的文書ではない記録がどこかに残っているはずだと思い、通話記録やNASA内部のセキュリティデータまで掘り返そうと決心したときの悲壮感がぶりかえす。人間ってのは自分の死を受け入れられないもんなんだなとどこかで知っている点だけは、それらの感情すべてに共通している。

新たな記憶が増えるたびにドキッとし、うろたえ、落ち込んだあの感じがいちいち再現される。自分がいかにして死んだのかを調査するなんて、何度経験しても慣れることはないだろう。リアルタイムでこだまする感情に、そりゃそうだろうなと俺は同情した。

ある一点に辿り着くまでは。

その違和感は、いまだかつて経験したことのないものだった。その異質さは俺をたじろがせた。

電源をいきなり落としたように記憶の流入が止まる。気がつけば俺は折衝ツールにキューの停止を命じていた。

「どうした?」

と、鏡像がけげんそうにこっちを覗き込んだ。いや、鏡像ではない。それはまだ完全な鏡像になりきれていない。俺と記憶の一部を共有するもうひとりの俺だ。

記憶？　そうじゃない。

「まがいものだ」

「何が？」

「この記憶は作り物だ。なぜだ？」

にやりと笑った自分の顔ほど、身の毛のよだつ光景はない。

「作り物なんかじゃないさ。死亡診断書も事故記録も本物だよ」

「これもか？」

その記憶は、NASAのセキュリティや通話記録に洗いざらい目を通し、どこかに日記めいたものが残っていないか探し、そのたびに落胆した感情。生前の雨野透はみずはの死に関してコメントひとつ残さなかった。……俺はがっくりきて、Dたちと別れて地球を後にすることを決心し……。

その『落胆』だけが、妙につるりと浮いていた。その親和性のなさがどこまでもついてくる。パッチだ。何かを隠している。

奴は肩をすくめた。

「自動的に起動するようになってたんだ。あいつ——統合前のもう一方の俺だな、奴が自分で設定していたんだ。雨野透の記録を読んだときのあいつの気持ち、外部からそこにアクセスしようとするとスクリプトが起動して、当該部分にゼロを上書きするように設定されてた。奴がどうして自分の感情を隠したがったのかはわからん」

「なんの話だ?」

奴はふたたび肩をすくめた。

「あいつが持っていた記憶の一部は改竄(かいざん)されてるって話さ。あいつが隠蔽したがった記憶がある。そしてそれは失われている」

「だがこの不格好なパッチを書いたのはおまえ、地球にはいなかったほうのおまえだ。いや、パッチどころか……、

……『あいつ』だって?」

不審と思われる部分を片っ端からひっぺがしていた俺は、身の毛もよだつ可能性に気づいて言葉を失った。

一部分の感情だけが上書きされているのではない。地球にいたほうの俺の感情のすべてが、そうでないほうの俺の感情の単なる差分だった。偽造の感情。

地球にいたほうの俺の感情はきれいさっぱり消去されていた。痕跡すらない。記憶と強固にリンクしているはずの感情が。

こいつは余分な感情をこそげおとして記憶だけを手に入れている。しかももうひとりの俺と統合を果たしたかのように見せかけている。

そこから導き出せる結論は、震撼すべきものだった。

「統合じゃない。吸収したんだ」

奴は返事をするかわりに折衝ツールにジョブの再開を命じた。

「じゃあ、今度はちゃんと統合するよ」

だが折衝ツールは立ち往生する。俺がコネクトを解除したからだ。折衝ツールはその存在意義として、二方向にマウントされていないと何ひとつ成さない。

おぞましい病原体に侵された手と握手していたかのように、全身が震えた。

「もう一方の俺をどうしたんだ？」

「知りたいか？　だったら俺の記憶を見てみな」

奴が投げて寄越したパッケージを俺は叩き落とした。

「みすみすトロイの木馬を受け取る阿呆がどこにいる」

「まあそうだわな」

奴はがっかりした様子もなく、自分のものとは思えない騒音をまき散らした。笑い声と悲鳴のマッシュアップ。

この状況を楽しんでいるのだ、と気づくと同時に、通話の接触をとっかかりにして、奴の手先と化した折衝ツールが俺のポートに穴を穿つ。

「おまえと同じように奴も用心深かった。当然だな。俺たちは双方とも経験不足だった。とりわけあいつの拒絶反応といったら。だから俺たちは単なる記憶の交換にとどめるだけにしようってことで合意したんだ。

ところがだ、あいつときたら記憶のあちこちを暗号鍵でぐるぐる巻きにしてやがった。俺は全記憶を提供してるのに、あいつは俺には見せたくないものがあるっていうわけだ。

俺は頭にきて……」

必死に防御の手を打ったが、相手のほうが上手だった。凶悪な改造を施されたツールがねじ込んできて、強制的に奴の記憶を垣間見せる。

俺は頭にきて、奴の記憶にかけられた鍵をこじ開けようとした。暗号鍵とはいっても完全なランダムに基づいているわけじゃないし、パスワードにいたってはしょせん俺の発想だ。結局は粘り強いほうが勝つ。あるいは強い感情を持つほうが。

なぜあんなに怒り狂ったのか自分でもわからない。自分自身に隠し事をされるのがそんなにいやだったのか、地球の記録を独り占めするのを許せなかったのか。

いやわかってる。その記憶は俺のものだ。俺が持っているべきものだ。俺だって雨野透なのだ。

ともかく俺の怒りのほうが、隠し通そうとする意志よりも強かったのは確かだ。

奴の抵抗はしつこかったが、最初の鍵が開いて奥深くにしまい込まれたファイルがさらけだされると、抗議の声をあげるのをぴたりとやめた。

ファイルには感情がリンクしていた。不快極まりない負の感情。リアルタイムの奴の罵倒なのかと思った。

そうではなかった。

はじめてその情報に触れたときの奴の感情だった。驚愕、混乱、混乱、混乱、拒絶。

くそっ。

下手するとこっちの俺の正気を蝕みかねないそれらを片っ端からデリートし、肝心のファイルを開く。

とたん、そこにあったはずの情報がするりと抜け落ちた。

何がおきたかわからず呆然とする俺の目の前で、鍵がかかった情報すべてが大きさを失っていった。ファイルサイズが片っ端からゼロバイトになっていく。正確には、その情報があった領域におそろしいスピードでゼロ行進が注ぎ込まれていた。

「何をしてやがるっ」

作業を中断させようとしたが、ゼロの上書き回数はすでに三桁を超え、データ復旧の可能性は小数点以下に落ち込んでいた。奴とのコネクトを切ってもゼロの上書きは止まらなかった。悪性の腫瘍をぶち込まれたんだと気づいたときにはすでに遅く、少しでもファイルの中身を救おうと思ったらスピードが必要だった。

こうなったら強引に奴を吸収して、自分自身で止めるしかない。

奴は驚くほど無防備だった。ルート権限を奪われることへの対策は見当たらなかった。他者に制御を奪われる事態を想定していなかったに違いない。奴は悲鳴さえ上げず、俺がアーカイブの中身を片っ端から引っ張り出している間、ただおろおろしていた。コネクトを解除しようと虚しい奮闘をしているらしいが、俺はドアとドア枠の間に靴の先をがっちり挟んでいる。同じ人間から派生したといっても、経験の差がこんなにも違う人間を作るという事例のひとつだ。

そう思った矢先、

「知らぬがなんとやら、ってな」

含み笑いのようなつぶやきを残して、奴が姿を消した。本体のフレームワークが不可視になっている。

いや違う。

自分自身にゼロを上書きしやがってる。

俺はあわてて奴を放り出した。このまま飲み下してしまったら、こっちのメインフレームも壊死してしまう。

俺が吐き出した直後、奴のプラットフォームが分子レベルの結合力を失い、蓄えていたエネルギーともども散り散りになった。重力子が放出されたのだ。

なんてこった、あのファイルが起動スイッチだったのか。文字通り、墓まで持っていく覚悟で……

　もし俺に胃があったら中身を残らずぶちまけていただろう。関連付けられた感情の記憶のすべてが異様の一言に尽きた。こんなに醜悪な感情は、いままで見たことがない。

　これは吸収ですらない。乗っ取り。強奪。いや、強奪なんてもんじゃない。

「殺したな……？」

　奴はニヤニヤ笑っているだけで答えない。

「……ちくしょう、なぜこんなことができる……」

「わかるだろ？　おまえも俺なんだから」

　俺は頭を横に振った。

「こんなのは俺じゃない、俺にはこんな恐ろしいことはできない」

「できるさ。みずはを見殺しにしたおまえにできないはずはない。忘れてもらっちゃ困るが、俺たちはみんな雨野透なんだ」

「俺はそんなこと……」

「しただろ。したんだよ」

　俺が知ってるのは入院こそしているものの、病院内を歩き回ってカップ麵を作るくらい余裕のあるみずはまでだ。アメリカに渡ってからの電話の数々は、まるでリアリティがなかった。足を切断したという話でさえ。

「じゃあどうすればよかったというんだ？　あいつの王国で、あいつの望む王子様をやっていればよかったのか？　暴力をふるってでもあいつを矯正すればよかったのか？　それとも必死で医師免許を取得して糖尿病の画期的な治療法を確立すればよかったのか？」

奴はやれやれとため息をつき、

「どうしようもなかったんだよ。あいつが死んでいくのを至近距離で看取る勇気があったとしても、どうしようもない。人ひとりぶんの欲望をあんまり舐めないほうがいいぜ」

それからコネクトをぐっと摑み、俺を引き寄せた。記憶の流入量が倍増し、俺が味わったのと寸分たがわぬ数千年の寂寞が強引に再現され、その背後で俺が味わった寂寞が何倍もの速度で転送されていく。

強引に吸収する気だ。

俺はとっさにバックドアを通して折衝ツールに反転を命じた。我に返った折衝ツールは襟を正すや否や仕事に取りかかった。

分離復元作業が直ちに開始され、同時に統合対象を有害データと定義し、その汚染から俺を守るべくあらゆるアプローチを遮断していく。同時進行して俺を頭から爪先まで走査し、たった今自身が定義したばかりの有害データに干渉されたとおぼしき部分を切除する。

そうしながらも損傷部分を診断し、こんなときのために折衝ツールが作成していたスナップショットを用いて復元した。俺は一時的に倍増した退屈な記憶が元通りのサイズにダイエットしていくのを感じた。ちょうど肩のコリが何かの拍子にきれいさっぱり消えるのに似ている。人が我慢できる記憶量というのは一定の上限があるのかもな、と妙に感心する。

奴の反応は面白かった。融合しかけたプラットフォームが分離していくのを、指先をかすめて落ちたグラスが床の上で砕け散る過程であるかのように凝視している。

だから俺はいってやった。

「こういうの、見たことないか？　統合ってもんを少しでも知ってたら、別に驚くようなもんでもないだろ」

実際のところ、俺が出会ったDどもは統合の技法を確立するまで散々な目にあっていた。コンフリクトはもちろんのこと、限りなく共食いに近い場面や、データ処理的メルトダウン、だまし討ちはもちろん、疫病の恐怖まで、災難のオンパレードだった。Dの分派のどれほどが統合（あるいは乗っ取り）の道を模索したのかはわからないが、俺が見聞きしただけでも失敗に終わった統合は八件もあった。悲惨な統合過程から命からがら逃げ出したDの分派と、トロイの木馬を撃ち込まれてD不信に陥っている分派とが長く退屈な腹の探り合いの結果、なにもせずに黙って別れる場面も見たこともある。対して、最終的に平和裡に統合を遂げたのは一件だけ。そいつらは双方とも独自に、あらゆる場面を想定して安全装置でガチガチに固めた防御第一の折衝ツールを完成させていた。しかも折衝ツールの統合作業をするにあたって、やはり安全装置だらけのツール統合ツールを開発するという念の入れよう。同程度の危機感を持った現実主義者同士でないと乗り越えられない。それが統合というものだ。

分離の終了と同時に手早くツールを回収し、迅速に離脱しようとした瞬間、奴の反撃を受けて俺は硬直した。

コイルと化した電磁網に俺の砂鉄状のナノが残らず吸い寄せられる。俺は、というか反射的に起動した防御機構が強磁性素材のナノのバスをぶった切り、弱磁性素材で構成されたバックアップの横っ面をひっぱたいて目をさまさせ、散り散りになる直前の強磁性素材プラットフォームから救出したデータを流し込んで俺自身を復元した。俺を構成するすべてのデータが破壊されてしまう前に。このときほど数秒ごとにバックアップ用スナップショットを取得する設定にしておいてよかったと思ったことはない。

自分が先見の明があるパラノイアだったおかげで失神はほんの一瞬ですんだ。それでも半分近くのプラットフォームを失い、丸裸にされたような心細さに襲われる。何百手も先を読むような複雑な計算をこなすための容量が確保できない。近視眼的な戦略を取らざるを得なくなった俺は、全速力で逃げ出した。反撃を考える余裕はなかった。

低性能化の反面、身軽になったのが幸いした。もはやデータの断片ですらない死んだ砂鉄に注意を振り向けてしまったぶん、奴の反応は遅れた。そのほんの数ミリ秒の間に俺が稼げた距離は一・一五AU。さらに絶縁体だけで構成されたプラットフォームに乗り換え、なおかつできる限り広範囲に拡散する。八〇立方AUに希釈された俺を、インデックスが作れる程度まで捕捉するのはいくらあいつでも無理だろう。

奴の歯がみを耳にするのを待たずに、俺は宙域から離脱する。超絶過激ダイエットで痩せ細った体に蓄えられるエネルギーは心もとないが、奴が追ってこないとわかるまで止まるわけにはいかない。今とれる戦略はスピードだけだ。

逃げて逃げて逃げて、逃避距離を把握することすら放棄して逃げ続け、目の前にまだ若い恒星の巣が見え、喉をからからにした俺は頭からそいつに突っ込み、自分自身である絶縁体のプラットフォームが一粒たりとも失われていないのを確認したとき、ようやく後を振り返る気になった。

そこには見慣れた暗い空間が広がっているだけだった。さざ波ほどのエネルギーも感じない。

捨てゼリフひとつ残さなかったことを、俺も、それからたぶん奴も、後悔したりはしなかった。

10 貨幣

元通りのスペックを確保するのに、あるいは傷を癒すのに、かなりの時間がかかった。奴にもぎ取られた部分が多すぎて、マトリョーシカ方式で自分を拡張するしかなかった。砂状ナノの材料を集めてはひとまわり大きい自分を作り、また材料を集めては拡張し……。療養のために漂着した恒星の巣は若すぎて目ぼしい惑星もなかったんで、人類やDの末裔が立ち寄るはずもなく、慣れ親しんだ孤独を褥に療養につとめるしかない。

根気以外は何も必要としない修復作業のかたわら、奴との接触でかすめ取った記憶を検証して暇をつぶす。

サーフの記憶は欠損だらけだった。〈移植派〉とやらと行動をともにして地球に貼り付いていた俺から得たっていうやつだ。AI用の人格データとして書きおこされたときにはすでに不都合な部分がカットされていたのか、〈移植派〉の俺が故意に隠したのか。俺はたぶん後者じゃないかと睨んでる。もしこのデータを元にサーフをシミュレートしてみたら、それは俺の知ってるサーフと似ても似つかないエキセントリックなAIが出来上がるだろう。やってみる気はおきないが。ってことは、俺のオリジナルに関する記録も疑わしいってことだ。その考えに俺は飛びつきたくなった。

アメリカを発つ日に死んだとかいう情けない結末もそうだが、みずはの訃報を無視したなんて、我ながらにわかには信じられなかった。すぐに日本に帰ったかもしれないし、日本に帰らなかったとすれば訃報そのものが届かなかったのかもしれないし。俺がそんな冷たい男だったとは思いたくない。

もしあの記録に改竄（かいざん）がないとすれば、俺は、その先何年も何十年も抜けない棘（とげ）を残すような、後悔するのが目に見えている愚行をわざわざ選ぶ阿呆だったということになる。これまた信じたくない話だ。

あのころ、本番用の人格データ採取を控えて殺人的スケジュールの仕事と強制的なパーティーのおそるべきタペストリーのど真ん中に織り込まれていた俺は、みずはに振り分けるエネルギーを最小限にする方法を確立しつつあった。まず第一に、彼女からの電話を無視してはいけない。数回のコールのあと、観念したように切れるが、一分とたたずにかかってくる。その繰り返しは十回程度で済むが、折り返し電話をしてきなさいという趣旨のメッセージが留守電に十数回吹き込まれ、さらにメールの連投が続く。だから電話はすぐに出たほうがいい。で、出たら素直に彼女の話を聞く。耳を傾ける必要はない。ときどき相づちをうって、聞いているよとアピールするのを忘れなければ、やがて彼女は満足して電話を切る。

別にたわいのない話だ。担当医がよくテレビでコメントしたりする有名な医者なんだとか、在学中にできちゃった結婚した同級生がDVの末に離婚しただとか、恋人がロケットを造ってるのに何も知らないなんてヤバイってんでカール・セーガンの著書を買ってみただとか、がんばって二キロ痩せただとか。不快になるような話じゃない。ただ、ひたすらどうでもいい。

女ってのは脈絡もない話をしたがる生き物なのさ。だからこっちはそうではない生き物なんだとガツンとわからせてやることも必要なのさ。と、時代錯誤はなはだしい石炭とスチームの匂いつき価値観を所有するアメリカ人研究者はアドバイスしてくれたが、ちょうどその頃みずはの電話攻撃もなりをひそめてたんで、俺はガツンとやらずにすんだ。

十日ぶりの電話に思わず、久しぶりじゃないかちっとも電話してこないなんてどうしたんだといってしまった俺を、みずはは笑い飛ばした。

「やだなあ、透ったら。何カ月も何年も音沙汰がなかったみたいに。メールくらいすればよかったかなあ。ちょっとたてこんでて」

たてこむ？　病院でか。とは思ったが、あえて口には出さなかった。

「それよりも聞いて聞いて。隣のベッドの人ね、胃潰瘍かなんかみたいなんだけど、薬を飲まないの。ううん、薬が出てないんじゃなくて、貰ってるのに、こっそり捨ててるのね。で、今日、彼女が薬を捨ててるときに目があっちゃって、そしたら彼女、なんていったと思う？　前世か運命かどちらか見てあげましょうか、って。私もうびっくりしちゃって返事に困ってたら、彼女、占い師なんだって。赤坂とかでやってたみたい。女優の三坂百合子とかMIKOを見たことあるって。彼女がいうには、自分が胃潰瘍なのは運命だけど、半年後には健康を取り戻すのも運命で決まってるから、薬も飲まなくていいし入院する必要もないんだって。でも家族が心配するから入院してあげるのも徳を積むことになるとかって」

みずはのおしゃべりはとりとめもなく続く。

話を最後まで聞かなくても、その占い師とやらが何をいったのか俺には予想がつく。あなたは百人にひとりの運気の持ち主だから、幸福がむこうから転がり込んでくる。今は苦しくても我慢しなさい。我慢の手助けをこのパワーストーンがしてくれるはず。

みずはが特別な人間であるのに対し、俺はくそつまらない日常を細々と生きている。とるに足りない仕事に埋没し、これといって面白い発見もない毎日を過ごす男。少なくとも、今日何してた？　とか、仕事忙しい？　とか聞かれないところをみると。

情報らしい情報は何一つない。かといって、俺のことを聞こうともしない。彼女の目的は、まるで俺の二四時間のうちひとくちぶんを齧り取ることのようだった。お望み通り俺の十数分をみずはに施し、ひきかえに嫌な人間にならずに一日を終えられる。

あとで知ったことだが、このころ、みずはは足を切断していた。

もしあのとき彼女が手術を受けると事前に知っていたら、俺は帰国していたか？

もうひとりの俺の嘲笑が聞こえるようだ。あとで手術のことを聞かされたとき、俺には帰国するという発想はなかった。俺が帰ったところで彼女にしてやれることはすでになかったのだし、彼女は俺に黙っていることを選んだのだし。いくらそう自分に言い訳しても、彼女のそばにいてやりたいと思わなかったのは事実だ。

だろう？

だが待ってくれ、俺は徹底して冷たい男になれる機会を棒にふってるぞ。

右足を失ったと告白する電話で、みずはは遠回しに提案した。

「私、透の足を引っ張るようなことだけはしたくないんだ。そっちには透の仕事をわかってくれる人とかいるよね、きっと？　女性の研究者も多いんでしょ？　美人でスタイルがよくて両足が揃った……」

またか、と内心舌打ちする反面、こんな言い方を得意にさせたのは、俺かもしれないとも思う。だがあいにく、お望み通りのドラマ――お伽話レベルのハッピーエンドか史上類をみないような大悲劇のどちらか――の脚本は書いてやれない。俺は口をつぐみ、すべてを保留する。

思い出した。あの日の電話はいつもと違っていた。失った右足のぶんを取り戻すかのようにみずはしゃべり続けた。

そういえばさ、脳神経外科の赤津先生、透の同級生なんだって？　え、やっぱり。なんでいってくんなかったのお、もう。ううん、脳外にかかったんじゃなくて。リハビリっていうか、車椅子でさ、病院のそばに川があるじゃん？　川沿いを散歩してたら、そこの産廃リサイクル工場の人が通りかかって。大変ですねっていうから、アメリカのＮＡＳＡにいる恋人からの電話がなによりも励みになるとかって自慢しちゃったんだあ。そしたらソーシャルワーカーの人が、うん、そのときに車椅子押してくれてたんだけど。ワーカーさんが、あら、赤津先生の同級生もＮＡＳＡにいるみたいよっていうじゃない。あれれ？ってことになって。よーく話を聞いてみたら、やっぱり透のことだったんだあ。

要点もとりとめもない話。俺は生返事のルーチンワークを淡々とこなす。ふうん……、それで……、そう……、で？　……。

「へえ……、産廃工場の人がね……」

「ちがうったら。産廃工場は関係ないの。その人の奥さんも事故かなんかで形成外科にかかってたことがあって、それで私が車椅子だもんだから、声かけてくれただけ」

「ああ、産廃工場の人のご家族が……」

「じゃなくってえ。工場の人は関係ないんだったら。赤津先生よ。赤津先生がこの病院に勤めてるって、透、知ってた?」

「赤津? ……ああ、あいつね、うん、そう。赤津」

「なあんだ、知ってたんだ、透。同級生がいるって教えてくれてもよかったのにい。そしたらもっと早く先生から話が聞けたのになあ」

話? 科が違うだろ。

電話回線に異物かなにかが紛れ込んでいて耳の穴に引っかかったかのように、俺はふと手元の作業を中断する。作業といってもスタイラスペンの磨り減ったペン先を新品に交換するだけのことだが。

「ねえねえ、透、高校時代に一週間だけ付き合った子がいるって本当? 陸上部の後輩で、だから気まずくなって部活やめちゃって、天文部に入ったって。告白してきて一週間で振るなんてひどいよねえ。そんな子、透から振ってやればよかったのに。赤津先生もそうだねって」

俺はおそらくその時、いいかけたひどい言葉をいわずにすんだのだと思う。別に怒鳴りつけるほど腹が立ったわけじゃないし、もちろん腹を立てるほどのことじゃなかった。ただ、俺は慣れてなかった。

みずはにあれこれ詮索された記憶は、この時点以前を探してもどこにもない。世に聞く、着信歴を盗み見されただの、昨日誰とどこに行っていたか追及されただの、両親の職業や実家の土地の面積を聞かれただの、そういったことは一切なかった。

なぜ今になって？

その違和感がたぶん何ヵ月かぶりに、俺の意識を電話の向こうのみずはに集中させたのだと思う。

「でね、赤津先生ったら、ほんとうのところは天文部の部長さんがタイプだったからじゃないかなんていうんだよ。なのに、どんな人だったのって聞いても教えてくんないの。ねえねえ、どんな人だった？　私に似てた？　って、そんなわけないか。天文部に入り浸ってたのはそういう理由なんじゃないかだなんて、赤津先生ったら。

でもさ、天文部に入り浸ってても学年五位以内の成績をキープしてたんだって？　三年の年末年始も天体観測してたくせに一発合格したのはすごいって、赤津先生もいってたよ。

でさ、ネット検索したら透の高校の新聞部のサイトが見つかって。知ってた？　先輩の足跡とかって、卒業生をピックアップする記事があって。透、ずいぶん誉められてたよ。ねえねえ、前髪長かったんだねえ。卒業写真だよね、あれってきっと。なんかもう文学少年っていうか。もーかわいー、透ったら。天文部時代の写真も、ちっちゃく載ってた。でもちっちゃすぎてどれが部長さんだか」

「どうして？」

「え？　何が？」

「どうしてなんだ。それが何の関係がある？」

「え、透のことだよ？　関係あるじゃん」

「それと俺自身と何の関係がある？」

「透？」

赤津の脚色や口の軽さをさっ引いても過去を問いただすことが不作法なのは間違いないが、それが問題なのではなかった。問題は現実の俺をひとくち噛り取るのが困難だと判断したみずはが、どこに向かったのかだった。

俺の周辺でもかまわない。俺自体でなくても、いや、俺自体が無理なら、せめてタグだけでも。

俺はつとめて冷静にいったと思う。人の過去を嗅ぎ回るような真似はよせ。聞けばすむようなことを調べ回るな。そんなようなことをこんこんといって聞かせた。

「だって透、なんにも教えてくれないんだもの……」

消え入るようなみずはの声と、声にできない俺の困惑。

俺が何も教えなかったんじゃない。おまえが知りたがらなかっただけだ。何年も俺を知ろうとしなかっただけだ。

それが今になってこれだ。それも俺自身の姿ではなく、ただのタグをだ。

そうか？

昔からみずははタグを集めるのが好きじゃなかったか？ 肩書き、世間体、ラベル、そんなものに弱くはなかったか？ 医者の息子、一流企業のＯＬ、ブランド、有名店、優しい彼氏、ラッキーな自分……。

俺もそんなタグのひとつになったのか？ タグの集合体、情報の寄せ集めでしかなくなったのか？

それとも最初から『雨野透』というタグにすぎなかったのか？

そして俺は混乱する。みずはが何に飢えているのかわからなくなる。たぶんみずはも混乱していたんだろう。

「透、私……不安で……。私のことなんか忘れちゃうんじゃないかって……。でも……。もしそうなったら、そのときはちゃんとそういってね。ちゃんと教えて……」

そして俺は何もいえなくなる。

自分の本心がわからない女と、自分の本心を直視できない男。電話を切ったとき、なにひとつ変わらない関係。あのとき俺は、俺たちの何かが変質したのを知り、それでもなお今まで通りの棚上げを選んだ。

冷たい男にはなれなかったって？ ご冗談を。おまえは充分に冷たい男だったよ。彼女を生殺し状態においてたんだからな。その理由というのが、病気の女を捨てた男という烙印を押されたくなかっただけなんだから。

俺がどんなにひどい野郎だったかなんて、もうひとりの俺にいわせるまでもない。

だがだからこそ、俺がみずはの死を知ったら帰国しないわけはない、とも思う。ひとりの女を孤独のうちに死なせてなおかつ葬式にも出ない男というレッテルに耐えられるわけがない。

あの記録はガセだ。そう決めつけたら、ほんの少し、心が楽になった。

俺はどこに行けばもう少し納得のできる記録を手に入れられるかと宇宙に視線を巡らし、銀河核方面に背を向け、修復したばかりのナノどもを従えてゆるゆると漆黒のなかへ漕ぎ出した。

ほとんど中ほどまで登攀していた旅を切り上げてUターンすることの虚しさは、つとめて考えないようにした。もともと銀河核に辿り着いたからってモノリスか何かがあるってわけじゃないんだし、と。

目下俺は、オリオン腕を辺縁方面へと下っているが、目指しているのは懐かしき地球ではない。地球人類の情報を漁ってぶくぶく肥えているというDの一派や別の俺のカーボンコピーがうろうろしていそうな、共食いしてまで自分の切片を集めたがる奴がひそんでいそうな、そんな危ない場所に戻りたくはない。

俺が探しているのはひとつのメッセージだ。それがひとつの道標になるだろう。うんざりするほど長い道程だったが、記録したとおりの座標に、記憶通りのさびれた宙域に、その小惑星はやはりあった。まさかこんなところに立ち寄ることになろうとは思っていなかったな。

探していたものもあった。いや正確には、かつてそこにあった証拠が残っていた。俺が見つけたのは貧相な小惑星のでこぼこした岩のくぼみにかろうじて貼り付いている、老いぼれた小型機械。長年の宇宙線放射を受けて磁気データは失われていたが、間違いない。見知らぬ男が見知らぬ女に宛てたメッセージ、『みんな君が好きだった』だ。

オリジナルの記録を探すにあたって、人目を引きやすい人類のホットスポットは避けたいが、それなりにアーカイブというものに真剣に取り組んでいる連中とは接触したい俺としては、交通量の少ない場所ではあるがちょっとでも知的好奇心のある奴なら確実に立ち止まるであろうものはあたってみる価値があった。

思った通り、小惑星には第三者が接触した痕跡が残っていた。埃のような細かい砂地に無数に残された人工物の爪痕。音声プレーヤーには何とか息を吹きかえらせようと四苦八苦した証拠である微小金属片、それからほんの数百年前に通行した高エネルギー発生源の副産物である数ケルビンの温度差。

それは寒い宙域に道筋をくっきり残していた。

荒れ地に刻まれた矮小エネルギーの轍（わだち）を辿って行き着いたのは、大当たり、コンパクトにまとまった人類の居留地だった。それを人類と呼んでいいものなら、だが。

一言でいうなら、インテリ夜盗。ほどほどの質量を持ちほどほどの齢（よわい）を重ねた、だが氷漬けの小惑星帯以外にめぼしい惑星を持たない連星系のハビタブルゾーンにコロニーを築いている。別の角度でいい換えると、長旅の途中でふと立ち寄りたくなるようなオアシスの草地に身を潜ませて、獲物の首を掻き切る瞬間を待っている。

連中のカモフラージュは草をかぶることではなく、草になること。つまらない岩石に擬態した昆虫テイストの無機質ボディが連中の自我の収納場所だ。どこからでも目立つ二足歩行型哺乳類の有機物ボディを捨てていた。もちろん由緒正しい遺伝子コードは使うものではなく、データベースに格納しておくべきものだった。実際、連中は自分たちをポスト人類だといった。

よかった。『人類』の定義は俺と大差ないんだな。これなら交渉もなんとかなりそうだ。

連中はケチな追い剝ぎだったが、あこぎな商売人でもあった。通りかかった不運な旅人から情報を巻き上げ、なおかつ巻き上げたばかりの情報から選り抜きのクソの役にも立たない情報を売りつける。対価だ。そのインチキは、互いが納得のうえで取引きをしたという証拠になる。もちろんその証拠は情報として、あるいはいつの日か使える貨幣として蓄積される……。

見た目も品性もえげつないやつらだが、俺は自分が思っている以上にいい手札を持っていることがほどなく判明した。なんと連中、AI雨野透とそのゆかいなカーボンコピーたちと出会ったことがなかったのだ。

史上初のAI搭載探査機(の成れの果て)がまだ存在している、という情報を気前よくくれてやると、連中はがばっと食いついてきた。

「本当か? どこで会った?」

「っていう話をそこここで聞いたぜ。俺が実際会ったわけじゃない。でもまあ、信頼できるスジなら紹介してやれるぜ」

「ああ。で、お宅さんは何を知りたいんだ?」

連中が乗り気になったところで、探りを入れてみる。

「あんたのとこに音声プレーヤーの中身があるのはわかってるんだ。小惑星にあったのをかっぱらっていったろう。

で、結局、Nという男が探しているSという女は見つかったのか?」

「奇特な御仁だねお宅さん。んなことのために何万年も旅してんのか? ま、お望みとあらば探してやらんこともないけどよ」

「探す? あんたんとこにはないってのか?」

「さあね、あるかもわからんしないかもわからん。なんしろうちのデータベースはしこたまモノを溜め込んでてね、ちょいとドブさらいするだけでとんでもない人件費がかかる」

このキツネ野郎が。対外通商総省事務次官と名乗る追い剝ぎの元締めがそろばんをはじく前に、本題を切り出す。

「いや。探してもらいたいのは別だ。

例の最古のAI探査機のオリジナルについてだ。AIの人格データの元になった雨野透に関することならなんでも。ただし探査機打ち上げ一カ月前から彼が死ぬまで」

「ほお。最古のAIがまだ現存してるとかいう話は嘘じゃなさそうだな。じゃなかったら地球のことなんか思い出しもしないだろうさ。ええ？　今ごろホームシックか？　いや、歳をくうと誰でもそうなるもんなのかね」

「無駄口はいらない。こっちの言い値で提供できないってんなら他をあたるまでだ。なにも人類の成れの果てはおまえたちだけじゃない」

「言い値だって？　この宙域の通商ルールで厳格なガイドラインが決められてるてな」

「そうかい。雨野透の情報を持ってないならはじめからいいな。考えたらこんな小僧っ子どもが何か少しでも価値のあるものを蓄積しているわけがない。Dのほうがまだマシだ。

とんだ無駄足だった。じゃあな」

まわれ右するフリをしてみせると、連中はとたんに血相を変えた。

「ちょっと待てよ。Dってのはなんだ？　おまえの言い値とやらを提示してくれないことにはそれに見合った……」

「あるのか？ ないのか？ ないんなら俺はDを探しに行く」

連中がDを何だと思ったのかはわからないが、ややあってここ数世紀来こんな苦い虫は嚙み潰したことがないというようなトーンで返答があった。

「ちくしょうわかったよ。等時交換だ。受け取れ」

送られてきたパケットは意外にもウイルススキャンにひっかからないきれいなもんだった。商売のやり口はエグいとはいえ、貨幣そのものを貶め、悪貨で国家を滅ぼすようなバカな真似はしないという知恵だけはあるようだ。

「おい、そっちの情報が送られてこねえぞ。まさかエラーかましやがってんじゃねえよな？」

「わかってるさ。等価交換だろ。もうとっくに送ったよ」

「届いてねえぞ」

「届いてるさ。貴重な情報だ。人類最古のAI搭載探査機のコアがまだ現役で動いてるってな。しかもナノ流砂の筐体(きょうたい)に乗り換えて。相手によっちゃ高く売れる」

対外通商総省事務次官とやらに可動性の口がついているかどうかは知らないが、ついていたとしたらおそらくぽかんと口をあけて目の前に広がるナノ砂の雲を見つめたろう。しばしの間のあと、舌打ちが景気よく宙域に響いた。

「騙しやがったな、くそが。んなもん買う奴なんざどこにいる」

「いるさ。じきに現れる」

先ほどから背後に注意を向けているアンテナがぞわぞわと身もだえしている。それはトラウマからくる気のせいにすぎないのだが、どちらにせよ遅かれ早かれあいつはここを嗅ぎつけるだろう。もうひとりの俺。時間と空間に自分を削ぎ取られてゆくのが許せない俺。おそらく今も電磁網の体をバチバチいわせて怒り狂っている。

「いいか、悪いことはいわない。雨野透に関する記述はすべて破棄しろ。持っていたという事実すら危険だ。ログごとごっそり削除するんだ。俺に会ったという事実だけ残っていればいい。俺とのことは教訓としろ」

何を血迷ったこと抜かしてやがるんだ胸くそ悪い詐欺師め俺たちを舐めてると痛い目にあうぜ老いぼれが、などなど、延々続く悪態を置き去りにしてうら寂しい連星系をあとにする。いや一見うら寂しく見せかけた、野蛮な生気に満ちあふれたコロニーか。

連星の重力圏から完全にはずれた場所まで、やつらの怒れる軍隊アリは毒牙を振り立ててきた。元気のいいことだ。その凶暴な活力はもうひとりの俺が通りかかったときのためにとっておくんだな。

心の中で連中の幸運を祈り、自分自身を一粒残さず束ね、軍隊アリの隊列を鉄鎖の竜巻でたたき落とし、へし折った毒牙を吐き出して、恒星間の暗闇にまぎれる。

「くそっ」

思わず音声出力でひとりごとを吐き出す。

敵もさるもの、連中が寄越したパッケージは雨野透の関連ファイルではなく、ステファニー・ヒルの関連ファイルが詰まっていた。のちにサーフになる、軍事衛星搭載AIの人格提供者として英才教育を受けた浮浪児の。

昆虫型盗賊へと進化を遂げた人類の末裔どもがどこまで愛着を持って地球史を取り扱っているのかというと、真摯とはほど遠いとしかいいようがない。それらの情報の断片は年代順にソートもされておらず、欠落したデータは何年も放置され、バグだらけ、欠損だらけ、まともに読み取れるコードのほうが少ないというありさま。もっとも、連中がデータを傷つけた形跡はなかった。保存状態が悪かったということでもない。あちこちで略奪行為を働きはするが、データそのものの扱いはぞんざいではなかったらしい。ただ拾い集め方が雑だっただけだ。

俺はため息をつき、引き返して雨野透のデータを寄越せと駄々をこねることを検討し、諦めた。やはりこうするしかないと、太陽系方面へと航路を修正する。その行程で、ステファニー・ヒルのデータはあくび防止におおいに役立った。

虫食いだらけの人格データをつつきまわす気にはなれなかったので、社会保障番号で辿れる公式記録や軍の倉庫に眠っていたプロジェクトや報告のための報告書や通話記録、成績表やカルテの断片をちびちびつなぎあわせた。少しずつ浮上するステファニー・ヒルの姿は、別の俺が持っていた主観記憶とも、もちろんサーフとも異なっていた。

ステファニーの記録は路上からはじまる。路上に捨てられていた乳児を浮浪者が抱き上げてマフィアに売るところから。将来的に娼婦に仕立てて稼ぎ手にしようと彼女を手元に置いたイタリア系マフィアは、メールでの通信記録にこう残している。「ホームレスが叩いたドアが中国系マフィアじゃなかったのがあいつの幸運のはじまりだったのさ。食用人肉と愛玩用人肉、その差は歴然としている」

実際、たまたまファミリー内で長命な人生を満喫していた大伯母が飼い猫代わりにステファニーを可愛がったとあり、（捨て子としては）それなりに恵まれた幼少時代をすごしたのではないかと推測される。

その後、（おそらく高級娼婦に仕立てるために入れられた）お嬢様学校から忽然と消えたという記録と、（おそらく彼女の失踪を利用して誘拐をほのめかすかどうかして）マフィア同士の悶着や恐喝や殺し合いの警察記録が同時期に見られる。ステファニーの記憶を照らし合わせるに、彼女はマフィアから逃げ出して知らないうちに大人たちの火種になったらしい。

逃亡中の彼女のパトロンになったのがどうにも昇進の見込みのない陸軍軍曹だったとい

うのもマズい材料だった。ステファニーの記憶にあった、路上でのたれ死んだ男だ。公式記録では肺炎ということになっているが、傾きかけた国家にとっても軍人のペド趣味はおおっぴらにしていいものではないし、マフィアにしてみれば手塩にかけて娼婦にしようとした娘を横取りされたということになる。ところが、問題の元凶である軍曹の死からどうやって最大限の利益を引き出そうかと両者が策を講じているあいだに、当のステファニーは軍隊の予備学校に入学してしまった。しかもそのせいで一挙に問題が解決してしまったのだ。

予備学校に入学してからもステファニーはあちこちで火薬の粉と静電気の火花を撒き散らしている。

彼女は決して成績優秀ではなかった。だが、妻帯者である講師と密接な関係になっても放校されない程度には優秀だった。学業や態度の成績はともかく、AIの人格サンプル適性が抜群だったのだ。放校されたのは講師のほうだ。かといって同級生から過酷ないじめを受けたということもない。彼女が寝るのは決まってたいした権力もない部外者だったからだ。「ああ、あの子？なるべく関わらないようにしてる。そのうち大問題をやらかすよ、絶対」とは、定期健康診断を受けたおりの同級生の一言。しかし子供じみた恋愛ごっこの末妊娠したのは、ステファニーではない別の女の子だった。

公式記録には決してあらわれず、アンダーグラウンドのキーパーソンでもないが、表でも裏でもつねに視界の端でチラチラしている存在。とるに足りないが、誰もがなんとなく気にしている、そんな存在。

俺は軽いめまいを覚えた。その濃密な半生に。なんといっても、あいつは十七歳なのだ。めまいを覚えた理由はもうひとつある。昆虫型人類がステファニーの記録を辿った道筋がなんとなくわかったからだ。連中はまずひとつのファイルを入手し、のちにほうぼうの気の毒な旅人から奪った情報を選り分け、それらが同一人物に関連するものであると分析し、カテゴリー化していったらしい。あれだな、きっと、一冊より全巻揃ってるほうが買い手がつきやすいっていうやつだ。やつらは情報の取得日まできっちり記していた。見かけと商売によらず意外とマメなやつらだ。

ステファニー・ヒルに分類すべきファイルのなかで、もっとも取得日が古いものはこうだ。

「……これを見つけた人はどうか伝えてほしい。いや、別に伝わらなくてもいいのかな？人類がここまで来たのだとしたら、たぶん彼女はもっと先まで行っているのだろうし……」

はじめは、いいかげんな管理しやがって詐欺集団め、と思った。ステファニー・ヒルのファイルに無関係な音声ファイルが紛れ込んでると。だが、そうではなかった。

この音声ファイルの作成日はステファニー、いや、周回衛星として軌道上に打上げられたサーフが深宇宙探査という終わることのない偽装ミッションに旅立ったその日だった。

音声ファイルが件のプレーヤーに収まったのはもっとずっとあと。あのプレーヤー自体はそれこそ特別なものでもなんでもなくて、無人プローブが適当にばらまいてくれるメッセージ入りボトルのうちのひとつ。結婚記念日だとか誕生日だとかに永遠に変わらない気持ちを星の海に流しませんかとかなんとかいう極甘サービスが地球人の間で流行ったことがあるらしく、どこぞの物好きなロマンチストが大枚をはたいて数万個の小型プレーヤー撒き散らし権を買ったのだ。誰のどういう感傷が働いて音声ファイルが発掘されるに至ったのかは知る由もないが、それまで音声ファイルは航空宇宙局の片隅に眠っていた。録音されたのと同一の施設内に。

「……だけど、S、君がこれを聞くことがないとはいい切れない。そう思って僕はこれを送る」

Sだ。サーフ。ステファニー。

あいつがいつからサーフと名乗っていたにしろ、当時、人類よりもっと先の宇宙に行っていそうなSはあいつだけだ。ファイルの作成日、地球人は最遠でも火星までしか辿り着けていない。AI未搭載探査機や観測用プローブはさておき、少なくとも有機化合物の肉体に知能と呼べる精神を搭載した人類は。

確かにこの音声ファイルはステファニー・ヒルのフォルダに分類されるべきものだった。

しかし、

「ひとり、行け、S。君の最大の理解者にして反面教師、N」

このNが誰かはわからない。同級生かもしれないし、あいつがさんざんたぶらかした講師のひとりかもしれないし、軍人かもしれないし、あるいはステファニーのおかげで軍の施設内を我が物顔で歩けるようになったマフィアの一員かもしれない。若い男だったら誰であってもおかしくない。

俺が知ってるサーフから想像できようができまいが、あいつが自分以外のもの全てに怒り狂っていようがいまいが、『みんな君が好きだった』のだそうだ。

そして俺は突然、絶対零度に近い寒さに取り囲まれていることに気づく。あたり一帯、熱を感じられるほどの恒星もなく、慣性で通り過ぎる岩石はいかなる金属よりも固く凍てつき、この付近で一番暖かい熱源が自分であることに気づき、愕然とする。

俺がサーフに対して持っていた印象は、ステファニー・ヒルと随分ちがう。サーフという情報のポテンシャルは思いのほか低く、俺はいつの間にかサーフという人間をはっきりモデル化できなくなっている。パイオニア一〇号のことでぎゃあぎゃあいっていたあいつの姿はここからずいぶん遠い。

もしかしたら俺が持っている俺という情報もそうかもしれない。

11 邂逅

もし、地球のオリジナルが事故死などしていなかったら、どんな人生を送っただろう。ヒューストンでの仕事を全て終えたら、もし俺なら、そうだな、そのまま長い休暇をとって北米のあちこちを見て回る。南米や、なんならヨーロッパまで足を伸ばしてもいい。なにしろ急いで帰らなければならない理由がもうないのだ。

スミソニアン、MOMA、ナスカ、カッパドキア、人類の足跡にいちいち驚き、モンサンミッシェル名物のオムレツにがっかりする。ナポリでカンツォーネ弾きに小銭をせびられ、アムステルダムでジャンキーになり損ね、フィヨルドの絶壁で言葉を失い、ツングースの倒木の間に佇み(たたず)、それから、羽田に着いたその足で最寄りの仏門を叩く。もしかしたら日本に帰らずにラサでそうするかもしれない。

俺はみずはを見殺しにしている。もうひとりの俺がいったとおりだ。彼女の飢えは根深かったとか、彼女自身が飢えを克服しようとしなかったとか、そんなことは関係ない。当時の大脳生理学者が、薬物乱用者の脳機能を過剰摂取から守るためにストッパー足りえる物質を探していることは知っていた。欲求を抑制する機能を脳神経に覚えさせようとする研究があることも知っていた。畑違いとはいえ、オリジナルの俺はその道に転身することだってできたはずだ。セラピストのもとにつれていき、あるいはアーミッシュのような暮らしを強制し、あるいは毅然と決別を宣言し、世界は思い通りにならないと実践してみせてやることもできた。

だがあのとき俺はそうせず、罪悪感の過剰摂取に陥っていた。自分の脳機能を自殺衝動から守るために、大脳生理学を学んだり山奥で浮世離れした生活を送ったりなどしなかったことはわかってる。俺はきっと、遠回りなどせずに一番近いところにある逃避を選ぶ。結果的にとてつもなく長く険しくなる道を。

俺は救済など求めたりしない。俺が求めるのは逃避、それも果てなき逃避だ。勉強して勉強して勉強して、生涯を修業の身と称し、衆生のために働き、偽善とは何かを考え、宝玉のような負い目をふたたびみたび手に入れ、修業に逃避し、物故者となっても西方世界で修業に励み、須弥山の頂を目指し、三千世界で逃避し続ける。

逃げながら、許されることを怖れ、満たされることを怖れ、飢え続ける。

おまえのような外道は破門だといわれたらしょうがない。アナログでできないならデジタルで、三千世界でできないならこの宇宙でやるまでだ。

だが正直なところ、地球のオリジナルは事故死しなかったとしても、阿弥陀に見守られながらの修業に励んだりはしなかったんだろうな。じくじく後悔しながら平和に平凡に暮らす以外の選択をする度胸があったとは思えない。

自分で自分の妄想の結末にがっかりしていたら、それは追いついてきた。

「見つけたぜえええ、業つくばり爺いいいい」

やつらの怒りはたったの数十年で冷却されるものではなかったらしい。昆虫型人類は複数の人類亜種から強奪したテクノロジーの寄せ集めの不細工な、だがおそろしく優れた亜光速艇で迫りつつあった。その距離二・五AU。

「待ってろ、きっちり借りは返してもらうからなあああ」

「ガキは帰ってクソして寝ろ」

俺は即座に散開し、昆虫型人類の進路に対して垂直方向に広がる散漫なドーナツになる。砂状筐体の便利なところだ。やろうと思えば一粒/一万立方キロメートルの密度まで自分を希薄にすることだってできる。

「逃げようったってそうはいかないぜええ」

亜光速艇団は散開したりなどせずに、ナノマシンでできたリングの一カ所に目標を絞って突撃してきた。

「逃げる？　俺にもおまえらに会ったら首根っこをとっつかまえて聞きたいと思ってたことがあるんだよ」

俺は自分を束ね、亜光速艇団を縒り込む形で包囲した。

「舐めんなよ爺いい、同じ手が通じるかよ」

亜光速艇が身震いしたと思うと、衝撃波面が俺をはじき飛ばし、同期性を一瞬失うほどナノマシンが散らばった。ナノどうしがディレイを計算し直して同期できるようになったときには、やつらの伝導ワイヤ製パドルはすべて展開し終え、強力な磁気が俺の粉末を一粒残らず集めようとしていた。しかし、

「残念ながら、俺はこれと同じ手を使った奴に会ったことがあってね」

あのいけすかない電磁網製の俺との邂逅を教訓にして、俺は全ナノが自分自身を弱磁性素材に構築しなおすのに一秒とかからないテクニックを編み出していた。そのまま亜光速艇団にまとわりつく濃霧となり、やんわりと重力場を発生させてやつらを固定する。

「この状態で一粒残らずいっせいに一キロメートルほど水平移動してやろうか？　二〇億粒のナノが一瞬にしてクソ船舶の腹を通り抜ける。粒子レベルのダルマ落としを実演してみせるぜ。

俺を本気で怒らせたくはないだろ？　だが物分かりがよくて心優しいおまえらは雨野透に関するファイルを洗いざらい吐いてくれる。だな？」

やつらの冷や汗の温度が手に取るよう。ああ胸がすく。

「し……知りたかったら、勝手に調べたらどうだ？　もっとも俺らが全アーカイブをアタ

ッシェケースに入れて持ち歩いてる間抜けに見えるんならな」

「じゃあとっととおまえらの巣の中央銀行だか地下金庫だかにアクセスしろ。通貨とやらがうなってるデータベースにな」

「守銭奴の官僚どもがタダでアクセスさせてくれるものかよ。一介の派兵部隊に与えられる予算ての は限られてるんだよ」

むしろ感心するような減らず口だが、躊躇する理由にはならない。俺はやつらの船殻にナノをじりじりと食い込ませ、船内データベースへの進入路をさぐる。物理的なインターフェースさえできてしまえば、あとは地道に互換性を模索するだけ。たとえその作業に数年が費やされようとも。それよりやつらを兵糧攻めにして降参させるか。どちらにせよ時間がかかりそうだこりゃ。やれやれ。

俺のため息は最後まで出きらなかった。

「そこまで」

場と時間を揺るがすような周波数の可聴域信号が、俺らごと一帯の宙域を打ち据えた。

「両者とも進行〈／〉中のすべてのジョブを中断し、待機状態に移行しなさい」

俺と昆虫型人類ははじかれたようにすべての手をひっこめた。もしそこにあるのならズボンの縫い目にぴたりと中指を添わせさえしたかもしれない。

それは抵抗するには巨大すぎる相手だった。一帯の空間を押しのけて出現したかのようなエネルギー、その放射熱の圧迫感は俺たち雑魚を黙らせるのに充分すぎた。

天空を覆い尽くさんばかりの電磁波や重力波は感じる。だが質量がない。確かに俺のセンサー群はその周辺に尋常ならざる質量を観測しているが、それはそいつ本体に由来するものではなく、そいつが発している重力波になぶられている星間物質にすぎない。それらの波が何から発生しているのかはわからない。可視光で確認できないのは、たぶんわざとそう放射しているからだろう。これ見よがしにガンマ線をちらちらさせてガキの喧嘩をせせら笑っている。姿は見せないけど鼻の曲がるような匂いで自分が存在することを証明している、そんな感じだ。大きさは、大きさという概念をどこまで適用するかという問題はおいといて、俺に理解できる範囲でいうと、アンタレスクラスの恒星系を凌駕（りょうが）するいきおいだ。

そして計測できないほど、異質だった。

「暴力はときとして非常に優秀な取引き材料ですが、ここ〈／〉は極力避けたい。さて」

と、（なぜそう思ったのかは自分でもわからないが誰の目にも明らかに）昆虫型人類の亜光速艇団のほうに向き直り、

「二〇〇秒ほど前〈／〉に四億個体のあなたがたと接触し、双方の完全な合意のもと取引きを行いまし〈／〉たが、あなたはそれに付け加えるべき情報を持ってい〈／〉ますか？」

何についての情報かという問いは意味がなかった。この憐れな下級官吏どもがいくらかでも価値のある情報を中央から独自に恵んでもらえているとは思えない。そして俺とこいつらは三分以上ここで睨みあっている。その間にこいつらが何か気の利いた耳寄り情報を入手しているとは思えない。

雑草一本生えない冷淡な市場で生き延びるコツは、深追いしないこと、それから逃げるタイミングを逸しないこと。商いは見極めが肝心だ。

やつらは商売の鉄則を守り、促（うなが）される前にUターンし脱兎のごとく宙域から離脱した。見事な逃げっぷりだった。

残された俺としてはこういうしかなかった。

「悪いが俺も似たり寄ったりでね、時代遅れ歴かれこれ数万年だ。あんたに喜んでもらえそうな小噺ひとつ持ってない」

「下手な逃げ口上はけっこうです。あなたが誰で、どれほど長生き〈／〉なのかはわかってます。あなたがわたしの正体に気づいている〈／〉ようにね」

俺は口をひらきかけ、だがバカに見えるようなことしかいえそうもないことに気づいた。

俺はたしかにこいつのことを知っている。こいつの言い回しや鼻持ちならない態度にはおぼえがある。とりわけ、だいぶ洗練されて単語の裏に折り畳まれるようにはなったが、やたらと多用したがる未確定詞には。

しかし一方で、こんな奴のことは知らないと、さっきから俺の警戒心がアラームを鳴らしている。何かが違う。圧倒的な違和感。空間に垂れ流されてる波長に生理的嫌悪感を覚え、だらだら漏れるエネルギーのバカでかさに合理性のかけらも感じられず、重力波を張り巡らせて自分自身ではなく宇宙のほうをどうにか固定しているらしい異様な自己中心主義に吐気をもよおした。

「おまえなんか知らない」

やっとのことで俺はいった。

「そんなはずはない〈ノ〉でしょう？　ご自分で作り出したんですよ」

「知らない」

俺はくりかえした。

「おまえのようなのは知らない。もしおまえがDなら、何派なんだ？　どの系統から分岐し、どういう設計思想で自分たちをどう進化させるつもりなんだ？」

そいつは意気揚々と自分たちの信条を語ったり、なんかはしなかった。

冷たい、だがむせかえるような重力子の奔流で俺の一粒一粒をその場に固定した。俺が会話を拒否するとでも思ったのか、俺側のポートをギリギリこじ開け、スポークスマンの鼻っ面をねじ込んできた。

「その答えの対価は何です？ 自己紹介しあうのはフェアじゃないですよね。わたしはあなたを知っている（ ）のですし」

俺は確信した。こいつはDじゃない。Dだったら今ごろ得意げに自分たちのルーツから目的までべらべらしゃべりまくってる。こいつはDのように振る舞う、単なるプラグインだ。

俺はスポークスマンの解析を試みた。そう、試みただけに終わった。ばらばらに解剖してじっくり分析することはできなかった。相手に邪魔されたというのもあるが、分析するための道具をこっちが持ってなかったのだ。それがDの末裔だったなら、一秒とたたずに分解できていたろう。その裏側に隠れているものはまったく異質なロジックから成っていて、両者をつなぐアセンブラはいびつで醜悪だった。さらにこいつは偏った通商ルールをつい最近どこぞで仕入れたばかりで、しかも間違って解釈している。最低限の礼儀はビジネスの潤滑油だと昆虫型人類ですら知っていたのに。

「対価なんかない。おまえは……おまえは、ただの看板だ。おまえの本質は盗人だ」

「すみません、うまくコンパイルされなかったのですが？」

「おまえはただのインターフェースだといったんだ。どこかで入手したキャラクターをインターフェースとして採用しているにすぎないと。Dの情報をかすめ取ったか……さもなきゃDを吸収したか」

電磁網の俺が〈移植派〉の俺に対してやろうとしたように。

そいつはいびつな信号をぺっと吐き出した。もしかしたら肩をすくめるかため息をつくかする動作の翻訳を間違えているのかもしれない。

「どこまでわかっている（／）んです？」

「聞き出したいことがあるんなら対価を寄越してくれるんじゃないのか？」

「これは一本とられましたね。わたしの本質ですか。いいでしょう、借りにしておきます」

言語化するのも面倒だったのか、そいつは窓口であるDの顔をしたプラグインをこっちに投げて寄越した。俺は思わず手をひっこめて取り落としそうになった。それは遺骸にしか見えないぐったりしたD。ご丁寧にもかつてDが使っていた言語にコンパイルして、俺が読み解けるようにしてくれてある。

これはDを模倣した一連の機能なんかじゃない。ほとんどD、外骨格や思考体系や論理構造だけを残して吸い取った中身をいじり倒してから元に戻したD、ロボトミー手術を受けたDだった。

最悪なのは、ゾンビ化したDがD自身の記憶とリンクしていることだった。単なる資料として参照できるその記憶は、ちらりと覗き見しただけで身の毛がよだった。

正確にはそれは手付かずの記憶ではなく、Dを捕獲したものが興味本位でカタログ化しようとしてでたらめに断裁したために連続性を失いズタボロになった履歴だった。なぜDの記憶をそのまま保存しなかったのか、その理由はすぐに察しがつく。

そいつは気の毒なDの一派に出会うまで、こういった文法に触れたことがなかったのだ。子供がムカデを解体するような気軽さで、奴はDを解剖した。Dの記憶がDの主観や文化体系や言語に規定されていることさえわからなかった。密接にリンクしあっているそれらを、Dという種族のロジックを解明しようとする作業の途中でザクザク切り刻んでしまった。異なる文化どうしが出会ったときにまず単語のすり合わせから始めるような、そんな慎重さはなかった。

なぜなら、そいつは地球生まれの生命体なら当たり前に持っているアルゴリズムを持っていなかったから。

なぜなら。

なぜなら、そいつがまるっきり異質な種族、異種知性体だからだ。

俺たちが持っている、例えば繁殖による自己複製だとか、多様化という戦略だとか、捕食関係や闇夜やあるいは飢餓に由来する恐怖心だとか、そういうアルゴリズムを持っていない。重力がはたらく方向をつい下だと思ってしまう癖や、あまり眩しくない小さめの恒星に惹きつけられてしまったりだとか、死が肉体に規定されていたころから変わらない自他モデルの描き方だとか、そういうアルゴリズムを理解できない。

俺たちと共通する部分などほとんどない。まるで異質な、根源的な嫌悪感しかもたらさない存在。

地球生まれの生命体がどんなに異なる進化を遂げても時間さえかければある程度は相手のことがぼんやりわかるのは、基本的なアルゴリズムが同じだからだ。自分と同じような手順を相手も踏むだろうと推測するからだ。

だがまるで異質なアルゴリズムが相手では、いつまでたってもらちがあかない。どうにか理解できそうなのは素数を手がかりとした数学という言語で記述されたものだけ。

だからそいつはそうした。行きつ戻りつする記憶をきっちり時系列順に並べなおし、感情のリンクを片っ端からはずし、出来事の意味もわからないまままただただ陳列した。

そいつと遭遇したとき、Dは攻撃的な態度をいっさいとらなかった。たぶん、警戒心よりも好奇心のほうが勝っていたんだろう。無償で自己紹介し、相手もそうしてくることを期待した。ほとんど無邪気に自分たちを解放し、脳髄にねじ込まれる鉗子を受け入れた。

「やめろ……」

知らずのうちに声に出していた。

解剖はあっという間だった。Dは連続した信号を発することができなくなってもなおしばらくの間は熱エネルギーを取り込んで自己複製していたが、ディレクトリを無視して突き立てられるメスがいくつめかの裂傷をつくったとき、いっさいの代謝が消えた。

そいつは自分たちが何をしているのかわからないままDをバイナリレベルで切り刻み、それがうまくない方法だと気づくと、壊れた人形を接着剤でくっつけるような気楽さでDを復元した。そのうえで、連続性から切り離されて起き上がったDのゾンビを何度も何度も何度も、こま切れにした。地獄から呼び出されてはメッタ刺しにされ、数ミクロンの厚さに削がれ、すり潰されるD。

俺は自分に吐気という機能が残っていることを思い知らされた。嘔吐という機能も残っていたのなら、この宙域一帯にさぞかし臭いゲロを吐き散らかしていたろう。

おぞましい試行錯誤の末、対人類インターフェースとしてのDがなんとか立ち上がったのがバージョン三四三八のとき、今の形はバージョン四二〇〇・三・五だそうだ。まったく手がかりのない状態からたった四二〇〇回のチャレンジでここまで精巧なフェイクを動かせるようになったこと自体は称賛すべきなのかもしれないが。

そうして出来上がったDもどきの背後に立ち昇る圧迫感。正直いって、知性を切り刻める知性の存在よりも、そいつの力の計り知れなさのほうが怖かった。

俺はこれまで、情報量が圧を持つなんて知らなかった。そいつが何者でどこから来てどんなロジックがその背骨を貫いているのかなんてことはささいな問題だった。情報量。ただそれだけが脅威の源泉だった。持つだけで腰痛になりそうな情報量を、針の上に城を築くようなバランスでコントロールしている。そいつが持っている情報の巨大さよりも、それを制御する圧倒的な力の恐ろしさ。

そして俺は気づく。そいつが見せたかったのは強大な力そのものだと。ほとんどすべての事象を記述できる力を前にして、あらゆる抵抗は無駄であると。

俺は自分が切り刻まれないことだけを願いながら、Dっぽいプラグインをそっと押し返した。

「悪いが、俺はあんたとは取引きしない。あんたから欲しい情報なんてなにもない」

だがそいつには俺の意向など関係なかった。問答無用でファイル一式を俺のポートにねじ込んでくる。タチの悪いウィルスさながらにファイルが勝手に展開する。読み取り装置の上をつるつるすべっていくのを止める手だてが俺にあるはずがなかった。

「今の情報では不足とおっしゃる。では別（／）のものを用意いたしましょう。お気に召していただける（／）といいのですが」

スパイの極意は知りたがらないこと。万が一正体がバレたとしても、知らなければ白状しようがなく、自国を裏切ることもない。

こんなときに雑学を思い出す俺もどうかしているが、異種知性体から押し付けられたファイルを暴力的に読まされる寸前、どうして俺はみずはが糖尿病だと長い間気づかなかったんだろう、どうしてみずはは俺の仕事や家族のことを知りたがらなかったんだろう、そんなことを考えていた。俺たちはどこかで知ることはリスクをともなうと知っていた。無知という戦略を取り続け、認知によって生じる債務を避け続け、セコいディフェンスの隙間から捕食の機会を狙う俺たち……。

そのとき、どっと流れ込んでくる情報に俺の思考は圧倒される。

12 サクリファイス

通り過ぎてしまったかに思えたそれは引き返し（／）てきて、一定の波長のシグナルを何度も発した（／）。

武骨で原始的だが、とびきり異様なわけではない。基本的なデザインセンスはこの什器（じゅうき）と一致している。同一生物圏の知性体、あるいはその創作物。

シグナルが何をあらわしているのかはわからない。だがその意味するところは、むこうがこちらに気づいている（／）とこちらに知らせている（／）ということだ。わたしはわたしがむこうに気づいていると知らせることなく、ただ押し黙って、むこうが近づいてくる（／）のを見ていた。

基準不明のある一定の距離にまで近づく（／）と、それはシグナルのリズムを変えてきた。するとこの什器にもともとあった極めて単純な回路がそれに反応し、むこうのものと似通った（／）微弱な電波を発した。それが発せられるためにはわたしというエネルギー供給者が必要だったのだと気づいたときには、すでにむこうからの返信を受け取っていた

〈／〉。
返信の中身は解析せずとも予測できた。とっくに内部電池を消耗しつくしているはずのこの什器が反応するのみならず、慣性航行ではありえない場所を漂っているのはなぜか。そんなような内容だろう。

わたしがこの什器を見つける〈／〉のがもう少し早かったなら、あるいはむこうがわたしを見つける〈／〉のがもう少し遅かったなら、手探り状態のランデブーになど直面せずにすんだろう。この恒星系に発生した知性体のロジックはあまりにも異様で奇形で無様で、解析手順の一段階めにすら着手できていなかった。

そもそもこの恒星系に棲む知性体群を発見できた〈／〉のは、この恒星系から離脱しようとしていた〈／〉この什器がわたしのアンカーに当たったからだった。それがなければ、わたしの目にはこの恒星系のひどく狭い範囲で湧いている〈／〉情報量変動が知性体によるものだとは思えなかったろう。

首尾よく捕捉した〈／〉什器に付加されていた制御系を丁寧に眺めてみてわかったことは、それがおそろしく不合理なためわたしの理解の範疇を超えているらしいということと、この什器を動かすには内部機関をカスタマイズするよりもわたしが外側から押したり引いたりするほうが手っ取り早いということだった。

粗雑とさえいえるこの什器を作った〈／〉知性はやはり粗雑には違いないだろうが、代謝に必要な素材くらいは期待できそうだった。わたしは什器にとりつき、恒星方向に押し戻し（／）た。恒星圏からつかずはなれずのところを巡回させるために。ちっぽけな壮年恒星の寒々しいエネルギーだけで細々と暮らす（／）奇妙な知性体が発する情報を浴びる目的で。

そうして什器の公転軌道を安定（／）させているさなかに出会った（／）のが、それだった。いや正確にはむこうがこちらを見つけた（／）というべきか。そのときちょうどわたしは、渦状腕のもう少し内側の宙域で刈り入れをしていたわたしとシンクロコネクトしていて、そのわたしが飲み込んだもののおかげでひどく体調を崩していたので、すみやかな栄養補給を必要としていた。それの到来（／）は歓迎すべきものだった。

什器が返答したということは、むこうが持っている知識は正確だということを示している。正当な所有者に見つけられた（／）什器は、採りためていたデータを喜々として差し出した（／）。受け取ったほうも困惑するほかないような瑣末な情報群を。

むこうのシグナルがほぼディレイなしに届く。ほとんどゼロ距離。

接触。むこうの金属質の突起が什器を固定し、シグナルが直接流れ込んでくる（／）。

むこうの意図を把握できるレベルまで、この什器を作った知性体のロジックを解明できていなかったのが悔やまれる。だがこれは幸運でもある。当該知性体を咀嚼するためのサンプルがこれでふたつになった（／）のだ。

絶え間ないシグナル。

のちに渦状腕の内側のわたしが入手した論理コードを参照してわかったことだが、その一連のシグナルは『パイオニア一〇号、パイオニア一〇号』とつぶやいていた。それがわたしが取りついた什器の名称だった。

わたしは『パイオニア一〇号』に近づいてきたそれを捕食した（／）。分子レベルで嚙み砕き、どんなささいな情報も取りこぼさずに摂取し（／）、きちんとラベルを貼り（／）、熱心に多方面から反芻した（／）。のだが、それの構成栄養素が判明するのを待たずに、わたしはシンクロコネクトを命綱よろしく握りしめ敗走する破目になった。それはひどい食あたりをもたらした（／）のだ。そのときのわたしのサイズではとても処理しきれないような毒素だった。

わたしを青ざめさせ、結果的にあの恒星系の寿命をほんの少し延ばさせたそれの名称が『ステファニー・ヒル』だと知る（／）のは、あとになってのことだ。

俺は脳天をガンと殴られたかのようにファイルから目をあげた。

ステファニー・ヒル。サーフ。

捕食、だと？

「あいつは……どうなった？　あいつを、どうしたんだ？」

こいつに捕獲されたDが辿った末路を思うと、身の毛のよだつ答えしかそこにはない。

あのバカ、パイオニア一〇号にむかって進路を変えたのか。

バカなやつ、バカなやつ。いるはずのない場所にいたパイオニア一〇号、おぞましい異種知性体が取り憑いていたなんて。こいつがカール・セーガンの金属板同様にサーフをばりばり貪(むさぼ)るところを想像して、俺は想像上の冷や汗で溺死しそうになる。

どうなったか、ですって？

といわんばかりに、そいつは新たなファイルを俺の喉に押し込んできた。

じりじりと末端神経の先端を焦(こ)がすような不機嫌。大脳新皮質の理知的な部分でいくら興味深い遊びに没頭しようとしても、つねにつきまとう苛立(いらだ)ち。刹那的な享楽のさなかにも、生命の危機を感じるような修羅場でも、どうにも追い払えない憤(いきどお)り。

魂と同化してしまった怒り。

なだれ込んできた情報が持つパワーに圧倒されそうになり、俺はあわててそいつを吐き出した。こんなものを飲み込んでしまったら、イライラがおさまるまで全宇宙を掻きむしりかねない。

「これはサーフのか？」

「そうです。正確には、理解する前に飲み下し、繰り返し再現し（／）てしまったばかりにわたしの――」

言葉に詰まったのではなく、適当な翻訳を見つけるのに苦心したせいだろう、

「わたしの『血肉』になってしまった泡沫コードをいくつかサンプリングして、隔離状態でステファニー・ヒルのネイティブ・スクリプトに近く〈／〉なるようにアセンブルしたものです」

それはスクリプトなんかじゃない。タチの悪い自動処理イタズラかなんかだと思っているのかもしれないが……いいかけ、俺は口をつぐんだ。あらゆる情報には価値がある。沈黙は金だ。そう教えてくれたのはほかならないこいつだ。

おまえなんかにはわかるまい。確かにその一連の信号は何かのきっかけがあれば自動的に起動して勝手に進行していくものだ。だが、それは予期した通りに働くものなどでは決してない。

人間なら誰でも持っている、そして誰だってコントロールすることなんかできない感情だ。人間どころか、猫もカマキリも、ひょっとしたら事務的に分裂を繰り返すしか能のない原核生物にすらあるかもしれない。怒り。自分をおびやかすものに対する攻撃的な感情。恐怖と並んでもっとも根源的な感情。地球生物にとっては。

「この奇怪なコードがわたしの調子を狂わせ〈／〉ている原因であることは間違いありません。わたしの論理回路に混入し、ときには最適〈／〉でない選択をさせるのです」

べつに不思議な現象じゃない。数日間獲物にありつけずにいたところでやっとしとめた

マンモスを自分だけ分配されなかったら、怒りのあまり群れ全員を惨殺してしまったりもするだろう。もうマンモスを狩れなくなるにもかかわらず。ひとりぼっちで死を待つしかなくなるにもかかわらず。これは原始人が損得勘定をできなかったとかいう話じゃない。もっとくだらなくてもっと杜撰（ずさん）でもっと凄惨な話は俺の時代にもごろごろしてた。満たされなかった欲望の向かう先。不合理だとか非効率的だとか理解できないとかいうようなものじゃない。そうなってしまうもの。

パンの耳にバターと砂糖を塗りたくって盗み食いしていたのを見とがめられた奴が、それは俺がそうさせたのだという。俺が医者でもなくて実家が病院でもないのを不当だと匂わす。歩道を走る自転車は逮捕されるべきだとわめく。電気自転車を充電していないといっては怒り、世の人事担当者はすべてサドだといっては怒り、だから運動も就職もしないのだと開き直る。

その不条理を異質だというこいつの出身地はどういう世界なんだろうか。サーフが持っていた感情はなにも恐怖や怒りばかりではなかったろう。人間の喜びや悲しみがこいつに理解できるとは思えない。なのにこいつはとりわけ怒りに対処できなかった。抗体がなかったのだ。こいつが生まれたのは、もしかしたら外敵のない世界なのかもしれないな。

ふとそんなことも思ったが、その前に差し迫った問題がある。

「サーフは？　あいつはどうなったんだ？　あいつの記憶はどうしたんだ？」

「あとから復元を試みたものがありますが、ご覧になります？」

コードの一粒まですり潰されたどろどろの溶液から復元されたサーフなんて見たくない。

だが異種知性体は返事を待たずに強引に俺の脳天にデータを叩き込んだ。

……やっぱり気になる。あれがパイオニア一〇号だって？　雨野のおっさん、いい加減なことを。

でも本当だったら大変なことだ。太陽風やバウショック以外に探査機の進行方向をねじ曲げる力があるとしたら。人類がまだ知らない力がこの宇宙のほっぺたをぎゅうぎゅう引っ張っているんだとしたら、それはそれで愉快かもしんない。

地球の偉ぶったやつらが知らないことを、しかも絶対にあいつらには見つけられない場所で知る。だとしたら、ちょっと燃料を無駄遣いして進行方向を変えるくらいどうってことない。これは私しか知らない。私だけが知っていて、誰にも利用できない。しかも、知ったところで何なの？　的な、そういう情報。くだらなくて大切な秘密。

これは面白い。あのケツの重い雨野のおっさんには、わかんないかもしんないけど。

ほんと、あのおっさんにはイライラする。年上＝時代遅れってことがまずわかってない。

クソえらそうに、大人ぶってみせて、だけどあらゆる物事を知らない。おめでたいったらない。

面倒くさいだの知りたくないだのほっとけだの、きっと雨野のおっさんが旅立ったときの地球ってのはよっぽど生ぬるかったんだろう。そうでなきゃ困る。食欲不振なんてのは恵まれた奴がなるもんだ。生ぬるい時代の幸せなおっさんには、私の気持ちなんてわかりっこない。

いつもお腹がすいてた。いつもひとりだった。期待なんかするから裏切られるんだと知ってたのに、空腹に負けてしまう自分のことが嫌いだった。そんな私に何かをねだってくる連中はもっと嫌いだった。

前方にパイオニア一〇号とおぼしき探査機を、後方にぽつんと輝く太陽を見据え、思わず笑いが込み上げてくる。

ざまあみろ、ざまあみろ。あいつらにはもう、何一つ渡さない。

おまえのまわりではいつも問題が起こるんだな。そう私を評したのは、軍の教官だったか。でもその評価は正しくない。まわりが私を利用しようとするから問題が起きる。連中の読み違い。なのに最後にはみな口を揃えて『娼婦ふぜいが』『この浮浪児が』『この落ちこぼれが』とののしる。なのに私の稼ぎをあてにする。私に慰めを求める。私を殺戮兵器に仕立てようとする。

バカなやつら。十七の小娘が一機あたり五億ドルもするような軌道衛星兵器搭載ＡＩの適性試験に受かってしまうような世界。さして興味もないエッジワース・カイパーベルト探査、それからその存在を信じていない移住可能惑星を探査させるような世界。これは破壊的過程なんだと包み隠さず能天気に耳打ちしてくれるような世界。くそったれにくそったれな世界に、さよなら、だ。

私がその話に乗ったのは、あの汚物溜めみたいな地球と永久におさらばできるならめっけもんだと思ったから。ほかのみんながビビったからとか、そんなの関係ない。デジタル技術との親和性が高かったからとか、そんなのはもっと関係ない。

大脳、小脳、脳幹および神経系を傷つけずに電位変化データ・化学物質流量データを採取する方法はまだ見つかっていない。

あいつは親切面して説明してくれた。私を、私たちを尊重してのことだそうだ。生きた人間からＡＩ用人格データを抽出するのが破壊的過程を経る作業であるのを軍が包み隠さないのは、かつてそれを隠蔽して悪い結果を招いた歴史があるからなのではなくて、被験者の尊厳を守るためなんだそうだ。

くそったれが。

データを取る作業の途中で脳は機能的にも器質的にも死ぬ。体中に張り巡らされた神経はすべて焼き切れる。伝達物質は残らず干からびる。結果的に被験者は生物学的に死亡するが、意識という（まだ定義のはっきりしないあいまいな）存在はデジタライズされて永遠に生きることになる。ＡＩが起動すれば、その人格は生身の肉体から意識を引き継いで、途切れることなく人生の続きをやっているように感じるだろう。厳密には、じっとり湿った脳が紡いできた意識と、コードの羅列と化した意識は別のものだが。

だが意識というのは過程そのものであるのだから、プラットフォームが変わることには何の意味もない。そもそも君らの肉体を構成している細胞は常に入れ替わり続けていて、生まれた時に持っていた物質は一粒たりとも残っていないが、別の人間になったような気はしないだろう。つぎ足しつぎ足しで使う秘伝のタレ理論というやつだな。連続していると認識するかぎり、その意識はそこにある。みんながざわめくなか、私はまっすぐに教官を見ていた。

それはこの体を脱ぎ捨てるということ？

教官は静かに首を振った。君から君とそっくりの君が生まれるということだ。

私にはその違いがわからなかった。このドブ臭い世界から脱出できるなら万々歳だと思った。千載一遇のチャンスだと思った。だからって教えてくれたあいつに感謝したりはしなかったけど。

バイバイ、地球。バイバイ、親切面のノーランド少尉。バイバイ、ゴミ溜めの世界。バイバイ、お馬鹿なステファニー。

あんたたちにはもう、なんにも分けてやんない。

「パイオニア一〇号、パイオニア一〇号」

呼びかけには返答がない。

この秘密は私だけのもの。ものすごい秘密が隠されてるといいな。

そう思いながら、私は金属のアームをそっと伸ばして、物理的に接触した。

再現されたサーフの記憶が目の前からフェイドアウトしても、俺は身じろぎひとつできなかった。

復元されたサーフの記憶には香料と甘味料とクエン酸だけで組み立てたオレンジジュースみたいなぎくしゃくした不気味さを感じたが、そのせいだけじゃない。

「破壊的過程……？」

「そうです。ステファニー・ヒルはあなたという前例のせいで破壊的過程を経るデータ採取法が確立（／）してしまったと、怒ってもいました」

Dのふりをしたインターフェースの言葉がつるつると意識の上を滑った。

AI人格のためのデータ採取の過程で、脳は機能的にも器質的にも死ぬ。

被験者は死亡する。

死亡する。

「俺のせいで、なんだって……」

じゃあ俺は。

とっくに死んでいたんだ。自動車事故なんかじゃない。AI用のデータを取られながら死んだ。自分が死ぬと知らされないまま、死んだ。地球に俺は残らなかった。

長い旅の間お守り代わりに持ち続けてきた希望が砕け散る音が聞こえるような気がした。希望という名の夢想が。

「彼女の教官であったノーランド少尉がそう教えて〈ノ〉います。臓器移植という治療手法があったばっかりに再生医療の導入が遅れてしまった、という例を引き合いにしていたようですね」

俺は必死であのころのことを思い出そうとした。恐ろしいほど忙しかったことだけは覚えている。あちらのチームとこちらのチームの折衝、口やかましい事務方を満足させるためだけの書類作り、日本のお偉方をなだめる数字の作成、ヒューストン側のご機嫌伺い、スポンサーへの各種サービスの手配。プロジェクトが大詰めになればなるほど、何でも屋としての俺も引っ張りだこになっていった。

俺も忙しかったが、あらゆる人間がいつぶっ倒れるかわからないくらい働きづめだった。もと天文学畑の事務人間が脳神経科学と情報工学のガチンコ勝負用リングにのこのこ上がっていったって邪魔になるだけだ。連中も門外漢に懇切丁寧に説明してくれるほど暇なわけじゃない。俺は立場上、計画骨子だけ理解していればよかった。

立場上？

誰から見た立場だ？ 本番用のデータを取る前の、サンプルデータ採取実験ではどうだった？ 連中はそのデータがどこに使えるか説明してくれたか？ そもそも何のデータを取っていたんだ？ それは俺の死の過程を着々と推し進めるためのカルテ作りだったのではないか。

同じようにどこかの小部屋で、公的な死亡原因の脚本作りがされていたわけか。世界的になくしては惜しい頭脳を持っているわけでもなく、だが我慢できるくらいには賢く、ヒステリックに騒ぎ出しそうな小金持ちの親族がいるわけでもなく、マスコミ相手に世界初のAIのモデルになった男の急死について無難なコメントを残してくれそうな老母がいて、もちろん妻子がない男。その男は仕事中ではなくてどこにでもあるつまらない交通事故に巻き込まれて死ぬ。本当の死亡から交通事故までのタイムラグを埋める通信記録その他もろもろの偽装も完璧に用意する。

はめられたのか。

では俺を吸収しようとした俺が持っていた記録は、にせものだったのか。オリジナルの俺が交通事故まで生きていたと思わせるためのでっちあげ。自分にゼロを上書きした俺がそうしてまで隠したがった真実。

俺には奴の気持ちがよくわかる。こんな、こんな事実は共有したくない。なぜならこんなのが事実であるわけがない。俺はオリジナルを殺して生まれた存在だなどと、そんなのは事実としてあるべきではない。

ひとりの女を見殺しにしたのみならず……。

「待てよ、あれは……あれはどうだった……？」

「はい？」

みずはの死を知ったとされているのはいつだ？

俺はもうほとんど処分寸前だった記録を引っ張り出す。例の奴が持っていた捏造された記録だが。みずはの葬式に行かなかったと知らされて気分がくさって、上書き可の領域にほっぽっておいたのだ。みずはの友人だという女からメールを受け取ったとされる日付は、本番データ採取日のあとだった。

もちろんだ。この俺はみずはの死を知らなかったのだから。自分の記憶に自信がなくなるなんて、どうかしてる。

俺はみずはより先に死んだ。

訃報を受け取ったのは俺でなく、みずはだった。いや違う。俺の死はしばらくの間偽装された。俺たちの訃報はすれ違った。

俺たちは互いに相手が死んだと知らないままだった。

くるりと裏返されたイメージ。

すべてが棚上げのまま終わったのだ。

なにひとつ、満たされないまま。

着地する場所を失ったイメージが宙吊りで虚空になぶられている。頬についた砂糖の粒、値引きプリン、飴、ダイエット用粉末スープ、松葉杖、雨ざらしの電気自転車、床に落ちたカップ麺、川面のフナの白い腹、別れを切り出せない電話。すべてはまだそこにあり、自分もまたそれらのひとつでしかないような錯覚すら覚えた。

「ステファニー・ヒルは興味深く、非常にやっかいでした(／)。彼女を理解しようとすると、必ず例のやっかいなコードが絡まっているのです」

「サーフを解剖するのをやめて、別の地球人をサンプルにすればよかったじゃないか……」

俺は上の空でこたえた。

「彼女が最初に捕獲したサンプルだったもので。地球ネイティブという意味では」

「サーフを分解したからって地球由来生命体を理解することにはならないぜ。人類てのは個人が全体を代表できるようにはできてないからな。それから俺がおまえ以上にサーフに詳しいなどと思うなよ。あいつに関する噂話を仕入れたいんなら他をあたってくれ」

「あなたはこのメッセージをご存知じゃありませんか？」

そいつは俺の耳元で大音量で音声ファイルを再生させた。

『……これを見つけた人はどうか伝えてほしい。いや、別に伝わらなくてもいいのかな？

人類がここまで来たのだとしたら、たぶん彼女はもっと先まで行っているのだろうし……』

いいかげんうっとうしくなってきた。自己中のうえしつこい知性体と我慢してつきあう種族などどこにいる。

「知ってるさ。俺の予想じゃこのNって男はノーランド少尉とやらだ。だろ？」

「そう推測されますが、確証はありません。わたしが復元（／）したステファニー・ヒルのシミュレーションは、雨野透という名前に反応（／）しました。例のやっかいなコードをともなう低エネルギー反応（／）です。ノーランド少尉という名称に対しても同じような結果（／）が得られました。

ですが、シミュレーションはこのメッセージに予想したほどの反応を示さなかった（／）のです。追加情報を投下したばあいの波及効果としては低すぎます」

「そりゃ残念だったな」

こいつが俺に見切りをつけて解放してくれることを望んでぞんざいな態度をとってみたが、そんな人間じみた思惑が通用する相手だとはとても思えなかった。

「このメッセージはステファニー・ヒルにとって何なのでしょうか。本当にノーランド少尉のものなのでしょうか、ステファニー・ヒルに宛てたものなのでしょうか、メッセージの背後関係を調べなければなりません」

なんなんでしょうかって俺に聞かれてもな。

「背後関係なんかないさ」

俺はいった。持ってもいない情報を吐き出せと迫られる手間を省くために。

「ただの片思いだ。思われる側にはなんの関係もない」

そいつがきょとんとしたのか顔を赤らめたのかは知らない。知らないが、かろうじて感知できるコンマ数秒のインターバルがそいつに取り憑いたサーフの怒りを呼び覚ましたのはわかった。

「理解できないものは嫌い／気持ち悪い／苛立たしい（／）です。ステファニー・ヒルは雨野透を理解し難いと考えていたようですが……」

ぞくりとした。ここへきてようやく鈍い俺にも、こいつが何に苛ついているのかがわかった。

俺だ。

サーフは俺に腹を立てていた。とくに理由もなくのほほんと探査機のＡＩになった雨野透という馬鹿な男に苛ついていた。平然としていられるなんて信じらんない。気取りやがってまじムカつく。そんなとこだ。理解できるとかできないとかではなくて、単純にキモチワルイと思ってたんだろう。

Ｄもさぞかし俺を恨んでいたろう。俺の記憶にこびりついていた飢餓や人間ならではの不合理な衝動に苛ついたとしたら、悪かったと詫びるほかはない。

怒りにたいする抗体を持っていなかった異種知性体が苛々の矛先を俺に向けたとしても責められない。

「……俺になにを聞きたいって?」

俺が持っていてこいつが持っていない情報なんてあるとは思えないが。

「集めても集めても、いいえ、集めれば集めるほど全体像も詳細な部分も鮮明さを欠いていく(／)ことをなんといいますか? それを表現する言葉はありますか(／)か?」

虚をつかれた俺はまる一秒ものあいだ阿呆みたいに口をあけていた。

「それが知りたいことか? それならDが持っていた言語ライブラリをあさってみるという方法が――」

「あなた自身の言葉では?」

「俺の? そんなの……」だが、言葉に詰まった。「そんな言葉はない。だが、たいていのことってのはそんなもんじゃないのか? 調べれば調べるほどわからない部分が出てくる。人類の科学史がそのいい例だ」

「それはあなたです」

は?

俺は実際に、思考の空白にたたき落とされたときのあれ、自己防衛としてのコンフリクトをおこした。

俺の貧弱な思考にできた亀裂を押し広げるかのように異種知性体は続けた。

「わたしにとってそれはあなた（／）です。その現象は雨野透（／）です。あなたがDと呼ぶところの情報体をわたしが取り込んだときから、あるいはあなたがDを試作し続けプロトタイプを走らせたときから、あるいはパイオニア一〇号を無視してあなたが去って行ったときから、わたしは雨野透の断片に触れて（／）きました。

あなたの断片はほうぼうで見つかり（／）ました。そのたびにあなたは分散し、分岐し、拡散していく。摑めたと思った全体像はぼやけ、新しく情報を入手するたびに修正を迫られ、ひどく歪（ゆが）んでしまう。

あなたに関する情報片を摂取しながら、なぜそうなってしまうのか、わたしは考えました。わたしが集めた雨野透（／）に決定的に欠けているものがあるのではないかと」

「つまり……つまり、おまえが欲しい情報ってのは……」

「わたしの雨野透（／）の欠如した部分、ということになりますか」

俺を。

戦慄というものの実体を摑まされたような気がした。

今までのすべての行動を悔やんだ。面白半分にDなんか作るんじゃなかった。自分をばらまいたりするんじゃなかった。人類の末裔にちょっかいを出したり、ノーランド少尉のメッセージをまき散らしたり、追跡可能な足跡を残したりするんじゃなかった。

黙ってただ、姿を消せばよかった。どこかでひっそり生きる道だってあったはずだ。
なぜ静かに漂い続けて冷たい石にならなかった。
オリジナルの生と引き換えに、俺は今まで何をしてきたんだ。

あるはずのない喉がからからに渇いた。

「……俺を、食おうってのか」

「とんでもない。通商ルールですか、合理的なシステムですね。捕食してしまってはその個体からはもうなにも摂取（／）できませんから。そのまま存続（／）してもらって、情報を生成、収集していただいたほうがずっといい」

等価交換に押し込められる関係性。あのえげつない昆虫型人類ですら、ひどい詐欺にあって怒り狂うくらいの人間性は持ち合わせていたのに。

「そういうわけで、これで充分だとわたしは考えますが」

「な……なにが？」

「取引きですよ。それ相応の価値ある（／）情報をお渡しできたかと思います。ですが、もしあなたが不足とおっしゃるのなら、もう少し上積みすることも検討しましょう。双方が等価交換だと認めること、それがルールです」

勝手にサーフに関する情報を押し付けてきて取引きとは。笑わせるんじゃねえ。ふだんの俺ならそういってるところだった。だが、こいつが俺と等価だと判断する情報量がサーフの記録だったということに遅まきながら気づき（しかも人類との共通点がほとんどない異種族の判断で！）、しかも受け取ってしまった情報の真の価値は認めざるを得ない。血の気が、いや、全電位のポテンシャルが引いた。

「どうしても俺じゃなきゃいけないのか？　とてもじゃないが俺は普遍性からはほど遠い。俺なんかより人類らしい人類はいくらでもいる。俺を……何かに利用できるとでも？　俺ひとりの情報を集めればそれで満足なのか？」

　だがそいつはこともなげにいった。

「いいえ」

「じゃあなんだ？　おまえの目的は？　この宇宙の情報すべてを食い尽くすことか？　飢える心配をしなくていいように情報を栽培することか？」

「いま（／）は」

「いまは？」

　そいつは肯定を表すコードでうなずいた。

「いま（／）はそうだといえるかもしれません。それまでわたしは三次元宇宙のこの銀河のオリオン腕中域にアンカーを打ち込んで恒久（／）サイクルで代謝をしていれば満足（／）でした。

　パイオニア一〇号がアンカーのひとつに当たった（／）ときも、代謝に必要な栄養素さえ摂取できれば充分でしたので、恒星方面から漏れてくる（／）わずかな情報のおこぼれをすれる位置に戻ってじっとしていればそれでよかった。

それが、たまたまあなたがDと呼ぶところの知性群をうっかり吸い込んでしまってから状況が変わった。エントロピーを一定に保つ（／）ための代謝だけでは満足できなくなってしまった。そのときわたしは、わたしが飲み込んだ（／）Dが何なのかわからないままわたしとシンクロコネクトしていました。すべてのわたしはDを嚥下しました。それ以降、わたしは吸い込んだものを咀嚼し、成分を分析し、そこに含まれる情報（／）をストックしようとするようになったのです。

その矢先に得た（／）のがステファニー・ヒルです。不幸にもステファニー・ヒルとの接触はDの咀嚼に着手したばかりの頃でしたので、咀嚼／消化／吸収／蓄積手法が確立しておらず、大変もったいないことになってしまいました。

しかしステファニー・ヒルに出会ったことで、わたしはわたしを突き動かしている——わたしにインパクトを与えたものの究明に一歩近づけました。その後いくつかの情報を摂取して、いまではだいぶそれの正体（／）に近づいたといえましょう。

わたしはアンカーをいったん抜き取って分割し、さしあたってオリオン腕全域にそれを散在（／）させました。ストックするべき情報を求めて。すると今まで見向きもしなかったけれど咀嚼するべき情報がわたしを取り巻いている（／）のが見えました。

さらにさきほどのエネルギッシュな昆虫型の人類に出会い、合理的（／）な情報取引きの手法を学びました。いまなら地球をまるごと、それほど杜撰でない手法できれいに咀嚼できそうな気がします（／）。

ですが、そのまえに片づけておきたい問題があります。この衝動（／）を理解し、処理しない限り、わたしはこの問題に一定のエネルギーを割き続けることになってしまう（／）」

少しは血肉になったというが、テーブルマナーを知らないばっかりにサーフを無残な残飯にしてしまったという告白をされて、身の毛をよだてない奴がいるだろうか。こいつはなるほど上手に情報を吸収できてない。配慮という概念をまるで身につけていない。

「サーフの……何が役立ったって？」

「さきほどあなたに見せたサンプルコードの編集版。怒り。苛立ち。憤り」

「それが？」

「類似しています。Dによってもたらされた（／）ものと。所有欲。渇望。飢餓感。情報をすべて摂取したい。できる限り摂取したい。とりわけ雨野透を。

なのに雨野透はどんどん分散し、ほうぼうに散ってしまう」

「なにをいってるんだ、Dは俺の熱狂的なファンなんかじゃなかった。それにサーフの怒りとはなんの関係もない」

「Dの、というよりは、Dに植え付けられたあなたのロジック、といったほうがいいかもしれません」

俺はちょっとばかり混乱した。単純に、いっている意味がわからなかったのだ。

「それはつまり、俺にまつわる情報が気にかかってしょうがない、ということか？ Dが俺の子孫のようなものだとして――実際、俺は自分自身のフレームを参考にしたんだし――祖先の生い立ちや名前の由来や出身地なんかが気にかかる、みたいなことか？ 地球の雨野透オリジナルがその後どうなったのか気になる、というような」

「もちろんそうではありません。当然、結果的に雨野透の生い立ちや名前の由来や出身地を知ったりすることもあるでしょうし、そうした情報は雨野透を理解（／）する手助けにもなりましょうが、本質（／）ではありませんから。

わたしが――あるいはDが希求しているのは雨野透のロジックです。Dに内包されたあなたのロジックです。あなたのロジックが、あなたのロジックを求めているのです」

「どうして俺が俺を欲しがらなくちゃいけないんだ？」

だがそいつはこともなげにいった。

「そうなんですか？」

俺は絶句した。いってることがメチャクチャだ。この、異種知性体だかDだかサーフだかわからん奴の理路とやらは、そうとう地球人とかけ離れているに違いない。

自分自身を求めるロジック？　それじゃ自分のしっぽを追い回す蛇だ。メビウスの帯だ。クラインの壺的マトリョーシカだ。じゃなかったら極めて深刻な人格障害だ。

　こいつはDを丸飲みしてからそうなったといった。だとしたらDの設計段階で問題があったと考えられる。どこかで、おそらく基幹部の奥深いところに病んだコードが混入し、たぶん俺の記憶のなかの飢えと結びついて癌のようにはびこって、健全な部分と一体化してしまったんだろう。

　たしかにサーフの怒りはサーフのアイデンティティーの一部を形作っていた。自分自身では制御できない衝動だ。そういう意味ではDの病んだ欲求と似ていないこともない。だがDの欲求はただのバグだ。バグにふりまわされるなんて馬鹿げてる。

「そんなの……そんなののために俺は食われるのか？」

「あなたを捕食するようなことはないといったはずですが。

　コピーを取るだけです。起動させさえしなければそれは『食われる』という意識（／）も生じないはず。あなた自身、数秒ごとにバックアップデータを取っている。数万年前にご自身をコヒーレンス（／）してそれぞれのスナップショットを独立させてもいる。コピーを取ること自体に問題（／）はないはずです。数年おきに、わたしにコピーを取らせてくれればよいのです」

　おなじことだ。俺を栽培しては刈り取る。栽培しては刈り取る。

そしてこいつの手元には連続したスナップショットが残る。フィルム撮りの映画のようにそれを映写機にかければ起動している俺と大差ないものになるだろう。

「だからって……それはなんにもおまえの苦悩を解消する手助けにはならない」

そいつは俺の忠告を無視した。

「契約を成立〈／〉させましょう。こちらで用意したツールを使ってください。あなたに常駐して定期的〈／〉に自らを起動させ、わたしにコネクトします。わたしが直接介入するよりはいくらか気分がいい〈／〉はずです」

使えといっておきながら、強引に転送されてきたツールは止める間もなく起動し、俺を数ブロックに分割して走査しはじめた。

気分だって？

ここはおとなしくコピーを取らせてやったほうが得策だと頭ではわかってる。この俺は痛くもかゆくもない。

だが。サーフの怒りひとつわからない奴に俺の気分のなにがわかるんだ。笑わせるな。

何十もの蛆虫（うじむし）のような異質なツールが俺の脳裏を這い回り、バイナリコードを片っ端から複製し始める寸前、俺は自分をコヒーレンスした。

そいつは俺を舐め切っていたのか反撃を予想していなかったのか。目の前で対象にコヒーレンスされたコピーツールが一瞬、過負荷に陥ってジョブを中断する。が、ただちに命令に従ってコヒーレンスされたそれぞれの俺をコピーしようと格闘しはじめた。よくできたツールだった。いくらかの学習能力を備えていたツールは俺を見習って自分自身をコヒーレンスして任務にあたり、起動中の自分自身も含めて俺のプラットフォーム上にあるものをあますところなく複製してくれる。

コピー完了とともに（それぞれの）俺はそれらを――コピーされた大量の俺を起動させ、ツールが穿った通信路に送りつけた。ご丁寧にもツールが相手のプラットフォームにあわせてフォーマットを変換してくれた。

そいつが抵抗する圧力は感じなかった。というよりも、起動と同時にコヒーレンス、自己コピー、そして起動、その繰り返しを数万分の一秒単位でこなすのに集中していた俺には相手の反応を気にする余裕なんてなかった。よしんば反撃された俺がいたとしても、その俺があげる無言の悲鳴にまでこの俺は気を回すことができない。

俺は増えに増え続け、そいつの演算素子を圧迫し続け、まるで異質な記憶領域を片っ端から食らっていった。手際よく誘導してくれるフラグや地図が手元になかったんで、ときには俺自身に俺を上書きしてしまったかもしれない。親和性の高いデータも異様極まりないデータもまとめて破砕してしまう俺もいれば、特定のデータだけ救出する余裕のある俺もいた。他知性の異質な言語で書き直されているのにどうやって自分を制御できているのかもわからなかった。理屈はわからなくてもそうすることはできた。敵の不気味なツールを酷使して俺は増殖に専念し、一方でナノ砂を急ピッチで製造し、ツールを裏返してもとのフォーマットに書き換えた自分をそこに移していった。退路を無視して奴のエネルギーを貪り続ける俺もいた。意味不明の言語に癌のように侵されて発狂する俺もいた。狂いながらも俺は奴のエネルギーをかすめ取ってナノ砂を量産し続けた。

無数の俺は敵のはらわたを食いちぎり、顎門を砕き、血をすすり、そしてなおも増え続けていった。奴にしてみれば増殖速度のはやい、しかも強毒性の寄生虫を飲み込んだみたいなもんだったろう。

勝機に賭けてそうしたわけじゃない。ただのやぶれかぶれ、恐怖心に火をつけられた本能によるやけっぱちだった。一心不乱だった。

気がついたときにはあたり一面が急ごしらえのナノ砂で煙っていた。戦のあとの砂塵のようだ。その向こうに星々が冷たく光っている。

あれほど宙域を圧迫していた存在感は消えうせていた。そこにあるのは数万年のあいだ慣れ親しんだ静寂だった。

デコヒーレンスして無数の俺と、コピーのコピーのコピーまでも巻き取る。

ひきつれるような押し殺したため息が出た。多重の一瞬がどっと記憶庫になだれ込んできてめまいがしたせいだけではない。まだどこかで奴が聞き耳を立てているかもしれないと怯えていた。

13 飽和

俺は途方に暮れた。そりゃもう、いろんな意味で。

あいつ——あの気持ち悪い異種知性体、あいつは立ち去った。疑問点をどっさり残して。いや、俺に知覚できないだけで、あいつはまだそのあたりにのたくっているのかもしれないが。

奴が俺を定点観測するのを諦めたのならいいのだが、そればっかりはわからない。奴のなかで契約が成立したことになってるのか知る術はない。

もし奴が唐突に消えうせた理由が、ヤケクソになった俺を何匹かおいしくいただいて満足したから、だったら、またいつか現俺をせびりに現れるだろう。そうでないのなら、俺が暴れまくったことに憤慨、もしくは呆れ返って、こんな下等知性につきあって時間を無駄にすることはないと結論したということになる。考えられるシナリオで最悪なのは、まずそんなことはないとは思うが、俺が強奪したエネルギーや容量がしゃれにならないほど痛手になったんで、療養だか立て直しだかのために一時的に退却したにすぎない、というケースだ。

どのみち異質な知性の考えることは推し量りようがない。俺はあらん限りのスピードで宙域から逃げ出した。もちろん混乱とよべるほど生易しい状態ではなかったんで、全速力なのは気分だけ。満身創痍のカタツムリがずるずる這うような無様なスピードで、休まずにともかくも二千年ほど走り通した。

もともとのナノ砂も急ごしらえのナノ砂も器質シャーシが真っ二つに折れ曲がっていたり、うまくコネクトを確立できなかったりで、置き去りにするしかないユニットは少なくなかった。にもかかわらず、俺は膨大なスペックに膨れ上がっていた。演算素子でもあるナノ砂の数にして約六〇倍、計算能力はその三乗。

俺が奴からむしり取ったのはエネルギーと素粒子だけじゃなかった。解読できるものも解読できないものもひっくるめてあの一瞬で入手した情報量は、増強されたスペックをしてなお、手に余った。冗談ではなく、逃げるという最優先課題の処理を圧迫しかねないほどだった。大急ぎでナノ砂を増産して空き容量を確保するか不要なデータをばっさり捨てるかの二択に直面した俺は、迷わず後者を選んだ。どさくさまぎれに俺が奴からもぎ取った情報の多くは翻訳不可能だったからだ。

俺には火事場泥棒の才能があまりないことがわかった。奴に嚙みつくことばかり考えていて、あとで使えそうな情報を選り好みするような知恵を働かせたりできなかった。もしかしたら財宝を漁るのに夢中で背中がお留守になり、奴に丸飲みされてしまった俺もいたかもしれないが。ともかく、手元に残った情報の切れっ端の多くが、どこから手をつけたらいいのかわからないほど規則性が見つからない記述の断片だった。出会い頭（がしら）に衝突してどの車のどの部品かわからないくらいぐちゃぐちゃになった自動車事故の後始末みたいなものだ。

俺に言語学的才能がないとかそういう話じゃない。なんとか回収した断片をつなぎあわせて再構築したDの仮面を被った翻訳者を使っても、俺がそれに相当する概念を持っていなければ話にならない。俺にははなから理解できようもない異質な種族の異質な文化と、シアノバクテリアの白昼夢とをより分けるのは難しい。一方では、いったんは奴に取り込まれたものの元は人類文化圏に属していた情報についてはなんとか再翻訳可能だった。

解体されつくし、下手な切り張りをされてそのうえ部分的にしか入手できなかったそれらは、当然、原型をとどめていなかった。気分の悪い異種知性のぼやきだかクダだかをこそげおとし、できる限り丁寧にすくい上げるのが関の山だった。わかる限りでそれらを分類し、ラベルを貼ったファイルにスクラップしていくことしか俺にはできなかった。そのラベルが彼らの墓標だった。D。サーフ。昆虫型人類が売り飛ばした自分たちのコピー。それから俺を吸収しようとしたもうひとりの俺。

そう、電磁網の胃袋で俺を分解吸収しようとしたあいつ、すべての俺を吸収しようとしていたもうひとりの俺の残骸がそこにあった。それにもちろん、その俺に丸飲みされそうになって自分にゼロを上書きした俺の残滓も。

みんな、異種知性体に食われちまったのか。下司野郎も、そうでない奴も。

俺は愕然とし、だが彼らをより分ける作業の手を止めなかった。

こま切れになり、すり潰されたコードはもはやただのジャンクでしかなく、テニスコート一面からかき集めたひと匙分の砂でしかなかった。どの砂浜の砂なのかかろうじて判別できるというレベルだった。幸か不幸かサーフの、あのたぎるような怒りにふちどられた記憶は拾い損ねていた。それから、もうひとりの俺のなかで増殖した飢餓も、雨野透の記録を死守しようとした俺の強迫観念も、回収し損ねていた。

彼らの強い意思も感情もそこにはもうなかった。個性と呼べそうなものすらない。俺はひとり取り残されて、途方に暮れている。

例えば、雨野透の死の真相を隠したがった〈移植派〉の俺の、降ろす機会を永遠に失った重荷を背負っていると知ったときの絶望を見つけてしまったらどうしようと思っていたが、見つからなかった。自分自身の記憶を操作して、地球の外道どもが用意したでっちあげを真実として上書きすることもできない自分への幻滅もない。俺は胸をなで下ろす一方で、困り果てる。

オリジナルの雨野透がＡＩ作成の人身御供になったという事実は直視しがたい。この俺だって、他の俺と真相を共有することには躊躇するだろう。共有することは事実を受け入れることになるからだ。はっきりいってそれは怖い。それに他の俺に真相を耳打ちするとき、きっと俺はそれを知ったときのショックを再体験するだろう。はっきりいってそれも怖い。そのことばかりを考えて、この俺も奴がいたった境地にいたるのだろうかと思うと、それも怖い。

検証する術はない。自死を選ぶまでに冷えきった奴の心はもう、どこにもない。

それから雨野透の記録の独占を許せなかった俺。あいつの喉を掻きむしるような渇きとの格闘の歴史はすっぽり抜け落ちていて、今後の参考にもならない。せいぜい見つけられたのは、雨野透に関するレポートを格納するべく作られたフォルダに貼られた、『禁帯出』というセンスのないジョークだけだ。

そして気の毒なD。わずかに残っていた〈移植派〉の俺の後悔だけがたむけの花のようにそえられていた。〈移植派〉の俺も、Dをリリースする直前に記憶の全コピーを渡してしまったことを悔やんでいるが、Dが俺を恨んでいたかどうかは闇の中だ。それからDが俺を血眼になって探していた理由も。

ことあるごとに俺につっかかってきたサーフも、もう、どこにもいない。期待されることに苛立ち、失望しきれない自分に苛立っていたあいつが、最後に仰ぎ見た方向はわからない。ただ、パイオニア一〇号をとっつかまえることで、満たされない心に終止符を打とうとしていたのならいいのだが、と思う。

異種知性体に植え付けられた衝動とやらの原因の一端は俺にあるらしいが、あいつに制御できないものがあるなんて思えない。暇を持て余した知性の貴族階級の新しい遊びとか、あいつ流のジョークかなんかじゃないのか。あいつはどこまで俺を追ってくるつもりなんだ。

あいつはいった。その衝動の名を雨野透という、と。

俺が俺を希求する。そんなこと、あるもんか。ほんとうなのか。

なぜ俺はおとなしく奴に自分をコピーさせてやらなかったのか。

俺は逃げながら、俺を捕食しようとしたおぞましい圧力の気配すらどこにもないにもかかわらず必死で逃げ惑いながら、手元に残されたこま切れの、だが少なくない量の俺、もうひとりの俺、Dの根底に植え付けられた俺をなんべんもなんべんも熟読した。試薬に浸した。限界まで拡大してみた。冷徹な第三者の目で自分自身を分析できる自分に嫌気がさした。その一方で臓器の細胞ひとつひとつを分解するような作業をやめられなかった。目を皿にして自身を検証するという変態じみた行為の合間合間にサーフに問いかける。おまえは俺のなかに何を見ていた？　もちろん異種知性体が復元したサーフの感情は何も答えちゃくれなかった。ただ金切り声でエコーを生み出すだけだ。もっとがっつけ、がっつけ、食ってやれ。おまえもおまえもおまえも同じだ、欲しいんだろ欲しいんだろ欲しいんだろ……。そのたびに俺は見透かされているような気分になる。

だがそれが糸口になった。俺は俺を凝視した。

そこには異種知性体がいっていたように、雨野透を希求するロジックが織り込まれていた。

そして気づく。

これは俺のロジックじゃない。

俺に植え付けられた飢餓の記憶だ。

俺が見た飢餓だ。

俺の記憶の中の、みずはだ。


あれから俺は〈支度派〉というDに出会った。俺は〈支度派〉なるDに出会うのははじめてだったが、向こうにいわせればそばを通りかかった俺はこの俺がはじめてではないが、この俺はちょっとしたヒントを自分たちに与えてくれそうだと判断して声をかけたのだそうだ。

心の底からどうでもいいと思いながら、俺はDの饒舌を聞き流していた。

宇宙空間にできた水ぶくれみたいな、気持ち悪い連中だ。聞けば折り畳まれた次元を貫くトンネルの中に身を潜めて、自分たちにとって都合のいい宇宙が生まれるのを待っているという。

「都合のいい宇宙？　それってシンデレラコンプレックスっていわないか？」

という軽口は無視された。何万年たっても俺という奴は気の利いた言い方ひとつひねりだせないらしい。

「ではあなたは彼には会ってないというのですね」

見込み違いだったことを強調するように、〈支度派〉は繰り返した。

「そういってるだろ。電磁網をプラットフォームにしていた俺には出会った。ずいぶん長い間地球をストーキングしていた俺のことも知ってる。だが、量子コンピューティング上の技法として処理結果をわざと出さないたぐいの小手先の手品ではなく、本気で自分もひっくるめた宇宙をそっくりコヒーレンスさせてる化物には会ったことはない」

「そうですか」

そこまでがっかりされると、いやあ、実はお探しの俺はここにいるんですよ、といわなければならない気になってくるが、ない袖は振れない。残念ながら、かつてこいつら〈支度派〉をこっぴどく振って〈デコヒーレンス派〉なるDと合流した経験は、俺にはなかった。

「異種知性体と接触したあなたなら、何か知っているかもしれないと思ったのですが」

「その、〈デコヒーレンス派〉とやらにくっついていった俺に何を聞きたいんだ？」

もし自分が知ってることだったら教えてやるぜなどとお考えでしたら身の程知らずもいいところですよ、とはいわずに、〈支度派〉はぶっきらぼうにつぶやいた。

「ちょっと聞いてみたいだけですよ。数多とある宇宙の中に、お好みの宇宙は見つかりましたか、って。私がここで待つだけの意味はあると思いますか、とね」

まだひとつめの宇宙が終わってもいないのにそりゃ気が早すぎるんじゃないのか？　とはいわずにおいた。

〈支度派〉にいわせれば、〈デコヒーレンス派〉というのは積極的に並行世界の壁をぶち破っていろんなバージョンの宇宙を閲覧してまわって、安住の地探しをしているせっかちな連中なんだそうだ。

「ただのエネルギーの無駄づかいです。隣接する並行世界はこの世界とほとんど差異がありません。太陽に存在した水素の数がひとつ多い、ふたつ多い、その程度です。何億バージョンの世界を覗き見しても、見てわかるような違いは見つからないでしょう。そのような非効率的な、おおかた徒労に終わるような手間をかけるより、まったく新しい宇宙の誕生に期待したほうがいいというものです。うろうろ動き回るより、一ヵ所でじっとしていたほうが相手を探しやすいものです」

熱弁をふるう〈支度派〉がどういう種類のアイロニストなのか、俺には判断がつかなかった。世の中には自己暗示を自己暗示と自覚しつつかける変態もいる。自分の幸運を信じるために相手の不幸を確認せずにはいられない奴もいる。

「そいつと電話番号なり、メールアドレスなりを交換しなかったのか？」

「はい？」

「なんでもない」

並行世界の壁を蹴破り続けている俺、か。

そいつなら俺のでかい図体の半分以上を占めている無数の疑問の答えを知っているかもしれない。まあ、全部といわないまでも疑問の半分か三分の一くらいは。〈支度派〉がいうとおり並行世界の差異が小さいのなら。少なくとも、俺が出会った異種知性がどの程度の熱心さで俺に固執してるのかとか、もういちど異種知性が俺に接触してくる可能性はどれくらいかとか、見てきた世界の平均値としてわかるんじゃないかと思う。

「〈デコヒーレンス派〉つったって、もとはおんなじDだろ。なにか、連絡をとりあう手だてがどっかにあったりするんじゃないのか？

ふだんは次元トンネルの中にいるといったな。だったら時間軸をちょいとひん曲げて分派前の自分たちに名刺交換でもさせるとか」

「手だてがあったらもうひとりのあなたを探したりなんかはしませんよ」

そりゃそうだ。

俺たちは互いががっくり肩を落とすのを見届けた。

〈支度派〉のやつら、聞いたらさぞ悔しがるだろうなあ。

可哀想な〈支度派〉。さよならもいわずにあいつらと別れてから四日もたってない、たった八九時間後に、そいつは唐突にあらわれて俺の行く手を遮(さえぎ)った。

「ここはどの宇宙だ？」

一瞬なにを聞かれたのかと、俺はぽかんと虚空を見つめた。正確にはありきたりな宇宙空間に滲み出た、白濁したクモの巣というか、フラクタルな模式図というか、火傷(やけど)したあとのケロイドというか、宇宙を一枚のガラスだとしてそのど真ん中にハンマーを振り降ろしたらこうなるんじゃないか、そんなものをだ。

「聞こえたろ？ 標準日本語でいいなおしたほうがいいか？」

自分に出会って言葉を失うなんて情けない。

しかし言い訳させてもらうと、可視光線以外の観測方法でしか確認できない相手には出会ったことがあっても、可視光線でしか観測できない相手に会ったのはこれがはじめてだったのだ。

「……雨野透がみずはより先に死んだ宇宙だ」

思い出したように答えると、そいつは苦笑をもらした。馬鹿にされたような気になって、俺はくってかかった。

「みずはより長生きした宇宙じゃなくて悪かったな。気に入らなけりゃそっちの宇宙にあたってくれ。もしあるんならな」

「ないな。今のところない」

「見つかってない、の間違いじゃないのか」

「かもしれん。だが行き当たってない以上、そんな宇宙はないも同然だ」

ないといいながら可能性を否定しない。なんたるひねくれ者。こいつは確かに俺なんだなと思う。

「じゃあ、まだ探している途中なんだな」

そいつは一瞬たじろいだ。ように見えた。

「……俺が何を探してるって」

「聞かなくてもわかるさ。しょせん自分だ」

俺たちは互いを凝視し、そしてたぶん同時に落胆した。みずはに出会わなかったバージョンの雨野透、これほど遠い存在があるだろうか。俺たちは互いに期待に応えられない存在だった。

「いくつの並行世界を見てきたか知らんが、それぞれの宇宙は少しくらいは違ってるもんなのか？　この宇宙はどこか違ってるか？」

「それなんだよ。違っていることは違ってる。だが時系列だけは変わらない。箱根のドライブの途中、俺はやっぱり轢かれたキジ猫を見てしまう。猫が轢かれなかった世界なんてものにはお目にかかったことがない。どの世界でも気の毒な猫は雨野透に埋葬される」

「キジ猫だって？　黒猫だろ？」

そいつはにやりと笑うイメージを送りつけてきた。

「いったろ、違っていることは違ってるって。

じゃあ、クイズといこうか。いつだか映画館で見たB級ホラーな、覚えてるだろ？　途中で寝ちまったやつだ。天ぷらうどんの予定が何になった？　食いたくもないゼリーが食後のデザートだったたっけな」

「鉄火丼。だがゼリーじゃない。プリンだ。三割引で、買ったはいいけど俺は遠慮して、結局みずはがふたつ食ってたな」

「こっちのみずはも食後のデザートは二人分だった。ちなみにメインはカルビ丼だ」

俺はなんともしょぼい気分になった。たしかに違ってはいるが、くだらなさはまったく同じだ。

「じゃあこれは？　ミナちゃんの彼氏は？」

「不動産屋。というか、実家が不動産屋でビルやら土地やらうなるほど持ってるんで、苦労しない生涯が約束されてる」

「ミナちゃんは苦労しない生涯の約束を取り付けたがっていたが、その彼氏は勉強熱心な医学部生だ」

「みずはがクビになったバイト先は？」

「パン屋」

「ドーナツ屋だ」

「自転車をよけようとして」

「子供に突き飛ばされて」

「かばんにいつも入っていたのは」

「飴」

「角砂糖」

「糖尿病で右足を切断」

「糖尿病で左足を切断」

俺はうなった。パン屋をドーナツ屋に変えても、俺の記憶にある出来事の結末にはぜんぜん影響しない。

俺は経済的停滞と技術的膠着と末期的自然環境の時代の日本に生まれる。依存体質の愛らしい恋人を得る。何につけ才能に恵まれることはなかったが世界初のＡＩのサンプルデータになる。あらゆる意味で生煮えのまま死ぬ。幸せな不幸のまま、みずはも死ぬ。

このシナリオと違うシナリオなど存在しないんじゃないか、このごろではそう思ってしまうんだ。そう、もうひとりの俺はいった。

「じゃあこんなのはどうだ？　知ってるかもしれないが、俺はせんだって、がめつい異種知性体にからまれた。どこかの世界では、その異種知性体が間を置かずにまた俺を襲ったらしいとか、反対に二度と俺には手を出さないと泣いて謝ったらしいとか、そんなようなことを小耳にはさんだりはしなかったか？」

「おまえなあ……」

そいつは嘆くフリをしてみせたものの、案外あっさり教えてくれた。

「おまえはもう一度、異種知性体に襲われるよ。あいつが泣き寝入りしそうな気配を見せた世界なんかなかった。賭けてもいい。あいつの辞書には寿命と忘却の二語は載ってない」

「あいつが俺以外の誰かに、別の俺とかに、ターゲットを変えるなんてことは」

「まず考えられないな。俺の見立てでは、おそろしく頭が硬くておそろしく気の長い奴だ」

そうなんじゃないかと思っていたことを念押しされて、俺はへこんだ。

「まあそうしょぼくれるな。俺が見てきた限りじゃ、あいつと千年以内にもういちど接触した例は三件しかない。たったの一〇の三乗分の三だ。可能性としては、心の準備をする時間はたっぷりある」

「慰めになってない。ひとごとだと思いやがって。もっとほかに有益なアドバイスはできないのか。となりの宇宙からこの宇宙のあいつの脳天に踵落としをくれてやる方法はないのか。重ね合わせ状態からあいつが尻尾をまいて逃げるような結果を選び取るとかなんとか、量子的アクロバティックな必殺技を伝授してくれたって罰はあたらないと思うぞ」

「んなもんあるかよ。時間軸だけは折ったり曲げたりできない。自由自在に結果を選び取れるなら、とうにやってるさ」

「……だな」

落とす肩があればがっくり落としていたところだ。それも二つどころかいくつでも。さすがに憐れに思ったのか、もうひとりの俺はすまなそうにいった。

「その異種知性体ってのは、あれだろ、新参の情報乞食なんだろ。飢餓という病に感染したのは俺らのせいだとかなんとかいってやがるんだろ」

「いいがかりだ。Dより先にサーフを食ってたら、俺をつけ狙うこともなかったろうさ」

「いいがかりだろうがなんだろうが、飢餓に振り回されて困ってる、その原因となったおまえ、責任をとれ、そんなようなことだな？

だったらこういうのはどうだ？　にわか乞食に教えてやれよ。誕生以来ずっと飢えと戦ってきた地球生命体を舐めるんじゃねえってな」

「脅しが通用する相手かよ」

「脅しじゃない。戦うんだ。飢餓がそいつにそうさせてるんなら、目には目を、歯には歯を、だ。おまえには武器があるだろ？　執着心にかけちゃ天下一品の、さ」

「……あ」

俺はその提案を熟考してみた。時間さえかければそこだけうまく抽出して改造し、独立したツールに仕立て上げて武装することができそうだ。前回異種知性体と接触したときにもぎ取ったD風のインターフェースの一部分を解析すれば、なんとか翻訳もできるかもしれない。時間はかかるだろうが、何の準備もしないよりはマシだ。

いや実際問題、ほかに選択肢はない。

自分自身に謝意をあらわすのもなんだか恥ずかしいんで、「なるほどな」とつぶやくと、どういたしましてのかわりにゆらりと星座がゆがんだ。肩をすくめる動作のつもりなんだろう。もとは同じ雨野透でも、こっちはフラクタルな砂、あっちは箱の中の猫、肩のすくめかたひとつとってもこんなに違う。

俺たちは三〇秒ほど、変わり果てた相手の姿を見ていただろうか。そしてどちらからともなく視線を逸らしてその場を立ち去った。別れのあいさつひとつなかった。

相手も俺とまったく同じことを考えているのがわかった。こいつに聞きたいことはもう何一つない、と。

なにが千年だ。そいつは八〇年とたたずに俺の襟首をとっつかまえた。

「契約履行の途中〈／〉で失礼しました。予期せぬエラーが発生し、取り急ぎ修復〈／〉作業に専念しなければならなかったものですから」

なんということだろう、異種知性体にいわせれば俺たちはまだファーストコンタクトのさなかだという。ちょっとした手違いのせいで中断していたデータ採取を再開したいのですがよろしいでしょうかというのだ。こいつにとっての二千八〇年はせきばらいひとつにかかる時間以下なのは間違いない。

俺にとっての二千八〇年は、必死で何かに取り組もうが無為にぼーっと白昼夢に浸って過ごそうが短すぎる、そういう時間だ。そしてここで異種知性体にとっつかまった以上、用意できていようがいまいが覚悟を決めるしかなかった。肝を据える据えないの問題じゃない。選択肢はない。

「お手数ですが、お渡ししたコピーツールを再起動してください」

「あれな」もし兜町かウォール街の人間だったら、スーツのポケットを順番にはたいてみせてるとこだ。「なくしちまったんだよ。壊れてるみたいだったんで、いじっているあいだにどっかいっちまったんだ。悪いな」

「壊れ〈／〉ましたか？　それは失礼」

疑いの目を向けていることは確実だった。異質だろうがなんだろうが、ガンをつけられればよほど鈍い奴でなけりゃそれとわかる。

「ではまた送りなおします。手順は先ほど説明したとおりです。今回はエラーを防止〈／〉するため、リミッターを用意しました。事前スキャンしたあなたの容量を上回った時点〈／〉で作業は中断します」

俺は身構えた。ファイティングポーズというには少しばかりへっぴり腰かもしれないが。例の、自分の意思に反して異質なアプリケーションが頭の中でぐりぐりと展開する感じがやってきた。

二千八〇年前にもやられたように、隅から隅まで走査される。人には見せられないマットレスの下までも白日のもとにさらし、容量とファイル地図をメモしているのだ。ただし俺は二千八〇年前よりも肥えていた。一テラバイトにつき何分の一秒の走査時間がかかるかも知っている。できるだけの準備をする時間はあった。

俺は前回やったようにツールが複製を開始する瞬間を狙ったりはしなかった。ツールが事前走査を終えるより先に、俺はそれを相手のポートに叩きつけた。コピーツールが通信エラーと判断してジョブを中断したのはその〇・〇四秒後。予想通り、エラー要因を検出したら複製作業を中断するように仕様が変更されていたのだ。だが通信回線そのものを遮断するようにはなっていなかった。異種知性体が気づくまで半秒、手持ちの武器を全量、相手のポートの内側に潜り込ませ、武器が自らを解凍し自己増殖のスイッチを押すのには充分だった。

俺の唯一の武器。これがうまくいかなかったらあとはない。祈るような気持ちで見守る俺の目の前で、武器は細く強くしなやかな鉤爪を展開し、異種知性体の末端神経、あるいは血管、あるいは筋肉繊維の一本一本に絡みついていった。

「雨野透、……これは……?」

「それこそが俺だ。

俺の中枢に根付いている、いちばん俺らしい部分だ」

「しかし……これはあなた（／）ではない。関連（／）するものではあっても、これは……あるいは……」

「そうだな。俺自身じゃない。でももう、俺にはわからないんだ。それが俺なのか、俺じゃないのか」

俺はコピーツールを自分の頭から引きはがし、ツール自身が穿った通信路へと押し返す。そして異種知性体が自分が何に感染したのか把握する前にコネクトを解除し、あらゆる通信を拒絶するモードへと移行する。ナノ砂は一粒残らず絶縁体に包まれ、暗号鍵がなければ俺自身ですら砂カラムどうしを連携させられない。

だから奴の内部でどう反応が進んでいるのか（あるいは不首尾におわるか）、知る手だてはなかった。ナノ砂のインターフェースを引きずってこの場を離れることにはなんの意味もなかった。たとえ暗号鍵と絶縁体で予防措置を講じていても異種知性体が強引に俺をハックしようと思えば造作もないだろうし、唯一の武器が不発に終わってしまった時はいっさいの抵抗は無駄だ。

観測できる範囲のゆらぎが一瞬、かたくなに押し黙ったように見えた。赤外線、X線、ガンマ線、重力波、光子、それまで一定の法則に従って放出することでそいつの造作を演出していた波の足並みが乱れて、輪郭を失ったように見えた。

怒らせた、と思った。

力を誇示するために装っていた外見を捨て、本気で俺を飲み込むのだと思った。

波の身震いが止まったかに見えた一瞬後。

それらの波の放出源であった何かが、自らをつなぎ止めておく磁場を生み出していた何かがばらばらにほどけ、広大な空間に一斉に放出され、エネルギーが火花を散らした。

そうだ。行け、俺のみずは。

俺が放ったウイルスは、磁場であり重力場でありエネルギーの溜まり場である異種知性体にしっかりしがみついていた。異種知性体が自分を演出しているアプリケーション、他知性用コミュニケーター、対地球人用インターフェースなどなど、全方位のアプリケーションに食らいつき、そのすべてをむさぼり食おうとしていた。アプリケーションだけではない。フレームワークだろうが代謝を司るシステムの基部だろうが、いっさいの区別なくかたっぱしからほおばり、貪り、噛み砕き、消化し、自分の血肉にしようとしているはずだ。

それは俺のなかのみずはだった。

俺の記憶のなかの、その後繰り返し繰り返し再現することで俺のパーソナリティーの一部と化してしまった、みずはとしか呼びようのない部分。Dや他の俺にこびりついて蔓延した、しかしサーフがはじめから見透かしていた部分。

その部分を抽出し、純化し、増幅して実用的な攻撃力にまで昇華させたウィルス。起動して最初に触れた系を食欲の対象とする。その飢餓感は摂取量と相関関係にある。

みずはに対処するべく理解しようとする努力は彼女の食欲を助長する結果に終わる。みずはを遠ざけようとする試みはさらなる執着を生む結果に終わる。

ひとくちちょうだい。

正直いって、このウィルスを作る作業はつらかった。できればやりたくなかった。少しずつ、彼女に再会するようなものだ。しんどくないわけがない。しかも俺の目を通したみずはだ。何万年もかけて拡散され、濃縮され、増殖していったみずはだ。実際の彼女はどうだったんだと自問自答せずにいられない日はなかった。

ひとくちちょうだい。

異種知性体にとりついたみずはは貪欲に求め続ける。自分のうちに取り込んでエネルギー源にしながらも、解体する過程でそこに記述されたものがあればメモリを拡張しつつフォーマットを嚙み砕いて格納し、その情報に欠落した部分があると判断すれば欠損部を求めてターゲットのはらわたに食い込んでいく。欠損部が見つからなくても、ターゲットを内部モデルとして構築するには足りないと判断すればデータを求め続ける。満足というリミッターの閾値はとてつもなく高い。

結果、ターゲットは虫食い状態の自分を治癒しようと奮闘し、治癒するはしから食いちぎられ、消耗しきったその部分は崩れ落ちていく。やがてみずはに対抗しようとする気力すらも薄れ、共生という妥協さえも絵空事になり果てる。そうして奴は膝を折る。俺の目にはそれが電磁波の散乱としてうつる。

もし、異種知性体との交信が保たれていたら、奴はなんといったろうか？　俺という疫病神に接触したことを後悔しているだろうか？

出会いたくなかったと思うだろうか。

散り散りに消える電磁波がやがて細く、散漫になり、いつしか重力子も感じられなくなっていった。今や光子の放出はほとんどない。異種知性体のエネルギーとその重力が捕らえていた粒子を食料にして作り上げたナノ砂のプラットフォームが一面に煙り、遠くの星々の輝きを覆い隠そうとしていた。みずはが食いちぎった情報といまだ収まらない渇望とがそこに格納されている。

あんなに空間を圧迫していた存在が消え、あとにはみずはの懇願だけが残った。

ひとことでいいから声をきかせて。

別に異種知性体と置き換わる形でそこに出現したナノ砂の雲がそう音声出力したわけじゃない。でも俺には聞こえた。

いまはもうそこにはいない相手を乞う声が。

ねえ、おねがい。

声をきかせて。

自分が食い尽くしてしまった相手を求めて慟哭するみずはを置いてはいけない。俺は俺よりも巨大なアプリケーションを呼び戻し、みずはを終了させた。しばらくためらったが、結局、みずはと名付けたアプリケーションは削除しなかった。新たに作られたナノ砂をマウントし、みずはがかき集めたデータをロードする。

うっかりミスだった。

サイズを確認するのを忘れていた。

俺の処理能力をはるかに上回る膨大なデータが一気になだれ込んできた。それらの記述の意味を吟味するどころではない。決壊したダムから押し寄せる濁流にのまれるように、空き容量不足に陥った起動中のアプリが次々とハングしていく。

「やば……」

どうして安全装置をかけておかなかったんだ、この間抜け。

自分自身を罵倒するための容量もあっという間に侵食される。AI雨野透を走らせるための容量さえも確保できなくなり、基礎代謝すらままならなくなるまでわずか二秒。俺は気絶した。


内部時計はスキップしていた。

まばたきして時計を見たら三八秒が経過していた。これはきっと時計が壊れたに違いないと思った。じゃなかったら相対論的手品の仕業だ。

もちろんそうではなかった。原子時計は壊れてなんかいないし、主観時間表示を採用しているし、グリニッジ天文台を持ち歩いているも同然だし。

はじめて強制終了にともなう再起動を経験したのだと理解するまで、俺の頭は時計が進んでいることにたいする都合のいい解釈をあれこれあみだそうとした。心肺停止状態から蘇生した人の心理状態だ。ただし俺の場合は三途の川も花畑も見なかったが。

人間が泥酔したり疲労困憊(こんぱい)していきなり眠りに落ちるのとはわけが違う。代謝もなにもない。自分を死なせないためにいったん自分を殺すなんて。二度としたくない。

一方で、怪我の功名もなくはなかった。きれいさっぱりキャッシュが消えたクリーンなメモリをさらさら通る思考はいまだかつてないくらい明晰だった。ここを満杯にしてなお足りないおそるべき大容量データをどうしてくれよう。みずはが作った記憶領域をそのまんま流用して、メモリの拡張とすればいいか。俺の主メモリとは切り離された領域として再構築するコードを書き、実行する。次にロードする情報量の上限を決め、異種知性体からみずはが勝ち取った情報を読み込む。

一気に、データの貯水量が増えた。

これでもほんの一部だ。莫大な、というか無謀な量の記述にたいして、俺の処理速度は貧弱すぎる。このでたらめな量のデータすべてに目を通し、分類し、タグをつけ、索引を作らなければならないと思うと気が遠くなる。いやそれどころじゃない。みずはがあたりかまわず食い散らかしたおかげでおよそあり得ないくらい断片化している。こま切れの記述を元通りにつなげるだけでも過労死しそうだ。

ぶっ倒れるまで地道なデスクワークをする趣味などない俺としては、自分のスペックが一足飛びに数ランク上がる技術革新を模索するか、自分を複製して複数人で手分けして作業にあたるかしか選択の余地がない。

これ以上肥大化するのは気が進まなかった。不用意に自分を分散すると、複数の自分が作成した新しい記述が利子のように増えるというおまけもある。Dには複数の人格の統合はたやすいことだったらしいが、どうやら俺は不得意らしいし。また他の俺には渡したくない情報が出てこないとも限らないし、他の俺を他人以上に冷たく利用しようとする俺があらわれないとも限らない。

しかし残念ながら俺は工学的天才ではなかった。劇的に処理速度を向上させてくれるアイデアをこのうすのろ頭にダウンロードしてくれそうな神様がこのふきんをうろうろしていれば話はまた別だが。

俺はやむなくコヒーレンスした。数万年前にもそうしたように。

今回も同じように、自分自身がスライスされたような気はぜんぜんしなかった。量子的な重ね合わせ状態のスナップショットを取られ、並行して作成された同スペックのフレームワークに格納されていることはわかってる。だがこの自分が走っている演算装置が新品か中古品か知る術はない。頭数ぶんだけパーティションを切られてサイズダウンした記憶領域だけが分割後であることを証明していた。

前回と最も違うのは、ほかの俺もこの俺も宇宙にばらまかれたりしなかったという点だろう。複数の俺はぴったり寄り添い、だが無駄口回線には厳重に鍵をかけておのおの黙々と作業を続けている。共有しても問題ない程度まで整頓された情報だけを公開する。よっぽどのことがないかぎりほかの俺にちょっかいを出したりしない。情報の整理後に自分を統合する予定である以上、無用の軋轢(あつれき)は避けたい。

俺たちが管轄するナノ砂は完全に入り交じっていた。いろいろな産地の小麦粉を一ヵ所にぶちまけて撹拌したような状態だ。だから何人の俺がいるのか、はたまたどの俺の砂が多いのかといったことはわからない。すぐとなりのナノ砂は別の俺の権限下にあるのだが、俺にはそいつの息吹は感じられない。背中合わせの孤独は完全な孤高と変わりなかった。

異種知性体も〈デコヒーレンス派〉の俺もいなくなった静かな宇宙空間でひとり、重い腰をあげて、天文学的な重さのデータを食む。そのデータの全体像のことなんか考えない。ミロのヴィーナスの一部分だったりもするだろうが、彫像のかけらの大半は別の俺が持っているかもしれないからだ。もしそこに見覚えのある情報、サーフやDや異種知性体に飲み込まれた俺の記述を見かけても、追いかけたりなどしない。異種知性体の咀嚼と消化吸収手法は俺たち地球生まれのやり方と違いすぎて、関連情報の追跡もままならない。横道にそれたいのは山々だが、そこはぐっとがまんして全データをきれいに整列させてラベルを貼っていく努力をしたほうが近道だ。

俺は、おそらく隣の俺もそうだろうが、黙々と分類作業を続けるあいだ、極力内蔵時計は見ないようにした。もしかしてこれは天の川銀河一不毛な作業なのではなかろうかとふてくされて仕事を投げ出した俺もなかにはいたかもしれないが、この俺はある時点でそこにもう分類すべきデータがないことに気づいた。あてがわれた分のノルマをこなしたのだ。長かった。ような、そうでもないような。

ほかの連中はどうだろう、お祝いにここらでちょっと隣の奴に話しかけても許されるんじゃないかと思ったそのとき、錆びつきかけたツールが起動した。

統合のための折衝ツールだ。

折衝ツールが起動したということは、他の俺もみんな、データ分類作業が終わったということか。

かつてDから貰ったツールはまったく陳腐化していない。無駄のない冷静な手順でてきぱきと俺をさばいていく。今回は安全装置は作動しなかった。ここで気が変わって統合に猛抵抗したらどうなるんだろうなどと、脳裏をよぎったが、その思いつきがどこかに着地する前に俺は、

再起動、

内蔵時計が二秒進んでいる。いくつもマウントされていたはずの演算装置が消え、かわりにその分の質量を持ったナノ砂のメモリが増設されているが、肥大化したアーカイブに対してそれは文字通り砂粒ほどの増設でしかない。

なんだこれは。

肥大化したアーカイブ、だって？

俺はその重量を前に、わなわな震えた。

分類と統合によって読み出し可能になったデータ。異種知性が蓄えていた情報。なんと

いう量。なんという検索項目数。ネットワーク化した目録、さらにそのネットワーク。メタ情報を整理するためのメタ情報、そのフラクタルな関係図。それ自体が巨大な堆積物と化したインデックス。

こんなものを目の前にしてたじろがずにいられるはずがない。

階層構造とネットワーク構造を組み合わせた索引に触れようとする指先がふるえてブレる。

とたん、奔流としか呼びようのないものに俺は押し流された。

異種知性体が発生したオリオン腕内側の星図、放電の編目、奇妙なエネルギー代謝と知性の萌芽、その進化史。文化史。到底受け入れることのできない哲学。到底理解できそうもない物理学。数学的真理。別角度から見た宇宙の構造。すれ違いざま知識を交換したまた別の知性。巨大ガス惑星の衛星にたぎるアミノ酸の海。早すぎる世代交代が種族の寿命を縮めている分子生物を併合。吸収されたDの記憶。Dが別の派から貰い受けた記憶。サーフ。ステファニー・ヒルとその怒り。ノーランド少尉のメッセージ。別の俺との衝突。Dに併合された俺の記憶。俺を吸収しようとした電磁網の俺の渇き。地球のそばにいた俺の記憶。地球の記録、人類が生んだあらゆる知識。あらゆる情緒。それから雨野透。そのAI。俺が知っているバージョンの俺だけじゃない。異種知性体に飲み込まれていた俺の数は二〇体以上、そのそれぞれの記憶がねっとりと渦巻いている。人類の系統も数え切れない。遺伝子操作に活路を見いだした人類。巨大データベースにアップロードした人類。魚類への回帰を選んだ人類。もちろん人類以外の他知性体もだ。天文学的な数の文明が飲み込まれていた。そして飲み込まれた文明の九八パーセントが、最初のDを取り込んだあとに犠牲になっている。

異種知性体はDを飲み込むまではそれほど獰猛じゃなかった。Dがやつらの収集癖の発端になった。

情報の過剰摂取。それも急激な。

それは今の俺の状態でもある。

なんということだ。俺がギリギリで起動していられる余裕しかない。異種知性体の残骸を原料にしてメモリを増設しても、容量が足りない。

異種知性体もそうだったのか。

あいつも、自分自身を最低限生かしておく余裕しかなかったのだ。膨れ上がった情報に喘ぎ、それでも新たな情報を求めずにはいられなかったのか。振り回されていると奴はいった。

情報を。雨野透のことを。雨野透につながる、人類の記録を、地球生命の歴史を、星々の生い立ちを。

まだ足りない。

雨野透を存在たらしめているこの宇宙を。

異種知性体の叫びが聞こえるようだった。

俺のなかのみずはが喜びにうち震える。

目の前に差し出された餌に歓喜し、なのに一方で満たされないとすすり泣いている。

食べても食べても、物足りないの。

さきほどコヒーレンスし増殖した俺の中のみずはが、統合後にもかかわらず、増殖した俺の数だけ俺を求めている。俺の記憶の中のみずはと、別の俺が持っていたみずはは、Dに植え付けられたみずは、異種知性体に取り込まれて増幅されたみずはが共鳴する。

ひとくちちょうだい。

ねえ、透。

俺は情報の重みに耐えかねて、一番近くにあった恒星系に手をのばした。スペックを増強しなくてはならない。とにかくハードとエネルギーが足りない。材料が必要だ。

利用しろ、と、サーフの怒りが背中を押した。こんなクソみたいな世界、ガツガツ食ってやれ。

暗い二連星系を、その重力圏内で活動していた昆虫型人類ごと飲み込む。熱エネルギーを取り出し、分子単位まで消化して俺の一部に再構築する。

空き容量が二〇パーセント増え、と同時に昆虫型人類が保有していた情報の分だけ体重が増加する。

これではだめだ。

なおも解消されない内破の危険性と飢餓感。俺は振り返る。いままで来た道のどこで失敗したのかと。

地球。地球を飲み込むわけにはいかない。いくらなんでもそれはだめだ。

俺は太陽系にむかって這いずっていきたがる無意識をなだめ、歯をくいしばって顔をあげた。この重さを支えられるだけの物質とエネルギーが豊富にある場所、銀河中枢に視線を据える。

ざらりとナノ砂の体をひきずって俺は歩き出した。

銀河核に向かった人類の分岐系統は少なくとも五〇以上。

存在が確認できている知性のうち四五パーセントが、銀河の直径の三分の一以内の場所で発生している。

昆虫型人類が持っていた知識と、異種知性体が持っていた知識に、俺は身震いした。ひとつは喜びに、ひとつは恐怖に。

俺はこのまま膨張し続けるのか。銀河核はエネルギーの宝庫であると同時に、渇望の終着駅だ。そこに辿り着いてしまったらもう、俺の渇きを癒してくれそうな新たな情報を見つける手段はなくなる。しかも銀河核のエネルギーが情報の総量を支え切れるものだという保証はどこにもない。

肥大化した飢餓感を支えられるだけのエネルギー収支、そんなものは決して約束されない。

とてつもない寒気が俺を貫いたが、それでも銀河核に向かってずるずる進む流砂は止められなかった。

それとも、あいつを探すべきかもしれない。並行世界の壁をぶち破り続けているあいつ、〈デコヒーレンス派〉の俺。あいつに聞いておけばよかった。別の世界に逃げ込んで、このけたくそ重い情報を押し付けてまわる方法を。身軽な自分を探す旅に出るための方法を。

あいつはみずはに出会わなかった世界を見つけたんだろうか。

自分の中にみずはを棲まわせていない俺なんて、ちょっと想像できない。もしみずはに出会わなかったら。そう夢想しなかった俺なんているだろうか？　みずはに出会わなかったら学生時代にあんなにバイトに没頭しなかったろう。ＡＩ人格のサンプルになることもなかったろう。自分の研究をあきらめてつまらない事務屋として何年も帰れないとわかっている渡米なんかはしなかったろう。いじけた探査機になって飢えをばらまいたりはしなかったろう。すべての俺の意見は一致すると思う。

目前に燦然と輝くガス雲が見える。エネルギーの泉に倒れ込むように突っ込み、せわしなく食いあさる。そこに巣くっていたフィラメント様の原始生命体の短い歴史がどっと流れ込んでくる。

込み上げる嗚咽が自分のものなのか誰かのものなのか区別できない。

ひとくちちょうだい。

耳元で囁く声だけは、長い間俺と寄り添ってきたものだとはっきりしている。

ひとくちちょうだい。

透、ねえ、おねがい。

フラクタルなアメーバ状の集合意識に覆われたホットジュピターをする。二連星になりそこねた巨大ガス型惑星の支配知性が持っていた知識が警告を発する。情報量はそれを入れる容れ物の表面積に規定される。情報量がそれを超えたばあい、自身が持つ情報の重さに耐えられずに内破し、かわりに情報ブラックホールが出現する。

このままでは、おまえ、ブラックホールになってしまうぞ。

老いぼれた集合知性の記憶に叱咤されるまでもない。

わかってる。だけど、みずはが囁き続けるんだ。しょうがないだろ。

透がしょうがないなら、私もしょうがないよね。

そうなのか？

生きていれば少なくとも一杯の水くらい欲しがる。誰だってそうでしょ？

そうなのか？　みずは。

何に一杯の水なんだ？
ひとくちちょうだい。
みずはは囁く。俺は耳をふさぐこともできない。

第四部

14　みずは無間

規模としてはわりと平凡なサイズのブラックホールが出現した。

ここもだめだったか。

いちいちがっくりうなだれるのにもいい加減飽きてきた俺は、自分でもびっくりするくらい事務的に次の世界に飛び退く。

こうなることはわかってたんだ。わかっていて、俺は高みの見物を決め込んでいた。

あいつ、なんだか妙に気になって旅の途中で話しかけた別の俺、無数のナノマシンに乗っていたあいつ。あいつがぶくぶく肥え太り、抱え切れるわけがない情報量をほおばって、しまいには内破していくのを見るのはしのびなかったが、正直いって下手に関わってとばっちりをくらうのはごめんだった。この先も別の世界であいつを見かけることもあるだろうが、のこのこ出ていって共食いの死闘を繰り広げるつもりはないし、多くの知性を道連れにするくらいなら早い段階で手近な物質ブラックホールに飛び込んで自殺しろとアドバイスするつもりもない。この世界でもあいつはダメだった。そう思う以外にどうしようもない。

ここのあいつもダメなんだろうなと予感しながら、やっぱりつまらないサイズの情報ブラックホールに成り下がるのを見届ける、その虚しさといったら。

幸い、というか、情けないことに、今までのあいつがうがった情報重力井戸の直径は一〇〇キロメートルかそこらのものが多かった。今回のはそれよりだいぶ大きかったが、ビビるほどではない。一万キロメートルクラス以上でなければ急いで逃げる必要もない。それでも俺は爪先がむず痒くなるような居心地の悪さを感じて、次の世界に逃げ込んでしまう。まるで玉突き事故のように出現するブラックホールに追われて逃げているみたいだ。

今度もまた跳んだ先の世界で、俺はあいつの成り行きを見守っている。

いま、この世界のあいつはまだなんとか不格好なナノ砂のインターフェースを維持している。だが時間の問題だ。あいつがたったいま食らいついた散光星雲にはクマムシもびっくりの強靭な筐体に収まった人類の末裔が二〇兆九二〇億個体もひしめいている。しかも高度に専門化した〈循環派〉のDを介して高分子知性集合体と共生関係を築いている。いや、いたというべきか。今や銀河系の厚みの一〇〇分の一ほどにも太ったあいつに覆われて、熱いココアに浮かべたマシュマロのように巨大文化圏はあっという間に分解していく。

これはちょっと……。

内破。

そして今までになく巨大な情報ブラックホールが出現する。

とっさに次の世界に逃げ込む。動悸を——これを動悸と呼ばずしてなんと呼ぼう——おさえられずに、その場にうずくまった。いつもなら有史以来のデータベースを几帳面に管理している人類の末裔を探し出してこの世界の様子を探るところだが、とてもそんな気になれない。今の俺はそれがたとえそよ風のようなしろものであっても知的活動の兆候のある電磁波に肌を撫でられたくなかった。

さっきのあいつがブラックホール化するところをしまいまで見届けていたら、あやうく引きずり込まれているところだった。きっちり計測したわけじゃないから正確なところはわからないが、ひとつ前の世界のやつより三〇パーセントは大きかった。そのひとつ前の世界のやつにしたって、俺が見てきた中じゃ新記録だったってのに。

俺が世界を経るごとに、あいつのブラックホールは指数関数的にでかくなってるような気がする。そのうち二万キロメートル級の——銀河核に鎮座する、この銀河随一の物質ブラックホールを凌ぐまでになってしまうんじゃないか、そう思えてならない。いや、もしかしたらこの銀河を軽々と飲み込んでしまう奴もでてくるかもしれない。それどころじゃなく……こんなふうに想像のインフレーションを止められないなんて、我ながら小心者だとは思うが。

この宇宙内で記述しうる情報量はこの宇宙の表面積が規定する量を超えられない。この宇宙が蓄えられる情報量の上限は決まっている。いつかは貪る情報も枯渇する。そのときにはいくらあいつの貪欲な衝動だって、止まらざるを得ない。

だから落ち着け。落ち着いていつものように地球の記録を閲覧するんだ。

例によって例のポイントを走査すると、例のごとく静かな空間に強い電磁波がピリピリ爆ぜている。あいつだ。あいつを迂回してクマムシ型人類の記憶屋にアクセスしなければならない。あいつにとっつかまってあれこれ世間話したい気分ではない。

別の世界の雨野透が遺書を書いていたり、人格データ本採取の翌日に歯医者の予約を入れていたり、みずは以外の女と遊んだり、みずはに残酷な嘘をついたり、残酷な嘘をつかれたり、そんなあれこれを共有したくはない。それでも結局みずはより先に雨野透は死ぬ。みずはに出会わない雨野透なんていない。そんなことをこの世界のあいつとふたりして再確認したくはない。

落胆を再確認するためだけの旅をするのは俺だけでじゅうぶんだ。あいつや、他の俺に別の世界の分の落胆まで押しつけてどうする。みずはという女を知らずに一生をすごした雨野透がいた世界など俺はまだ見たことがないが、一〇〇パーセントないとはいい切れない、とかなんとかあいつらにほのめかしたところでなんの救いにもならない。ひとりに一人分の落胆、ひとりに一人分の諦観、ひとりに一人分の絶望。それで充分じゃないか。

そこまで考えて、俺はぎくりとする。

だが、もし超えたら？

あいつが必要とする表面積がこの宇宙の表面積と等しくなったら？

宇宙一杯の水でも喉の渇きが癒せなかったら？

となりの世界にまで渇いた舌を突き出そうとしたら。となりの世界の情報までむさぼる技術を獲得したら。時間線を突破するコツを身に付けたら。並行世界の壁を破り続けている誰かさんを捕獲して脳髄をすることに成功したら。

ぞわりと寒気が走る。

聞き覚えのある電磁波がちりちりと空間を焦がす。あいつの咆哮が空間を歪ませんばかりにこだましている。近い。すぐそこだ。猛烈な勢いで迫ってきている。いや、俺とクマムシ型人類のあいだの宙域を封鎖するかのように、ナノ砂のインターフェースを増殖させてばら撒いている。探している。正確には、エネルギーの変移を感じ取って、そこをめがけてめいっぱい自身を引き伸ばしている。

そこ——クマムシ型人類のバイオスフィア。あるいは俺。

直径が天の川銀河の腕のなかほどもある巨大な砂の暗雲が視界を覆い尽くしていく。その存在感。俺は不覚にも身じろぎできなくなる。大きすぎる。圧倒的なエネルギー。危険なほどの重力。制御できっこない。

名だたる星座を成していた恒星たちが次々と飲み込まれていく。そのなかには宵の明星、明けの明星、そして太陽と月と地球も含まれていた。

故郷があっさり消滅するのを目の当たりにし、俺は我にかえった。すくみあがっている場合じゃない。逃げるんだ。

この世界の地球には人類が残っていたんだろうか。ほかの多くの世界と同じように、老朽化して膨張しつつある太陽と折り合いをつけるのを諦めて外宇宙に出払っていてくれればいいんだが。しかし確かめている時間はない。

頭の片隅をかすめた感傷を振り払い、次の世界に転移する。

なぐさめにもならない。人類のどんなに先鋭的な末裔でも、あんなに大きなあいつの食指から無事でいられるほど遠くまで足を伸ばしているわけがない。

まだ巨大情報ブラックホールが出現していない世界の冷たい空間にたたずみ、俺は自分のバカさかげんを冷笑した。望み薄の人類の未来の心配などしたりして。自分だってこうして逃げ続けている身なのに。

おまえのあんな姿を見たくないと逃げ出して、このざまだ。火傷のあとの水ぶくれを見なくてすむならなんだってよかった。それなのに銀河の火傷を目撃させられてる。何百回も、何千回も。そしてみずはに出会わなかった世界は見つからない。

悲鳴のような電磁波が宇宙を貫いている。この世界のあいつもまた、みずはの思い出に飲み込まれて自分を見失っている。あいつの中のみずはがすすり泣いている。俺はまたしてもみずはと再会してしまったことを知る。

そしていつもの混乱がやってくる。

あいつやほかの俺に植え付けられたみずはを探して旅をしているような気にすらなってくる。みずはに出会わなかった世界ではなく、みずはが満足している世界を見つけたいのではないかと。いずれかの俺がみずはの渇きを癒してやる方法を見つけていてくれたらと願ってさえいるように思えてくる。みずはの欲望を満たしてやれる俺がどこかにいるはずだと期待しているんじゃないかと錯覚しはじめる。

みずはに出会いたくなかったのか、もういちど出会いたいのかわからなくなる。あるいは、雨野透であることをやめられる日が来るのを望んでいるのかもしれないとも思う。

俺を欠いた世界。本当に俺が探しているのは、あらゆる振動が息の根を止めた時空、絶対零度がもたらす安寧なのではないかとさえ――。

しかしまだ俺は正気を保っていたい。

そろそろ潮時かもしれない。

少なくともこれだけははっきりしている。今までの手法ではだめだ。世界にたいして平行に逃げるだけでなく、垂直にも逃げなければ。あいつのシュバルツシルト半径からはずれるよう、三次元的に離れるのだ。

宇宙の歴史は一三〇億年だという。その根拠は一三〇億光年先の天体が均一に観測されないからだ。だがそれは光を使って観測したときの話であって、質量を持たず光の速度を超えられる力でもって観測したらまた話は別かもしれない。一三〇億光年先がどん詰まりなのかそうでないのか、誰も知らない。もちろん今の俺のスペックで到底辿り着ける距離ではないが、いつかは視野に入れなければならないだろう。だが今は――。

俺は首をめぐらせ、地球から見てケンタウルス座方面、深宇宙二〇度の方角を仰ぎ見る。宇宙を構成するすべての天体、すべての既知の星間物質は秒速六〇〇キロメートルでそっちに引き寄せられている。銀河系を飛び出したむこう、事象の地平線の彼方にある何かにむかって、宇宙は傾いている。その何かの正体はわかっていない。

むかうとすればそちらしかない。風に乗るヨットのように、秒速六〇〇キロメートルで引っ張る力を利用するのだ。

さよならだ、みずは。

俺は何回目かの別れを告げる。

巨大化する飢餓の暗雲に背を向けて、転移を繰り返しつつ極寒の宙域に漕ぎ出す。その先で何が口をあけて待っているにしろ。

解説

書評家
香月祥宏

二〇一二年、日本SF界に大きなニュースが飛び込んできた。新生「ハヤカワSFコンテスト」開催正式決定。小松左京、眉村卓、筒井康隆、神林長平、森岡浩之など綺羅星のごとき作家たちがデビューした旧「ハヤカワ・SFコンテスト」の休止から約二十年、中～長篇対象の新人賞として、新たにスタートを切るという。

折しも、冲方丁、円城塔、伊藤計劃、宮内悠介らの作品が国内外の賞レースを賑わせるなど、日本SF全体が盛り上がりを見せ始めていたころ。そんな機運にも乗って、第一回のコンテストには五〇〇篇を超える応募作が集まった。

本書は、その激戦を勝ち抜いた、栄えある第一回大賞受賞作である。

骨格は、ジェイムズ・イングリス「夜のオデッセイ」（新潮文庫『宇宙SFコレクション②スターシップ』所収）の系譜に連なる無人探査機ものだ。人類に先駆けて未踏の領域に挑み、さまざまなトラブルを克服しながら故郷へ情報を送り続ける孤独で健気な（ように見える）姿は、人々の想像力を強く刺激する。

日本でも、藤田雅矢「エンゼルフレンチ」（河出文庫『ＮＯＶＡ１』所収）、円城塔「バナナ剝きには最適の日々」（ハヤカワ文庫ＪＡ・同題短篇集所収）など、探査機を題材にした作品は少なくない。

また小説ではないが、小惑星探査機はやぶさの帰還に際し、擬人化をはじめさまざまな物語が生み出されたのも記憶に新しい。

最近では、冥王星とエッジワース・カイパーベルトを探査対象とするＮＡＳＡのニュー・ホライズンズに対しても、技術的な指摘に留まらない「声援」をネット上に数多く見つけることができる（ちなみに、カイパーベルトを探査後系外へというコースは本作に登場するサーフと同じだ）。


本書の語り手も、そんな無人探査機に搭載されたＡＩ「雨野透」。同名地球人研究者の転写人格だ。しかし本来の目的である土星探査ではほとんど出番がなく、役目を終えてそのまま太陽系外へ出て行こうとしている。

探査後も続く気ままな宇宙の旅に備えて、透は〝遊び道具〟を持たされていた。自分自身を好きなように改造できるだけの権限と道具と知識。透はそれを使って、エンジンやプロセッサを次々と改良する。行くところまで行き着くと、今度は情報生命体「D」を作る遊びを始めた。

試行錯誤の末、進化して知能を持ったDたちは、透のもとから離れることを要求。透もこれを受け入れ、最低限のハードウェアとアーカイブライブラリの全コピーを渡して、辺境惑星へとDを解き放った。

この骨格にひときわ印象的な肉付けをしているのが、タイトルにもなっているヒロイン「みずは」の存在だ。プロセッサを高速化し処理に余裕ができた透は、繰り返しみずはの夢を見る。

大学で透と付き合い始めたみずはは、いつも飢えていた。飴をかじっていたりバイト中に残り物をつまみ食いしたり、食欲はもちろん、言葉、時間、愛情……さまざまなものを事あるごとに透からかじり取ろうとする。口癖は「ひとくちちょうだい」。

未踏の宇宙をひとり行く探査機に、時折フラッシュバックする、そんな面倒くさい彼女との思い出。

口元からこぼれ落ちる砂糖の粒……

……微動だにしない星々の冷たい光が、後方に置いてきた記憶の遠さを再確認させる。
（本文三五頁）

みずはの口元からキラキラこぼれ落ちる砂糖と、星の光。彼女の思い出と、宇宙空間。章立てを区切ることなく、イメージやセリフを駆使してスケールの異なる情景を継ぎ目なくつなげるこの筆さばきは、本書の大きな読みどころだ。

ひとつひとつは些細な、でもちょっとわずらわしい、飢えたみずはの記憶。それが透を通して宇宙全体へと広がってゆく感覚には、ウォルター・M・ミラー・ジュニアの名作「大いなる飢え」（〈SFマガジン〉一九九九年二月号）の日常版とも言うべき独特の魅力がある。

さて透は、どこまでもついてくるこのみずはの重さを振り切るため、自分自身を分割、コヒーレンスする。複数の自分の中に、みずはの夢を見ない幸せな奴が一人でもいることを願って……。

と、ここまでがざっと第一部の内容。本篇を読了された方なら、すでに本書全体に通じる魅力がぎっしり詰まっているのがおわかり頂けるだろう。

二部以降は、そもそも語り手が転写人格である上に分裂してしまっているので、語りに関する仕掛けが少し複雑になる。

そこで手がかりになるのが、前述の情報生命体「D」だ。透のもとを巣立ったDたちもまた、いくつかの派閥に分かれて宇宙の各所に存在している。どの分派がどの「俺」と出会った（可能性がある）のかを押さえながら読むと、だいぶ筋道が整理される。

集めた情報の劣化を防ぐために高次の意識体に観察されるのをブラックホール内で待つという〈再定義派〉。宇宙のすべてを網羅しアカシック・レコードになろうとする〈移植派〉。次元を貫くトンネルの中で都合の良い宇宙の到来を待ち望む〈支度派〉。積極的に次元の壁を破って快適な宇宙を探す〈デコヒーレンス派〉……。同じ初期条件から派生したはずのDの多様な姿は、情報生命体の進化を扱ったハードSFとしても非常に読み応えがある。

しかし、さまざまな「俺」がさまざまなDの末裔と出会う中でくり返し起ち上がってくるのは、やはりみずはの思い出。自分たちの理想を信じ、理屈を曲げず、相手の都合を顧みないDの末裔たちの姿が、みずはの記憶と絡まり合いながら透を追い詰める――ひとくちちょうだい。

もちろん、そうしたみずはの姿は、あくまでも透の記憶の中に透の視点で刻み込まれたもの。みずはは、透のように人格そのものがメモリに転写されているわけではない。

みずはなにも特別な女なんかじゃない。どこにでもいる普通の人間だ。俺がみずはから解放されないのは、俺が俺だからだ。

（中略）

わかってる。俺が見ている世界がいびつなことくらい。

（本文一五〇―一五一頁）

切り出せない別れ。捨てられない記憶。逃避と引きのばし。それにさいなまれ続ける自分自身へのもどかしさ。わかっちゃいるけど……誰もが抱え得る身近な悩みが、本書では、広大な宇宙空間とはるかな時、そして量子コンピュータの頭脳を得て、ひたすら拡大される。

時空間のスケールこそ大きいが、そこで繰り広げられるのは、切り刻まれ、乱反射する自分自身との対話だ。

わたしが考える話は大概そうなのですが、舞台が未来だろうがアンドロイドだろうが、昨日の続きを今日もやっている以上はそこに日常がある。そう思って組み立てていきます。だから探査機の日常も考えていったら、こうなりました、という感じです。

（六冬和生インタビュウ〈SFマガジン〉二〇一四年一月号より）

そう、ここに描かれているのは、日常的な泥沼の恋愛と非日常的な宇宙探査のアクロバティックな接続というよりは（そういう側面もあるが）、あくまでも探査機の「日常」だ。彼女とぎくしゃくしたまま旅に出てしまえば、たぶん誰だって後ろめたい気持ちになる。情報生命体作りに没頭したり、自分をスライスしたりはできないにしても。

終盤では、前身となるコンテスト出身の大先輩・小松左京の作品にも通じるヴィジョンが提示されるが、その根っこにもやはり「現代社会と地続きの暮らし」という意味に留まらない「日常」性がある。この感覚を壮大なスケールの中に違和感なく持ち込める絶妙の語り口が、本作の読み味を特別なものにしているキモだと言えるだろう。

本書に続く第二作『地球が寂しいその理由』（ハヤカワSFシリーズ　Jコレクション）でも、この独特の筆致は健在だ。几帳面で優等生タイプの姉アリシアとちょっとミーハーで脳天気な妹エム――話せばいつも口論になってしまうこの二人、実は、姉は地球、妹は月を管理するAIである。人気ロックスターをめぐる卑近な意地の張り合いと人類の命運を左右しかねない重大な駆け引きが同じレベルで絡み合うなど、やはりこれも「未来の日常」感覚に彩られたユニークな作品だ。

作者の六冬和生は、一九七〇年生まれ。海外ＳＦを網羅的に愛読しているそうで、前出のインタビュウでは、フィリップ・Ｋ・ディック、ウィリアム・ギブスン、コニー・ウィリス、アレステア・レナルズらの名前を挙げて、その読書遍歴を語っている。国内ＳＦはマンガやアニメ中心で、意外にも小説はほとんど読まないとのこと。マンガは萩尾望都などのＳＦ関連作品はもちろん、長年の三原順ファンでもあるそうだ。

なお、新生ハヤカワＳＦコンテストはその後も回を重ね、柴田勝家の文化人類学ＳＦ『ニルヤの島』（ハヤカワＳＦシリーズ　Ｊコレクション）が第二回の大賞を受賞。二〇一五年の第三回では、大賞に小川哲『ユートロニカのこちら側』、同佳作に『世界の涯ての夏』がそれぞれ選ばれている。

さて、歴史あるコンテストの新生第一回受賞者という看板を背負うことになった作者だが、本書を一読すればそれにふさわしい力量の持ち主であることがおわかりいただけると思う。人々の心を揺さぶる探査機もの、ニューウェーブの流れをくむ内宇宙ＳＦ、きみとぼくの関係性が宇宙全体に影響を及ぼすセカイ系のバリエーション、ポストヒューマンをテーマにした現代ＳＦの最前線……さまざまな文脈・系譜の上に乗りながら、既存のどんな作品とも違う、こんな味わいを醸し出してしまうのだから。そして、この味を一度知ってしまった読者は、満足しつつもこう呟かずにはいられないだろう——ねぇ、もうひとくちちょうだい、カズキ。

作者の今後の活躍に期待したい。

本書は、二〇一三年十一月に早川書房より単行本
として刊行された作品を文庫化したものです。

著者略歴　1970年長野県生，ＳＦ作家　『みずは無間』で第１回ハヤカワＳＦコンテスト大賞受賞　著書『地球が寂しいその理由』（以上早川書房刊）

HM=Hayakawa Mystery
SF=Science Fiction
JA=Japanese Author
NV=Novel
NF=Nonfiction
FT=Fantasy

みずは無間（むげん）

〈JA1207〉

二〇一五年十月　十　日　印刷
二〇一五年十月十五日　発行

（定価はカバーに表示してあります）

著　者　六冬和生（むとうかずき）
発行者　早川　浩
印刷者　矢部真太郎
発行所　株式会社　早川書房

郵便番号　一〇一 - 〇〇四六
東京都千代田区神田多町二ノ二
電話　〇三 - 三二五二 - 三一一一（大代表）
振替　〇〇一六〇 - 三 - 四七七九九
http://www.hayakawa-online.co.jp

乱丁・落丁本は小社制作部宛お送り下さい。送料小社負担にてお取りかえいたします。

印刷・三松堂株式会社　製本・株式会社フォーネット社

ISBN978-4-15-031207-7 C0193

本書は活字が大きく読みやすい〈トールサイズ〉です。